Die Taunus-Ermittler Band 7 – Tod in der Therme

Von Gabriele und Jürgen Jost bereits erschienen :

Kriminalromanreihe Die Taunus-Ermittler:

Band 1 – Steinige Wege
Band 2 – Spuren
Band 3 – Endstation Linie 3
Band 4 – Wo ist Verena?
Band 5 – Blanke Gewalt
Band 6 – Tödliche Neugier

Andere Romane:

Meeresrauschen für Lara – Ein Arbeitswelt, Mallorca und Frauenroman

Weitere Infos unter :
www.Gabriele-und-Jürgen-Jost.de

Gabriele und Jürgen Jost

# Die Taunus-Ermittler 7 – Tod in der Therme

Kriminalroman

Bibliografische Information der Deutschen Nationalbibliothek:
Die Deutsche Nationalbibliothek verzeichnet diese Publikation in der
Deutschen Nationalbibliografie;
detaillierte bibliografische Daten sind im Internet über
http://dnb.d-nb.de abrufbar.

© 2016 Gabriele und Jürgen Jost
Satz, Umschlaggestaltung, Herstellung und Verlag:
BoD – Books on Demand
ISBN: 978-3-7412-2050-0

# 1.

Das Laub fiel fast schon bündelweise von den Bäumen, und der Wind wehte es Sven, der gerade mit seinem Fahrrad in die Zufahrt zur Rhein-Main-Therme einbog, direkt ins Gesicht.

»Huch!«, schrie er vor Schreck gegen die heftige Bö an und schüttelte den Kopf, um wieder klare Sicht zu bekommen. Für einen kurzen Moment war er abgelenkt und hätte sein Rad beinahe gegen die Bordsteinkante gesetzt, konnte den Lenker aber im letzten Moment noch herumreißen.

Jetzt wird es wirklich langsam Herbst, dachte der Junge, mal sehen, wie lange ich noch mit dem Fahrrad hierherfahren kann. Wenigstens haben Mutti und Peter versprochen, mich im Winter herzubringen, damit ich keinen Nachmittag in der Schwimmgruppe versäume. Wenn ich daran zurückdenke, wie sehr die beiden mich erst bekniesen mussten, es einfach mal auszuprobieren, und wie lange ich mich geweigert habe, in diesen Verein einzutreten! Jetzt bin ich doppelt froh darüber, dass sie so einen langen Atem hatten.

Unterdessen war Sven am Eingang angekommen, hatte sein Rad in den Fahrradständer gestellt und sorgfältig abgeschlossen. Nicht dass es ihm so erging wie einer Schwimmkameradin vor vier Wochen, der ihr Rad geklaut worden war.

»Hallo, Sven!«, erklang in diesem Augenblick eine helle Stimme neben ihm.

Er erkannte sie sofort.

»Hallo, Viola«, sagte er und drehte sich schnell um.

»Du hast mich an der Stimme erkannt?«

»Klar doch, mein äh, Stief…vater ist Detektiv, da lernt man so was«, sagte Sven und grinste, als die zwei Monate ältere Viola Klinger verwundert zu ihm hinübersah, während sie ihren Drahtesel abschloss.

Sven wurde erst in zwei Tagen zwölf, und gegen die großgewachsene, spindeldürre Viola fühlte er sich immer etwas zu kurz und dick geraten, obwohl er keineswegs klein war. Allerdings hatte er durch die ewige Computerspielerei beachtlich an Gewicht zugelegt. Dennoch verstanden beide sich gut, denn sie kannten sich schon seit der Zeit, als sie an der Grundschule in den Sindlinger Wiesen in eine Klasse gingen. Jetzt, da beide in der Realschule waren, war Viola in einer der Parallelklassen.

Während Sven und Viola die wenigen Stufen zum Eingang hinaufstiegen, kam ein alter Opel Omega angebraust und hielt am Fuß der Treppe. Ein weiteres Mädchen, das zum Schwimmclub wollte, stieg aus und winkte dem Fahrer zum Abschied zu.

»Viel Spaß, Carola«, rief Claus Mergentheimer, »bis später.«

»Klaro, ich steh dann draußen.«

»Bleib bei dem Wetter lieber in der Vorhalle, damit du dich nicht erkältest. Außerdem wird es jetzt schon so früh dunkel, da ist es hier draußen direkt unheimlich.«

»Ja, und gefährlich für kleine Mädchen«, rief Carola ihrem Vater lachend zu, dann eilte sie den anderen Kindern hinterher.

Während sich die Jungen und Mädchen zum Einschwimmen im abgetrennten Schulschwimmbecken fertig machten, saßen Peter Stettner und Stefan Weimershaus missmutig in ihrem kleinen Detektivbüro in der Frankfurter Straße in Kelkheim. Sich mit Buchführung und Büroarbeit zu beschäftigen war beiden ein Gräuel, aber da schon seit Tagen die Aufträge ausblieben, hatten sie mehr als genug Zeit, den sich immer höher türmenden Aktenbergen zu Leibe zu rücken. Außerdem ließ die Enge ihres Büros, das mitsamt Teeküche, Toilette, Technikkammer und Vorzimmer kaum fünfzig Quadratmeter hatte, nichts anderes mehr zu.

Verena, Stefans Frau, die vor der Geburt ihrer Zwillinge nicht nur mitermittelt, sondern auch das Büro in Schuss gehalten hatte, fiel nun leider für längere Zeit aus. Danach hatte Annika, Peters Lebensgefährtin, angeboten auszuhelfen, es aber bereits nach wenigen Tagen bereut.

Da die beiden Frauen wussten, dass es so nicht weitergehen konnte, gaben sie kurzerhand eine Stellenanzeige auf und wählten die drei belastbarsten Bewerberinnen aus, bevor sie ihren Männern reinen Wein einschenkten.

Dennoch waren auch ihre Bemühungen nicht von Erfolg gekrönt. Die Erste hielt es nicht einen Tag lang aus, die Zweite weigerte sich, sobald es um Ehebruch-Beschattungen ging, die Telefonate der Auftraggeber anzunehmen, und die Dritte war zwar am Telefon ein Naturtalent, übertrieb es aber in Sachen Ordnung. So wanderten Belege schon mal in den Müll und wichtige Akten, die der Rechtsanwalt Dr. Pfannmöller ihnen für eine Ermittlung überlassen hatte, in den Reißwolf.

Nach dieser leidvollen Erfahrung, die beinahe noch zu einem Problem für Dr. Pfannmöllers Mandanten geworden wäre, beschlossen Peter und Stefan, diese Arbeit nicht mehr aus der Hand zu geben.

Seufzend nahm Peter einen Ordner in die Hand, blätterte ihn durch und heftete zwei Spesenquittungen bei einem Fall ein, den sie vor drei Monaten abgeschlossen hatten. Diese Belege hatte er lange gesucht, bis sie ihm beim Leeren seiner Schreibtischschublade zufällig in die Hände gefallen waren. Er stellte den Ordner in die Regalwand, die sich über die gesamte Länge des Büros erstreckte. Auch Stefan hatte bereits einige Ordner im Regal untergebracht, und so sah es eine gute Stunde später nicht mehr gar so wüst auf ihren Schreibtischen aus.

»Irgendwie kann ich Annika und Verena verstehen, wenn sie mit uns schimpfen«, brummte Peter, und Stefan stimmte ihm zu: »Ja, und es geschieht uns recht, wenn wir da ganz allein Ordnung schaffen müssen. Aber für heute reicht es. Was meinst du, was tut man, wenn man eine Pause braucht?«

Sie wechselten einen Blick und grinsten. Und nur eine Viertelstunde später warteten sie in dem kleinen vietnamesischen Lokal bei der Post auf ihre Bestellung.

Abends saßen Stefan und Verena mit Stefans Eltern zusammen in ihrer Wohnung in der Krakauer Straße und unterhielten sich angeregt. Es war das erste Mal seit seiner Hochzeit mit Verena, dass die beiden zu Besuch kamen. Oft hatte Stefan das Gefühl gehabt, seine Eltern hätten es ihm übel genommen, dass er vor gut sechs Jahren recht überstürzt vom westfälischen Münster ins Rhein-Main-Gebiet gezogen war, aber seit sie hier waren, war ihm klar geworden, wie falsch er damit gelegen hatte. Bislang hatte sein Vater, ein totaler Workaholic, sich einfach nicht von seiner

Arbeit losreißen können. Bis vor einem halben Jahr hatte er an mindestens sechs Tagen in der Woche gearbeitet, oft mehr als siebzig Stunden. Dann hatte ihn ein mittelschwerer Herzinfarkt auf die Bretter geschickt. Dennoch hätte Dieter Weimershaus nach Krankenhaus und Reha-Klinik am liebsten so weitergemacht wie vorher, aber seine Frau Elfriede hatte sich durchgesetzt und ihm, immerhin, diese kleine Reise nach Kelkheim verordnet. Der erste Urlaub nach acht Jahren, wie sie nicht müde wurde zu betonen.

Nun war Dieter heilfroh, dem Drängen seiner Frau nachgegeben zu haben. Seit er in der Backstube seiner kleinen Bäckereikette mit sieben Filialen zusammengebrochen war, war Stefans jüngerer Bruder Dirk immer mehr in die Führungsaufgaben des Unternehmens hineingewachsen und machte seine Sache zum Erstaunen des Vaters wirklich gut.

Stefan wiederum freute sich, dass seine Eltern sich hatten durchringen können, ihren Besuch noch um einige Tage zu verlängern, denn bis zum nächsten Wiedersehen würde eine ganze Weile vergehen.

An diesem Tag eröffnete Dieter seinem Ältesten, dass er vorhatte, sich in ein oder zwei Jahren zur Ruhe zu setzen.

»Geht es dir so schlecht, Papa?«, fragte Stefan erschrocken.

»Aber nein«, beschwichtigte ihn der rundliche Bäckermeister, »es geht mir wieder erstaunlich gut. Doch ich merke selbst, dass ich dem Stress in der Firma nicht mehr gewachsen bin.«

»Endlich siehst du es ein!«, rief Elfi, wie Elfriede meist genannt wurde. »Das sage ich seit Langem – aber, Stefan, dein Vater will einfach nicht auf mich hören.«

Verena kam ihrem Mann zuvor: »Wenn ihr auf eure Frauen hören würdet, wäre vieles leichter für euch!«

»Bravo, Verena!«, sagte Elfi.

»Na dann prost«, sagte Stefan mit schiefem Grinsen. Während sie bis zum späten Abend gemütlich beisammen saßen, begann es draußen wie aus Kübeln zu schütten.

Als Stefan am nächsten Morgen gegen neun das Detektivbüro betrat, saß Peter schon gutgelaunt am Schreibtisch und grinste ihn an. »Hallo, Stefan, hast du gut geschlafen?«

»Wie bitte, ist bei dir 'ne Schraube locker?«

»Ganz gewiss nicht.«

»Dann muss gestern doch noch ein neuer Fall reingekommen sein. Warum hast du mich nicht angerufen?«

»Weil ich zu lange mit Burkhard telefoniert habe. Ich wollte euren schönen Abend dann nicht mehr stören.«

»Das ist ja nett, aber nun erzähl schon. Was hat er gesagt?«

»Burkhard kennt den Filialleiter eines Supermarkts in Hattersheim, und der hat ihn um einen Gefallen gebeten.«

»Das klingt jetzt nicht sehr spektakulär.«

»Wart's ab. In diesem Markt kommen in letzter Zeit auffallend viele Gegenstände und auch Geld aus den Kassen weg.«

»Und weiter? Darum kann sich doch der Hausdetektiv kümmern, oder? Wird wohl ein Kunde oder eine Kassiererin sein.«

»Genau das sagt auch die Konzernleitung. Der Filialleiter sieht das aber anders, denn es sind fast sämtliche Kassen betroffen, und die Gegenstände, die verschwinden, kannst du nicht einfach so in der Manteltasche verschwinden lassen. Wenn es nur der Wein, eine teure Flasche Cognac, ein paar Strumpfhosen oder meinetwegen auch zwanzig Flaschen eines besonders teuren Parfüms wären, das könnten alles noch gewöhnliche Ladendiebe sein. Aber wie sollen die zum Beispiel in einer Woche vier Kaffeemaschinen und einen Espressoautomaten rausschleppen, ohne dass es auffällt?«

»Da ist was dran.«

»Der Filialleiter wollte einen zweiten Detektiv einstellen oder wenigstens einen externen engagieren, aber die Konzernleitung hat abgelehnt – zu teuer.«

»Und? Heißt das etwa, wir sollen umsonst arbeiten?«

»Das schon mal gar nicht«, grinste Peter, »aber auch nicht kostenlos. Der Filialleiter bezahlt uns aus seiner Privatschatulle. Burkhard hat nur gemeint, wir sollen bei der Abrechnung ein bisschen gnädig sein.«

»Das hört sich schon besser an. Vom Herumsitzen verdienen wir schließlich gar nichts.«

»Ganz meine Meinung. Dann mal auf nach Hattersheim.«

Während die Detektive sich freuten, endlich wieder etwas zu tun zu haben, betraten Dieter und Elfriede Weimershaus gerade den Schwimmbadbereich der Rhein-Main-Therme. Nachdem ihnen der Stiefsohn von Stefans Kollegen Peter neulich so von dem Bad vorgeschwärmt hatte, wollten sie es sich vor ihrer Abreise auch noch einmal ansehen.

»Ist das schön hier«, staunte Elfi.

»Ja, das hat nichts mehr mit den sterilen Schwimmhallen von früher zu tun«, stimmte ihr Mann zu. »Wir waren schon viel zu lange nicht mehr schwimmen.«

Sie waren noch nicht lange im Wasser, als ihre Freude über das schöne Bad nachhaltig getrübt wurde. Eine siebenköpfige Mädchengruppe marschierte in den Schwimmbereich. Sie stritten bereits lautstark, während sie sich dem Beckenrand näherten. Eines der Mädchen angelte sich blitzschnell einen MP3-Player, der auf einem verlassenen Liegestuhl lag, und ließ ihn unter dem Handtuch über ihrem Arm verschwinden.

»Hast du das gesehen?«, fragte Dieter seine Frau.

»Was denn?«

»Die hat gerade so ein äh … Musik-Dings da, geklaut.«

»Dieter, du siehst Gespenster«, antwortete seine Frau, und Dieter Weimershaus murmelte: »Vielleicht hast du recht.«

Während der Bäckermeister und seine Frau ihre Bahnen durch das mit Palmen und allerlei Grünpflanzen verschönerte Bad zogen, waren auch die Jugendlichen, deren Alter Dieter auf zwischen fünfzehn und zwanzig Jahre schätzte, im Wasser angekommen, und ihre Streitereien gingen dort weiter. Dabei benutzten sie eine Sprache, die den älteren Herrschaften die Zornesröte ins Gesicht trieb.

»Nein, so was mache ich nicht, du … du … blöde Hexe!«, schrie die Kleinste von ihnen, ein etwas pummeliges, schwarzhaariges Mädchen. Die Angeschriene, die wesentlich größer und älter war und die Anführerin der Gruppe zu sein schien, giftete zurück: »Das ist aber der Preis dafür, wenn du bei uns mitmachen willst. Also stell dich beim nächsten Mal nicht so an, du Weichei.«

»Dann steig ich eben aus!«

»Meine Fresse, bist du scheiße. Du Spasti bist echt so doof, wie du fett bist. Aussteigen gibt's nicht. Wer einmal bei uns ist, der bleibt. Und in Zukunft parierst du, sonst …«

»Was sonst, Lea?«

»Wenn nicht … ach, fick dich, ich rate dir nur, dich bei uns einzuordnen, Nadine, sonst wirst du es bereuen.«

»Du blöde Sau!«, schrie Nadine, die inzwischen den Tränen nahe war, und spritzte Lea einen Riesenschwall Wasser ins Gesicht. Allerdings bekam ihn auch Dieter Weimershaus ab, der mit seiner Frau nur wenige Meter entfernt auf das Lichtsignal wartete, das die Aktivierung des Wellenbads in einem Extra-Bereich verkündete.

Nun aber sagte er: »Komm, Elfriede, das tun wir uns nicht länger an, wir schwimmen nach draußen.«

Peter und Stefan schlenderten durch die Gänge des Supermarktes, um sich ein Bild von den Örtlichkeiten zu machen, und gingen dabei so unbekümmert zu Werke, als merkten sie nicht, dass sie nicht nur Beobachter waren, sondern auch Beobachtete.

Schon seit sie den Markt betreten hatten, folgte ihnen im Schutz der Regale eine Person, die keinen ihrer Schritte unbeobachtet ließ. Der ein Meter neunzig große, gertenschlanke und dunkelhaarige Mann folgte ihnen bis in die Nähe des Kassenbereichs und blieb in sicherer Entfernung hinter einer Warenpalette in einem der Gänge stehen. Erst als die Detektive mit ihren Einkäufen die Kasse passiert hatten, drehte er sich um und verschwand in den Tiefen des Geschäfts.

Peter und Stefan gingen unterdessen schnell zu ihrem Auto, das sie in der großen Parkgarage abgestellt hatten, stiegen ein und fuhren schweigend nach Kelkheim zurück.

Erst kurz bevor sie in der Frankfurter Straße ankamen, fragte Peter: »Hast du bemerkt, dass wir beobachtet worden sind?«

»Dann war das doch keine Einbildung von mir. Ich dachte schon fast, ich sehe Gespenster. Weißt du, wie er oder sie aussieht?«

»Leider nicht. Es war ein Mann, er war ziemlich groß. Mehr kann ich nicht dazu sagen, denn er war sehr bedacht, sich nicht offen zu zeigen. Aber wir scheinen da bereits jemanden aufgeschreckt zu haben. Es würde mich nicht wundern, wenn das Ganze in wenigen Tagen erledigt ist.«

Inzwischen waren auch Dieter und Elfriede wieder in Kelkheim und wollten zum Ausklang eines schönen Tages noch etwas spazieren gehen.

»Richtig schön sieht es hier aus«, meinte Elfriede, als sie durch die Stadtmitte-Süd zur Frankfurter Straße hin schlenderten.

»Ja, und hier muss doch irgendwo das Detektivbüro sein.«

»Dieter, ich weiß gar nicht, was du andauernd dort willst. Was gibt es da außer Unordnung denn Interessantes zu sehen?«

»Du meinst, die beiden …«

»Wenn ich daran denke, wie es in Stefans Zimmer immer aussah, wird's mir jetzt noch ganz anders. Irgendwas müssen wir bei seiner Erziehung falsch gemacht haben. Zum Glück ist Verena das genaue Gegenteil. Allerdings scheint Peter, nach dem, was Annika mir anvertraut hat, auch nicht besser zu sein als unser Sohn.«

»Umso wichtiger, dass wir einmal nach dem Rechten sehen«, sagte Dieter und rannte seiner Frau fast davon.

Er wäre dann beinahe am Detektivbüro vorbeigelaufen, blieb aber abrupt stehen, als seine Frau rief: »Halt, hier ist es«, sodass Elfi mit ihm zusammenstieß.

»Au, du Trampel!«, sagte sie, musste dann aber grinsen, denn wenn ihr Mann erst einmal Fahrt aufgenommen hatte, war er durch nichts mehr zu bremsen.

So auch diesmal. Er drückte die Glastür schwungvoll auf, zog den schweren Vorhang dahinter beiseite – und beide erstarrten.

Stefan und Peter saßen inmitten ihrer Aktenberge und

blickten ebenfalls erschrocken zu ihnen hin. Dabei ließ Stefan die Cola-Flasche, aus der er gerade getrunken hatte, fallen, sodass sich ein kleines, schäumendes Rinnsal über den lange nicht mehr geputzten Boden ergoss und schließlich Elfriedes neue, dunkelblaue Halbschuhe umspülte.

»Igitt! Du Ferkel. Würdest du die Flasche vielleicht irgendwann mal aufheben?«

»Na… natürlich«, stotterte Stefan und stand schnell auf.

Peter, der sein schadenfrohes Grinsen kaum unterdrücken konnte, bekam dafür von Stefans Vater einen derart ärgerlichen Blick zugeworfen, dass er sich beinahe an seinem Brötchen verschluckte, vom dem er gerade abgebissen hatte.

Als er wieder sprechen konnte, sagte er verlegen: »Das ist aber eine Überraschung, dass ihr uns besucht.«

»So war das auch gedacht«, sagte Dieter, und Elfriede fügte ernst hinzu: »Da wundert ihr euch noch, dass sich eure Klienten nicht in diese Räuberhöhle trauen? Gegen die Unordnung allein sag ich ja noch nicht mal was, aber habt ihr euch mal die Wände und den Fußboden angesehen? Wann ist hier denn zum letzten Mal etwas gemacht worden?«

»Ähm, ja, als wir das hier vor fünf Jahren übernommen haben, sah es noch so gut aus, dass wir dachten, das geht noch eine Weile«, erklärte Peter, und Stefan fügte hinzu: »Na ja, so langsam …«

»Junge, du hast 'ne Meise«, sagte Elfi in ihrer unnachahmlich direkten Art zu ihrem Sohn, »da muss schnellstens was geschehen. Heute Abend um sieben ist Krisensitzung, dann sehen wir weiter. So, jetzt haben wir noch einige Vorbereitungen zu treffen. Kommt pünktlich und kneift nicht, es herrscht Anwesenheitspflicht.«

Als Stefan und Peter pünktlich um sieben Stefans Wohnzimmer betraten, staunten sie nicht schlecht, denn seine Eltern hatten die ganze Familie zusammengetrommelt. Selbst Verenas und Peters Eltern waren da.

Elfi hatte sich zur Wortführerin erklärt und sagte: »Gut, dass ihr da seid, dann sind wir vollzählig. Ihr könnt euch sicher denken, warum ich euch alle zusammengetrommelt habe, oder?«

Andreas Stettner – Peters Vater und zugleich Verenas Opa – sagte grinsend: »Ich habe schon gehört, dass ihr die beiden Meisterdetektive in ihrer Höhle besucht habt.«

»Höhle ist gut. Genauso muffig riecht es da drinnen. Da muss Licht und Luft rein. Wenn alle mit anpacken, sind wir in zwei Tagen fertig. Morgen früh um halb acht geht's los. Hat jemand etwas einzuwenden?«

»Wir müssen doch morgen in einem Fall ermitteln«, wagte Stefan den Versuch eines Einwandes, aber seine Mutter erstickte ihn im Keim: »Ich denke, ihr habt keinen konkreten Auftrag. Und was ihr dort in Hattersheim macht, ist auch mehr halboffiziell.«

»Schon, aber …«

»Nichts aber. Du selbst hast gesagt, dass es da nicht viel für euch zu tun gibt. Wenn ihr euch ab Freitag wieder richtig reinkniet, ist das vielleicht am Samstag schon erledigt.«

Nachdem niemand weitere Einwände hatte, wurde noch festgelegt, wer welche Arbeiten machen würde, und anschließend nicht mehr übers Renovieren gesprochen. Nach einem gemütlichen Abendessen gingen sie früh schlafen.

Am nächsten Tag packten alle mit an – dafür sorgten Elfi Weimershaus und ihr Mann schon. Nicht nur der Bodenbelag wanderte in den eigens dafür bestellten Container, auch die vergilbten Tapeten und einige der Uralt-Möbel nahmen diesen Weg. Für den nächsten Tag war geplant, die Wände in hellen, frischen Farben zu streichen.

Während die Detektive nicht darum herumkamen, mit anzupacken, kam Sven sein neues Hobby zugute: Um halb drei fuhr ihn Andreas Stettner ins Schwimmbad. Peters Vater hatte ihn kaum vor der Therme aussteigen lassen, da rannte der Junge, ohne sich umzudrehen, schon ins Bad und war nur zehn Minuten später als Erster im Wasser. Für heute war ein großes Wettschwimmen angesagt, und nicht nur Sven freute sich schon darauf.

Zu ihrer aller Enttäuschung kam Dietmar Ziegler, der Gruppenleiter, erst sehr spät und dann auch noch in Straßenkleidung. Er rief alle zu sich und sagte: »Tut mir leid, aber das Wettschwimmen muss ausfallen, denn ich bin sehr stark erkältet und muss gleich wieder fort.«

»Schade!«, rief eines der Mädchen. »Müssen wir dann rausgehen?«

»Nein, ich habe mit euren Eltern gesprochen. Lisa, Lena, Marie, Nico und Ben«, sagte er zu den Kleinsten, »eure Eltern werden in wenigen Minuten hier sein, um euch zu beaufsichtigen. Die Großen haben ja von ihren Eltern schon früher die Erlaubnis bekommen, allein hinüber in den öffentlichen Teil des Bades zu gehen. Benehmt euch gut, und wenn eure Zeit um ist, geht ihr ganz normal raus.«

Sven, Viola und Carola schwammen eine Weile, bevor sie zur Grotte hinübergingen, in der sich zwei Whirlpools befanden. Hier war es angenehm warm und etwas düster, richtig gemütlich, wie Sven immer sagte. Nachdem sie einige Zeit ins Gespräch vertieft waren, verkündete Carola: »Ich gehe noch einmal in den Wildwasserkanal, kommt ihr mit?«

Aber Sven wollte die letzten Minuten lieber in der Grotte verbringen, und Viola meinte, sie müsse aufs Klo und wolle sich dann gleich umziehen.

So blieb Sven allein in der Grotte zurück. Wenig später kam eine Gruppe Jungen lärmend hereingerannt. Sie drängten sich derart rücksichtslos um die beiden kleinen Whirlpools, dass Sven sich ganz dünn machen musste. Deshalb stieg er aus dem Wasser, rannte zu dem Liegestuhl, auf den er sein Handtuch geworfen hatte, und wickelte sich hinein. Dann ließ er seinen Blick durch das Bad schweifen, aber Carola war nirgends zu entdecken.

Na ja, sie wird wohl auch schon in der Umkleide sein, dachte er, und blickte zu der zurzeit geschlossenen Bar hinüber, die Schwimm- und Saunabereich trennte. Ob's da auch Cocktails gibt?, fragte sich der Junge und dachte, dass er gern einmal einen probieren würde.

Im nächsten Augenblick zuckte er zusammen, denn ihm fiel etwas Unheimliches auf. Im ersten Moment hätte er nicht sagen können, was es war, aber dann wurde es ihm klar: Dort drüben, hinter einer mächtigen Palme, ragte ein Arm hervor. Das wäre an sich noch nichts Besonderes gewesen, aber der Arm baumelte irgendwie unnatürlich verdreht von einer Stuhllehne herab.

Da wird wohl jemand schlafen, dachte er, gab aber dennoch seinem ersten Impuls nach und lief ein Stück zur Bar hin. Als er jedoch erkannte, dass auf dem Stuhl ein junges Mädchen saß, das höchstens zwei, drei Jahre älter als er selbst war, blieb er abrupt stehen.

»Ich mach mich doch nicht lächerlich«, murmelte er, »die sucht bestimmt nur einen Dummen, den sie verarschen kann.«

Dann sah er auf seine wasserdichte Armbanduhr und

erschrak. So spät war es schon? Er musste schnellstens zur Umkleide, wenn er nicht nachzahlen wollte. Dann drehte er sich um und ging dem Ausgang entgegen.

»Moment mal, junger Mann, nicht so stürmisch!«, erklang eine Stimme hinter ihm, und er drehte sich erstaunt um.

»Opa Andreas, wo kommst du denn her?«

»Von draußen, da komm ich und hab mir gedacht, ich schaue mal nach, was ihr hier so macht«, reimte Andreas Stettner, und Sven antwortete: »Unser Boss, der ist krank, liegt zu Hause im Bett, doch wir durften bleiben, ist das nicht nett?«

»Das hast du prima gesagt, Junge, aber es ist schade, denn ich habe noch gut und gern zwei Stunden Badezeit.«

»Meine ist fast um. Ich muss mich beeilen, sonst muss ich nachbezahlen.«

»Ach, lass uns noch 'ne Runde schwimmen, ich zahle nachher für dich mit.«

»Wo ist denn Oma?«

»Die wollte nicht mit, die legt gerade bei Peter und Stefan im Büro den Endspurt für heute hin.«

»Na, dann los!«, rief Sven, stürzte sich ins Wasser und schwamm mit kräftigen Stößen davon. Andreas Stettner, der für sein Alter noch sehr rüstig war, hatte ihn aber schnell eingeholt. Als sie in die Nähe der Schleusen zum Außenbecken kamen, hatte er bereits einen Meter Vorsprung.

Durch Zufall sah Sven erneut zur Bar hinüber und erschrak. Denn der Arm des Mädchens hing noch immer genauso leblos von der Stuhllehne herab wie vorhin.

»Opa!«, rief er laut, denn sein Stiefgroßvater war kurz davor, den Innenbereich zu verlassen.

Sven kraulte, so schnell er konnte, hinterher und wollte gerade ein zweites Mal rufen, da drehte sich Andreas um, und die beiden stießen so heftig mit den Köpfen zusammen, dass es krachte.

»Autsch, Opa, du hast vielleicht einen harten Schädel.«

»Das Kompliment kann ich dir zurückgeben, aber was ist denn los?«

»Schau mal nach da drüben, an der Bar.«

»Wenn du ein Bier trinken möchtest, muss ich dich leider enttäuschen. Deine Mutter würde mir den Kopf abreißen, und außerdem ist noch zu.«

»Ach Quatsch! Sieh doch, da liegt ein junges Mädchen auf einem Liegestuhl.«

»Gefällt sie dir? Du fängst aber früh an, Junge.«

»Nee, Opa, so mein ich das nicht. Ich wollte nur sagen, die lag vorhin, als ich mein Handtuch geholt habe, schon genauso da, und ich könnte schwören, sie hat sich seitdem nicht bewegt.«

»Wie bitte? Ich fürchte, da ist was faul. Komm, lass uns nachsehen.«

Gemeinsam schwammen die beiden zum flachen Ausstieg hin und gingen zu dem Mädchen.

Als sie nur noch wenige Meter entfernt waren, blieb Andreas Stettner abrupt stehen und hielt auch Sven zurück. In den weit aufgerissenen Augen der jungen Frau war kein Leben mehr. Andreas Stettner rief laut nach dem einen der beiden Bademeister, der am anderen Beckenrand stand, und zeigte auf das Mädchen. Dieser machte sofort ein alarmiertes Gesicht und eilte zu ihr herüber. Er begann unverzüglich mit Wiederbelebungsversuchen, doch offensichtlich kam jede Hilfe zu spät.

Zehn Minuten später war der Notarzt zur Stelle, und kurz darauf traf Claus Mergentheimer von der Hofheimer Kripo ein. Im Schlepptau hatte er einen hochmotivierten jungen Beamten namens Simon Tannenbaum, der von Claus' neuem Chef, Manfred Schuchheim, mit zur Hofheimer Dienststelle gebracht worden war.

Die beiden Polizisten befragten neben Andreas Stettner und Sven noch einige weitere Badegäste und die beiden Bademeister. Da aber außer Sven kein Mensch etwas von dem toten Mädchen bemerkt hatte, waren die Vernehmungen innerhalb einer guten halben Stunde beendet.

Inzwischen hatte der Notarzt seine Arbeit beendet und der Spurensicherung Platz gemacht. Schnell stand fest, dass der Teenager, an dessen Armen man zahlreiche Hämatome fand, nicht einfach so auf dem Stuhl entschlafen war. Offensichtlich hatte sie, als sie bereits ertrunken war, jemand dort hingesetzt. Claus ließ das Bad gleich nach seinem Eintreffen komplett räumen und veranlasste, dass die Leiche in die Rechtsmedizin nach Wiesbaden gebracht wurde. Da es immer wahrscheinlicher wurde, dass hier ein Tötungsdelikt vorlag, war ab sofort die ständige Mordkommission im Polizeipräsidium Wiesbaden zuständig.

Zum Glück waren Andreas und Sven schnell zurück in den Umkleidekabinen gewesen, sonst hätten sie bei dem plötzlichen Gedränge lange warten müssen. Als sie auf dem Weg nach draußen das Foyer des Bades durchquerten, liefen sie den beiden aus dem Badebereich kommenden Polizeibeamten in die Arme.

»Herr Stettner!«, rief Claus Mergentheimer. »Könnten Sie mal einen Moment warten? Ich hab noch einige Fragen.«

Während sich Andreas und Sven auf der bequemen

Couch in der Vorhalle niederließen, eilte Claus zu seinem Kollegen Simon Tannenbaum, übergab ihm den Schlüssel des Dienstwagens und fragte: »Ist die Identität des Mädchens denn inzwischen geklärt?«

»Ja, in ihrem Rucksack, den wir im Spind fanden, war ein Schülerausweis. Sie heißt Nadine Lorenz und war gerade mal fünfzehn Jahre alt.«

»Oh Gott, so jung noch«, entfuhr es dem erfahrenen Beamten, bevor er wieder sachlich wurde: »Bitte benachrichtige gleich ihre Eltern und fahr dann schon mal vor ins Revier, ich komm dann mit den Kollegen nach. Ich möchte nur noch einmal kurz mit Andreas Stettner sprechen.«

»Genau, das wollte ich dich vorhin schon fragen, den Namen habe ich von dir schon öfters gehört. Ist das dieser Detektiv?«

»Nein, das ist Peter Stettners Vater, und der Junge ist sein Stiefsohn oder, besser gesagt, der Sohn seiner Frau aus deren erster Ehe. Peter wirst du bestimmt in näherer Zukunft auch noch kennenlernen, aber hüte dich vor ihm. Er hört selbst da das Gras wachsen, wo es noch nicht einmal angesät ist.«

Simon Tannenbaum grinste schief, dann machte er sich auf den Weg zum Auto, während Claus zur Couch hinüberging.

»Es war tatsächlich Sven, der die Leiche gefunden hat?«

»Ja, er hat mich erst darauf aufmerksam gemacht.«

»Hast du denn sonst noch irgendwas beobachtet, was uns weiterhelfen könnte?«, wandte sich der Hauptkommissar direkt an den Jungen.

»Nein, äh … sie muss aber schon länger dort gelegen haben.«

»Wie meinst du das?«

Zuerst zögerte Sven, dann fasste er sich ein Herz und sagte: »Ich hab sie vielleicht 'ne halbe Stunde vorher schon dort liegen sehen.«

»Wie bitte?«

»Ja, äh … ich … ich bin aber nicht ganz bis zu ihr hingegangen, weil ich dachte, sie sucht nur einen Dummen, der sich Sorgen um sie macht, und lacht mich dann dafür aus. Hätte man sie noch …?«

»Nein, da brauchst du dir keine Kopfzerbrechen zu machen. Als du sie zum ersten Mal sahst, war sie schon tot. Sie ist ertrunken.«

Dann erzählte Sven, dass Carola und Viola Klinger, kurz bevor er das Mädchen entdeckt hatte, noch bei ihm waren, und Claus Mergentheimer fragte sofort: »Haben die beiden das Mädchen auch gesehen?«

»Ich glaube nicht, aber ich weiß es nicht hundertprozentig.«

»Okay. Kannst du dich an den Zeitpunkt erinnern, an dem der Stuhl noch leer war?«

»Als wir um halb sechs in die Grotte gingen, lag sie noch nicht da, da bin ich mir fast sicher. So ungefähr um sechs sind die Mädchen gegangen und ich ein paar Minuten später, weil es in den Whirlpools dann sehr voll wurde. Da hab ich sie zum ersten Mal gesehen. Dann habe ich mein Handtuch geholt und wollte zum Ausgang, da bin ich Opa Andreas begegnet. Kurz darauf haben wir den Bademeister gerufen.«

»Das bedeutet«, dachte Claus Mergentheimer laut nach, »dass sie höchstwahrscheinlich zwischen halb sechs und sechs Uhr dort abgelegt wurde. Sonderbar, dass niemand etwas gesehen hat.«

»Heute war die Bar geschlossen, da waren keine Leute dort oben«, sagte Sven, und Claus sah ihn anerkennend an.

»Du hast eine gute Beobachtungsgabe, vielleicht solltest du auch Detektiv werden. Jedenfalls hast du mir gut weitergeholfen. Ich danke dir.«

## 2.

In dem großen Supermarkt nahe der Hattersheimer Autobahnabfahrt ging es nun, gegen Ende der Geschäftszeit, ziemlich hektisch zu. Diana Thalmeier stöhnte gequält auf und rieb sich den schmerzenden Rücken. Schon seit mehreren Stunden saß sie an der Kasse, ohne einmal durchatmen, geschweige denn eine Pause machen zu können. Sie fertigte die Kunden buchstäblich wie am Fließband ab. Ihren Kolleginnen ging es nicht besser. Leider waren sie an diesem Abend nur zu sechst, und es herrschte Hochbetrieb. Immer wieder blickte die Einunddreißigjährige verstohlen auf ihre Armbanduhr und verdrehte die Augen, denn die Zeiger schienen nur im Schneckentempo weiterzukriechen. Es war erst zwanzig nach acht. Ein Segen, dass sie sich heute früher freigenommen hatte, denn so war für sie wenigstens um neun Uhr Schluss. Ihre Freundin Carolin musste dagegen bis zum bitteren Ende um zehn Uhr durchhalten und dann auch noch abrechnen.

Nun kamen drei junge Mädchen an die Reihe und legten ihre Artikel aufs Band. Da der Scanner wie so oft in letzter Zeit Zicken machte, gab Diana die Artikelnummern per Hand ein und konnte so das Nörgeln der hinter den Mädchen wartenden Kunden in Grenzen halten. Auf die Idee, dass die Preisschilder manipuliert waren, um ihren Blick von den Mädchen weg auf den Kassenautomaten zu richten, kam Diana Thalmeier nicht. So zahlten die Mädchen ihre billigen Artikel und kamen mit wertvollen Parfüms und teurem Rotwein unter den Jacken unbehelligt durch die Kasse.

Carolin Linke an der Kasse nebenan hatte die Mädchen ebenfalls gesehen, aber da auch bei ihr die Kunden schon ungeduldig wurden, blieb ihr keine Zeit, sich darüber Gedanken zu machen.

Endlich kam Dianas Ablösung. Sie stand auf, ließ sich von ihr die Übernahme der Kasse bestätigen, winkte ihrer Kollegin zum Abschied zu und ging hinüber zu den Sozialräumen, um ihren Kittel wegzuhängen.

Endlich wieder frische Luft, dachte Diana, als sie aus dem Personalausgang trat und zu ihrem Fiat Panda hinüberging. Schnell stieg sie ins Auto, verließ den großen Parkplatz und hatte das Glück, an der nächsten Ampel ausnahmsweise einmal nicht halten zu müssen. Sie bog nach rechts in die Hofheimer Straße ein, gab Gas und ließ den Wagen dann gleich wieder rollen, denn die nächste Ampel war nicht so wohlwollend und sprang vor ihr auf Rot. Trotz der späten Stunde war noch erstaunlich viel Verkehr, sodass Diana bereits auf der Höhe der kleinen Tankstelle auf der rechten Straßenseite zum Stehen kam. Unwillkürlich wandte sie ihren Blick zu der hellerleuchteten Anlage, die aber dennoch wie ausgestorben dalag, da die meisten Leute an der Tankstelle des Supermarktes tankten. Deshalb fielen ihr auch das Auto und die jungen Frauen, die etwas abseits am Rande des Tankstellengeländes standen, sofort auf. Sie glaubte unter den heftig diskutierenden Teenagern, die eine Rotweinflasche kreisen ließen, eine der jungen Frauen wiederzuerkennen, die vor einer halben Stunde bei ihr durch die Kasse gegangen waren.

Plötzlich zog ein anderes der Mädchen die Jacke aus und streifte einen Pullover über, was Diana schon etwas sonderbar vorkam.

Haben die kein Zuhause, dass die sich auf der Straße umziehen müssen?, dachte sie noch, dann fuhr sie weiter, denn es war längst Grün geworden und die Autos vor ihr hatten sich schon in Bewegung gesetzt. Nach wenigen Metern überquerte Diana die Mainzer Landstraße und fuhr in die Lindenstraße hinein, in der ihr Mann und sie vor wenigen Monaten ein altes, renovierungsbedürftiges Häuschen gekauft hatten. Seit sie aus Frankfurt hierhergezogen waren, hätte Diana den kurzen Weg zur Arbeit auch laufen können, aber ihr Mann bestand darauf, dass sie wenigstens an den Tagen, an denen sie bis spätabends arbeiten musste, das Auto nahm.

In der Mädchenclique vor der geschlossenen Tankstelle herrschte ein gereizter Ton. Lea Stoltze, die Anführerin, verteilte gerade neue Aufträge, wie sie es nannte, an die anderen. Sie war mit ihren einundzwanzig Jahren die Älteste, und das Auto, ein altersschwacher VW Polo, gehörte ihr. Die anderen waren ihr teils aus Angst, teils aus Ehrfurcht treu ergeben und machten alles, was sie verlangte. Weder Laura Pohl, die in wenigen Wochen achtzehn wurde, noch die beiden Siebzehnjährigen Julia Brandt und Maren Peters muckten jemals ernsthaft auf. Aber auch die unzertrennlichen Freundinnen Natascha Krug und Miriam Anders, die beide gerade erst siebzehn geworden waren, hatte sie gut im Griff. Sie wagten zwar immer einmal wieder zu widersprechen, wenn Lea ihnen zu brutal und rücksichtslos vorging, aber meist genügte ein scharfer Blick oder eine energische Geste, um sie unverzüglich wieder auf Kurs zu bringen. Lediglich die Jüngste unter ihnen, die fünfzehnjährige Nadine Lorenz, die erst vor Kurzem zu ihnen gestoßen war, hatte es bisher gewagt, sich Leas Anweisungen zu widersetzen.

Lea zog den dicken Winterpulli aus und ihre alte, abgewetzte Lederjacke wieder an. »Super, Natascha, das hast du gut gemacht, der sitzt wie angegossen. Miriam, was hast du mir denn aus Flörsheim mitgebracht?«

Miriam zog eine teure Bluse unter ihrer Jacke hervor, und Lea prüfte sie mit Kennerblick und nickte anerkennend. »Prima, die bringt gewiss ein paar Euro. Aber hättest du nicht gleich zwei davon nehmen können?«

»Es waren kei...«

»Na ja, Schwamm drüber«, unterbrach Lea das Mädchen gönnerhaft und wandte sich dann Laura, Julia und Maren, die den Supermarkt in Hattersheim unsicher gemacht hatten: »Was habt ihr mir denn Schönes mitgebracht? Maren, du beginnst.«

Die recht kleine, dickliche Siebzehnjährige zog eine Spindel mit DVD-Rohlingen sowie mehrere Päckchen Batterien unter ihrer Jacke hervor, was ihr ein verächtliches Schnauben ihrer Chefin einbrachte. »Was soll ich denn mit so einem Schrott? Wer, meinst du, kauft uns das ab? Das nächste Mal bringst du etwas Gescheites, sonst muss ich dich bestrafen. – Julia, hoffentlich wird's bei dir besser. Was hast du zu bieten?«

Die Angesprochene zauberte vier Schachteln mit Parfüm unter ihrer Jacke hervor, und Lea sah gleich, dass es das teure für fast vierzig Euro war.

»Super, du bist heute unser Spitzenreiter. Dafür bekommst du heute den letzten Schluck.« Sie reichte ihr die Weinflasche.

Das war in den Augen der Mädchen eine ganz besondere

Auszeichnung, denn sonst beanspruchte Lea genau diesen Schluck für sich selbst.

»So, und nun zu dir, Laura. Was hast du?«

Triumphierend zog die junge Frau eine neue Flasche des teuren Rotweins aus der Jacke, den sie so gern tranken, aber Lea wäre nicht Lea gewesen, wenn sie nicht sogleich zu mosern begonnen hätte: »Was, nur eine?« Aber dann fügte sie milde gestimmt hinzu: »Okay, die köpfen wir jetzt.«

Die Mädchen öffneten die neue Flasche, ließen auch sie kreisen, und nachdem Lea das zweite Mal getrunken hatte, sagte sie: »In den nächsten Tagen sind dann wieder das kleine Kaufhaus in Kelkheim und die Läden in Eschborn dran, damit wir nicht auffallen. Und denkt dran, bald ist wieder Zahltag. Dann sind die Sachen verkauft, die ihr im letzten Monat organisiert habt, und jede bekommt ihren Anteil.«

Dass dieser kaum zehn Prozent des Erlöses ausmachte und Lea genau den gleichen Betrag, den die Mädchen zusammen bekamen, in ihre Tasche steckte, brauchten die anderen nicht zu wissen.

Nachdem sie auch die zweite Flasche geleert hatten, quetschten sich alle sechs in den kleinen Wagen, und Lea fuhr mit ihnen in Richtung Friedhof. In der kleinen, schlecht ausgeleuchteten Seitenstraße neben der Ruhestätte endete die Fahrt für Natascha, Miriam und Laura.

Bevor die drei aussteigen durften, erklärte Lea ihnen, was sie tun sollten: »Ihr notiert bei allen frischen Gräbern, wann die Leute gestorben sind, ob es Männer waren und wie alt die Leute geworden sind.«

»Warum sollen wir das tun?«, fragte Natascha.

»Quatsch nicht rum, tu, was man dir sagt. Ich brauche

diese Daten, weil sich daraus vielleicht ein Geschäft machen lässt.«

Dann drückte sie den dreien leistungsstarke Taschenlampen, Blöcke und Stifte, die sie aus dem Handschuhfach geholt hatte, in die Hände und schickte sie los. Sie wartete noch so lange, bis die drei Mädchen im Friedhof verschwunden waren, dann drehte sich zu den anderen beiden um, die es sich nun etwas bequemer machen konnten, und sagte grinsend: »Ob ich diese Daten wirklich brauche, weiß ich noch nicht, aber vielleicht kann man manchen verwirrten Witwen irgendeinen Schrott andrehen.«

Sie startete den Wagen, den sie von ihrer Mutter übernommen hatte. Er sprang ausnahmsweise sofort an, und sie fuhren in Richtung Gesamtschule. Auf dem nahezu unbeleuchteten Parkplatz zum Feld hin stellte Lea ihn ab. Hier trafen sie sich oft, wenn sie ihre Aktionen verabredeten und dafür keine Zeugen brauchen konnten. Da es unter der Woche dort nur selten Autos mit Liebespärchen gab, die man erschrecken konnte, schlenderten sie ziellos durch die Gegend.

Unterdessen liefen Natascha und ihre Begleiterinnen über den gespenstisch dunklen Friedhof und maulten sich gegenseitig an, um ihr Unbehagen zu überspielen.

»Leute, was bringt es uns, wenn wir uns zerstreiten? Lasst uns das Ganze lieber systematisch zu Ende bringen, umso schneller haben wir es hinter uns.«

»Du hast ja recht«, gab Miriam, ihre beste Freundin, zu. »Aber warum sollen wir diesen Mist hier überhaupt machen?«

»Irgendwas hat Lea vor«, sagte Laura, »wenn ich nur wüsste, was.«

»Vielleicht will sie die Witwen betrügen, die in ihrem Kummer leichter zu überrumpeln sind?«, schlug Miriam vor, und Natascha meinte: »Oder das hier ist nur ein stinknormaler Loyalitätstest und sonst nichts. Also los, dann haben wir es bald hinter uns.«

»Genau. Nicht dass Lea nachher sagt, wir würden ihre Anweisungen nicht ernst nehmen«, sagte Laura, und Natascha fügte hinzu: »Dann gibt es schon wieder Zoff, und darauf habe ich absolut keine Böcke.«

Andreas Stettner fuhr rasant nach Kelkheim zurück, denn der grausige Zwischenfall in der Therme hatte Sven und ihn lange aufgehalten. Die Uhr im Armaturenbrett zeigte bereits einundzwanzig Uhr an, als sie das Ortsschild von Kelkheim passierten. Annika würde wahrscheinlich schon auf glühenden Kohlen sitzen.

Da alle bei Stefan im Wohnzimmer versammelt sein dürften, fuhr er gleich dorthin, und das Erste, was sie zu hören bekamen, als Verena ihnen die Tür öffnete, war Annikas Stimme: »Verdammt, wo habt ihr euch denn so lange herumgetrieben?«

»Im Schwimmbad«, sagte Andreas Stettner knapp, und Peter meinte lachend: »Dann müsst ihr aber inzwischen Schwimmhäute zwischen den Zehen haben.«

»Hättet ihr nicht mal anrufen können, dass es später wird? Ich habe mir große Sorgen gemacht«, meinte Annika nun vorwurfsvoll, und Sven, der bislang ungewöhnlich schweigsam dabeigestanden hatte, setzte sich erst einmal mit den Worten »Bin gleich wieder da« auf die Toilette ab.

»Ist was passiert?«, hakte Annika nach, die das ungewöhnliche Verhalten ihres Sohnes sofort registriert hatte, und Andreas sagte trocken: »Das kann man wohl sagen.«

»Was ist los, komm, raus mit der Sprache! Hat der Gruppenleiter etwa die Kinder …?«

»Meine Güte, Annika, was du gleich wieder denkst«, fiel ihr Peter ins Wort, und Andreas Stettner sagte: »Nein, das nicht, aber was wir erlebt haben, ist an Dramatik kaum zu überbieten.«

»Was denn nun?«, fragte Annika nochmals, und Peters Vater antwortete kurz und trocken: »Sven hat in der Therme eine Leiche entdeckt.«

»Wie – was?«, fragte Annika, bevor es ihr die Sprache verschlug, und auch die anderen saßen mit offenen Mündern da und trauten ihren Ohren nicht.

»Ja«, führte der alte Herr weiter aus, »ein junges Mädchen, vermutlich nicht älter als sechzehn Jahre, ist in der Therme ertrunken. Sven hat sie auf einem Stuhl vorgefunden.«

»Dort ist sie wohl kaum ertrunken«, sagte Peter sarkastisch, und Stefan stellte fest: »Das heißt, da hat jemand nachgeholfen.«

»So sieht dein Freund Claus das auch«, sagte Andreas Stettner zu seinem Sohn, »wenn ich es richtig verstanden habe, hatte sie Hämatome an den Handgelenken. Er hat den Fall an die Wiesbadener Mordkommission abgegeben.«

»Oh mein Gott!«, stöhnte Annika auf. »Was hat der arme Junge da erleben müssen. Ob ich ihn weiter mit gutem Gewissen in dieses Bad schicken kann?«

»Bitte übertreib es nicht, Annika«, sagte Peter beschwichtigend, »du packst den Jungen ohnehin zu sehr in Watte. Du kannst unmöglich alles Schlechte der Welt von ihm fernhalten.«

»Ich weiß, aber ich kann es wenigstens versuchen.«

Inzwischen war Sven von der Toilette zurück, stand schon eine ganze Weile im Zimmer und sagte: »Ich möchte aber weiter zum Schwimmen gehen, Mutti. Das kannst du mir nicht nehmen.«

»Das will ich auch gar nicht«, lenkte Annika ein und fügte dann hinzu: »Los, setzt euch her, ihr habt doch bestimmt einen Bärenhunger.«

Während die beiden Schwimmer sich den Bauch vollschlugen und sich die Runde dann schnell auflöste, fing der Abend bei der Mädchenclique erst so richtig an. Natascha, Miriam und Laura hatten mit ihrer Loyalitätsprüfung auf dem Friedhof alle Hände voll zu tun, und Lea Stoltze streunte gefolgt von ihren treu ergebenen Kameradinnen Julia und Maren durch das nächtliche Hattersheim. Sie hatten den Wagen auf dem Parkplatz stehen gelassen und gingen nun durch eine Straße namens »Im Boden«, in der es außer einigen Handwerksbetrieben, Lagerhäusern und zwei Discountern kaum etwas gab, in Richtung Stadtmitte. Gerade als sie an das Ende der Straße kamen, wo sie einen Bogen zur Schulstraße hin machte und fast unbeleuchtet zwischen einer Werkshalle und dem städtischen Bauhof hindurchführte, sahen sie die Radfahrerin kommen.

Da es zu dieser Zeit an dieser Stelle keinerlei Publikumsverkehr gab, verständigten sich die drei mit ein paar kurzen Blicken und traten dann gleichzeitig auf die Straße. Die junge Frau, die in einem der inzwischen geschlossenen Discounter arbeitete und mit ihrem Klapprad nach Hause fahren wollte, war kaum älter als Lea.

Kurzerhand vermummten sich die drei Mädchen mit ihren Schals und versperrten ihr den Weg. Als sie versuchte, mit einem riskanten Schlenker auszuweichen, knuffte ihr Lea so fest in die Seite, dass der jungen Frau die Luft wegblieb, sie den Lenker verriss und auf die Straße stürzte. Dabei schlug sie sich das Knie auf und begann vor Schmerzen zu wimmern.

»Hey, du olle Tussi, mach dich nicht so wichtig. Rück deine Kohle und dein Handy raus, aber zack, zack.«

Als die junge Frau ängstlich zu ihr aufsah und stammelnd um Gnade flehte, wurde Lea erst richtig ärgerlich.

Sie trat ihr heftig in die Seite, und als die junge Frau aufschrie, fuhr sie sie an: »Halt's Maul, du dumme Sau, sonst stopf ich dir's.«

Dennoch hielt die Verkäuferin krampfhaft ihre Handtasche umklammert und ließ sie nicht los. Das nahmen die anderen beiden zum Anlass, der Forderung ihrer Chefin noch mehr Nachdruck zu verleihen, und sie traten auf die junge, am Boden kauernde Frau ein, die irgendwann das Bewusstsein verlor und leblos auf die Seite sackte. Darauf riss Lea die Tasche an sich und leerte sie an Ort und Stelle aus. Dabei fiel ihr auch die Geldbörse der jungen Frau in die Hände, die allerdings kaum zwanzig Euro enthielt.

Vor Zorn darüber holte Lea aus und warf die Tasche über das Tor bis weit in das Gelände des Bauhofes hinein, versetzte der jungen Frau, die gerade wieder zu sich kam, noch einen heftigen Tritt ans Kinn und rannte in Begleitung ihrer Freundinnen davon.

Schwer verletzt rappelte Corinna Schedler sich auf und taumelte die wenigen Meter bis zur Schulstraße, wo sie erneut zusammenbrach.

Wäre nicht gerade ein Rentner aus dem nahen Seniorenstift verspätet von einer Zechtour nach Hause gekommen, hätte sie womöglich bis zum Morgen dort gelegen. Der alte Mann war geistesgegenwärtig genug, schnell Polizei und Notarzt zu informieren. So war sie keine halbe Stunde später bereits im Krankenhaus.

Am übernächsten Morgen, die Detektive waren gerade dabei, sich für eine Exkursion nach Hattersheim fertig zu machen, betrat Dr. Pfannmöller das Büro. Er staunte nicht schlecht, wie sehr der ehemals triste Raum sich seit seinem letzten Besuch verändert hatte.

»Donnerwetter, sieht das hier jetzt gut aus«, sagte er anerkennend, »endlich habt ihr euch mal von diesem grässlichen dicken Vorhang getrennt. Man kann wieder hinaus auf die Straße sehen.«

»Davon getrennt worden trifft's wohl eher«, sagte Peter lachend, »aber du wirst ja wohl nicht gekommen sein, um unsere Renovierung zu begutachten. Was gibt's?«

»Ich war gerade in der Gegend und wollte nur mal wissen, ob ihr schon was in der Angelegenheit mit dem Supermarkt erreicht habt.«

»Ja und nein.«

»Wie soll ich das verstehen?«

»Wir waren dort und haben die Lage sondiert, dabei sind wir jemandem aufgefallen und wurden beobachtet.«

»Von wem?«

»Das wissen wir noch nicht, aber wir sind gerade im Begriff, nach Hattersheim zu fahren.«

»Dann lasst euch nicht aufhalten. Aber macht es nicht so wie einer von meinen Mandanten.«

»Wieso?«

»Wir waren gestern Abend in der Cocktailbar in der Frankfurter Straße verabredet, um das weitere Vorgehen in seinem Strafprozess zu besprechen. Aber als ich kam, war er bereits sternhagelvoll. Ihm hatten die Cocktails einfach zu gut geschmeckt.«

Nachdem Dr. Pfannmöller gegangen war, fuhren die beiden Detektive nach Hattersheim, um dem Fall von, wie sie es nannten, dreistem Ladendiebstahl weiter nachzugehen. Dieses Mal hatten sie zur Tarnung die Einkaufsliste ihrer Frauen dabei und fuhren mit zwei Einkaufswagen durch den Markt. Während Stefan zuerst die Getränkeabteilung ansteuerte, fuhr Peter in die Drogerie- und Parfümerieabteilung, da Annika ihm allein von hier fünf Artikel auf dem Zettel notiert hatte.

Zur gleichen Zeit war auch Lea Stoltze im Laden und allein auf der Pirsch. Ziemlich gelangweilt strich sie durch die Regalreihen, zog hier und da etwas heraus, konnte sich aber nicht entschließen, etwas mitzunehmen. Immer wenn sie allein unterwegs war, arbeitete sie auf eigene Rechnung, ohne ihre Gang zu beteiligen, denn schließlich hatte sie ganz andere Pläne, als ihr Taschengeld etwas aufzubessern. Und wie sonst hätte sie ihr Streunerleben, in dem ehrliche Arbeit keinen Platz hatte, finanzieren sollen?

Peter, der gerade die Regalreihe mit Parfümerieartikeln verließ und zu den Kleinelektro-Geräten hinüberwollte, fiel die junge Frau sofort auf. Ihr zielloses Herumwandern war seinem geschulten Kriminalistenauge nicht entgangen. Sie hatte keinen Wagen, sondern einen geräumigen Einkaufskorb aus Kunststoff an ihrem Unterarm hängen, und Peter sah, dass nur eine Riesenpackung Brezeln darin lag. In diesem Augenblick war die junge, wasserstoffblonde Frau mit den langen Haaren an einem Sonderpostenstand angekommen, an dem es MP3-Player zu kaufen gab. Eine Hinweistafel gab Auskunft darüber, dass es sich um Markenartikel verschiedener Fabrikate mit Preisen zwischen 59,99 und 89,99 Euro handelte.

Gerade als die junge Frau anfing, den Stand zu durchwühlen, und anscheinend die Geräte einer bestimmten

Marke aussortierte, kam Stefan dazu. Peter gab ihm ein Zeichen, sich mit ihm etwas zurückzuziehen, und dieser verstand sofort. Aus den Augenwinkeln sah Peter noch, dass die Frau mindestens fünf dieser Player in der Hand hielt, dann gingen die beiden, die ihre Einkaufswagen mitten im Gang hatten stehen lassen, hinter einem breiten Betonpfeiler in Deckung. Als sie wieder Sicht hatten, war die Frau verschwunden.

»Scheiße« war alles, was Peter dazu einfiel.

Vorsichtig sahen die beiden Detektive sich um und entdeckten in einer der benachbarten Regalreihen die Frau wieder, die ziemlich heftig mit einem Mann stritt. Die MP3-Player schien sie nicht mehr bei sich zu haben. Worum es in dem Streit ging, konnten Peter und Stefan nicht verstehen, dazu war es im Markt einfach zu laut, aber Peter, der sich zu Recht etwas auf sein geschultes Gehör einbildete, schnappte das Wort *vorsichtig* auf.

Er erklärte Stefan, was er gehört hatte, und als sie wieder zu der jungen Frau hinsahen, war sie erneut verschwunden. Aber auch der Mann, mit dem sie diskutiert hatte, war nicht mehr zu entdecken.

»Verdammt, wir nehmen die Sache zu locker«, sagte Peter gerade, da entdeckte er die junge Frau abermals, die gerade dabei war, durch die Kasse zu gehen.

»Kümmer du dich um die Einkäufe!«, rief Peter seinem Kollegen und Freund über die Schulter zu, dann stürmte er den Kassen entgegen.

Gerade bevor sie den Markt verließ, hatte auch Peter die Kasse passiert und heftete sich an ihre Fersen. Die Frau legte ein höllisches Tempo vor, und Peter, der noch immer mit seinen überzähligen Pfunden kämpfte, kam ganz schön ins Schwitzen, um mit ihr mithalten zu können.

Als er endlich den Bereich um das Parkhaus erreichte, war die Frau verschwunden.

Kaum hatte Peter gedacht: Mist, jetzt habe ich sie endgültig verloren, da sah er sie auch schon wieder. Sie hatte sich auf dem Oberdeck des Parkhauses in ihr Auto gesetzt und fuhr nun die Rampe hinab ihm entgegen. Er erkannte sie trotz der spiegelnden Windschutzscheibe des alten, roten VW Polo sofort wieder. Sie selbst schien nicht registriert zu haben, dass Peter sie beobachtete, denn sie fuhr fast schon provokant langsam an ihm vorbei und grinste den »alten Mann«, der sie da durch ihre Autoscheibe anstarrte, frech an.

Unterdessen hatte sich Peter das Autokennzeichen eingeprägt und murmelte: »Na ja, immerhin etwas. Aber es war verdammt knapp«, dann ging er zu Stefan zurück.

Dieser kam gerade mit zwei hoch beladenen Einkaufswagen aus dem Markt, und man sah auf den ersten Blick, dass Stefan, der mit den Wagen seine liebe Mühe hatte, ziemlich ärgerlich war.

»Herzlichen Dank, das hast du gut gemacht!«, war auch das Erste, was er sagte.

»Tut mir leid, Stefan, aber was hätte ich tun sollen? Wenn ich nur zehn Sekunden später durch die Kasse gekommen wäre, hätten wir gar nichts gewusst. So …«

Stefan reagierte nicht wie gewünscht, und so luden die beiden die Einkäufe schweigend in den Wagen und fuhren los.

Erst als Peter schon auf der A 66 und in Höhe der Ausfahrt Frankfurt-Zeilsheim war, fragte Stefan: »Was wissen wir denn nun?«

»Ich hab die Autonummer der jungen Frau.«

»So? Na ja, falls du deine Notizen nachher noch lesen kannst.«

»Brauch ich nicht, ich hab sie im Kopf. Außerdem glaube ich, je länger ich über das Gespräch der jungen Frau mit dem Mann nachdenke, dass auch die Worte ›Nicht übertreiben‹ gefallen sind. Die könnten zusammengearbeitet haben.«

»Ja, das wäre möglich«, sagte Stefan, während sie die Autobahn an der Anschlussstelle Frankfurt-Höchst verließen, »aber vielleicht war das auch ein Angestellter des Supermarktes, der gesehen hat, wie die junge Frau in den MP3-Playern wühlte, und ihr sagte, sie solle vorsichtig sein und es nicht übertreiben, sonst könne man sie für eine Diebin halten, worauf die Frau ziemlich unwirsch reagiert hat.«

»Möglich ist alles, aber ich glaub das nicht so recht. Ich kann nicht sagen, wieso, aber trotz des Streites schienen mir die beiden recht vertraut.«

»Jetzt, wo du's sagst … ich hab mich noch gewundert, dass er ihr die Hand auf die Schulter gelegt hat.«

»Verdammt, Stefan, das hab ich auch gesehen. Das macht die Sache aber noch verzwickter.«

## 3.

An diesem Freitagnachmittag war die Mädchenbande wieder gemeinsam unterwegs. Lea lenkte ihren Polo in Richtung Hofheim und der Rhein-Main-Therme entgegen. Schon unterwegs merkte man, dass sie äußerst schlechte Laune hatte, und das wurde keineswegs besser, je näher sie dem Bad kamen. Zwischen den Umkleidekabinen erreichte ihre miese Laune den Höhepunkt, und sie meckerte sogar die treueste unter ihren Kameradinnen, Maren Peters an, was bislang noch nie vorgekommen war.

Miriam Anders fühlte sich nicht erst seit diesem Nachmittag in der Gruppe zunehmend unwohl und warf ihrer besten Freundin Natascha einen klagenden Blick zu, so als wollte sie sagen: Das ist kaum noch auszuhalten.

Natascha Krug nickte fast unmerklich und sagte: »Ich muss erst mal zur Toilette.«

Das reichte bereits, um von Lea einen wütenden Blick zugeworfen zu bekommen. »Dann beeil dich und sieh gefälligst zu, dass du zur Besprechung in die Grotte kommst.«

Schnell verschwand Natascha im Toilettenraum, und die anderen setzten sich in Richtung Schwimmhalle in Bewegung. Lediglich Miriam Anders ließ sich zurückfallen und folgte ihrer Freundin.

»Super, das hat geklappt, du hast gut reagiert.«
»Wir kennen uns auch lange genug.«

»Ich muss unbedingt mit dir reden, ohne dass Lea davon Wind bekommt.«

»Worüber denn?«

»Dass Lea immer schlimmer wird. Wir müssen raus aus dieser Clique, bevor es zu spät ist. Oder willst du …?«

»Um Gottes willen, nein. Ich seh das ganz genauso.«

»Treffen wir uns morgen nach der Schule bei mir. Meine Mutter hat einen Termin und kommt erst am Abend wieder. Wir können dann ungestört reden.«

»Alles klar, aber wir müssen jetzt raus, bevor Lea richtig sauer wird.«

»Stimmt. Also, komm schnell.«

Flink rannten sie zur Grotte und wurden dort von Lea mit einem spöttischen Grinsen begrüßt.

»Meine Güte, hat das gedauert. Habt ihr es vielleicht miteinander getrieben?«

Als die Mädchen blutrot anliefen, schickte sie süffisant hinterher: »So genau wollte ich das jetzt gar nicht wissen. Kommt endlich hier ins Wasser und rückt näher zusammen. Wir haben viel zu besprechen, wenn wir demnächst ein ganz großes Ding durchziehen wollen.«

»Was meinst du denn damit?« Selbst ihre treueste Anhängerin Maren war irritiert.

Nun begann Lea so leise, dass die Leute im benachbarten Whirlpool der Grotte nichts davon mitbekamen, verschiedene unausgegorene Gedanken zu präsentieren, die allesamt kaum durchführbar erschienen. Nur eines hatten alle Pläne gemeinsam: Es waren durchweg brutale Verbrechen, die von großer Kälte und Härte getragen waren.

»Ab… aber so… so was können wir doch nicht machen«, stammelte Miriam heiser, denn das ging ihr alles eindeutig zu weit.

Bei Natascha und ihr meldete sich inzwischen das verschüttet geglaubte Gewissen wieder. Die beiden Mädchen, die bisher alles getan hatten, um ihrer Anführerin zu gefallen, begannen nun, da das mit Nadine passiert war, nachzudenken. Laura Pohl und Julia Brandt hingegen wirkten oft wie ferngesteuert und taten mechanisch alles, was Lea ihnen auftrug. Und Maren Peters war ihrer Chefin treuer denn je ergeben und wich ihr kaum noch von der Seite. Bei Lea aber schien irgendein Damm gebrochen zu sein, und nun glaubte sie, dass Gesetze und Regeln für sie nicht mehr galten. Sie sprach nur noch davon, eine Verräterin kaltgemacht zu haben, obwohl das so nicht ganz zutraf. Außerdem brüstete sie sich bei jeder Gelegenheit mit dem Überfall auf die Radlerin in Hattersheim, und das war für Natascha und Miriam einfach zu viel.

Es war aber auch zu dumm. Was hatten die beiden nicht alles getan, um in Leas Gang aufgenommen zu werden. Nun, da sie ihr Ziel erreicht hatten, wären sie lieber heute als morgen wieder ausgestiegen. Aber dieses Wort existierte für Lea nicht.

Zur gleichen Zeit war bei der Hofheimer Kripo die Hölle los. Claus Mergentheimers Abteilung war erst kürzlich aufgestockt worden, und doch hatten die vierzehn Beamten meistens Stress und alle Hände voll zu tun. Auch an diesem Nachmittag glühten wieder einmal die Telefondrähte heiß. Claus stöhnte erschöpft, als er bestimmt zum zwanzigsten Mal in den letzten zwei Stunden den Hörer auf die Gabel legte.

Sein Kollege Lothar Göring, der in der Regel das Temperament einer Schlaftablette hatte, sah ihn verständnislos an. »Claus, was ist los, wirst du langsam alt?«

Hauptkommissar Mergentheimer warf seinem zehn Jahre jüngeren Kollegen einen ärgerlichen Blick zu, dann sagte er: »Es ist mal wieder zum Haareraufen. Ich komme einfach nicht dazu, meine Sonderaufgabe zu erledigen, ständig hat das Telefon etwas dagegen.«

»Wer ist denn hier der Chef, das Telefon oder du?«

»Was ist denn heute mit dir los?«, wunderte sich Claus. »Von dir kenne ich solche Sprüche sonst gar nicht.«

»Dann gewöhn dich schon mal dran«, antwortete der Kollege, »aber was meinst du mit Sonderaufgabe?«

»Ich muss doch diesen Lagebericht für Schuchheims Statistik fertigstellen. Er wartet wegen der jährlichen Pressekonferenz darauf, die Anfang nächsten Monats stattfindet. Bis jetzt bin ich nicht einmal dazu gekommen, die Überschrift zu Papier zu bringen, da das Telefon ständig klingelt. Wenn das so weitergeht …«

In diesem Augenblick läutete der Apparat erneut. Claus schnitt eine Grimasse und nahm den Hörer ab.

»Polizeistation Hofheim, Kriminalpolizei, Claus Mergentheimer.«

»Prima, dass ich Sie endlich erreiche«, schallte ihm die Stimme von Mario Finkenthaler entgegen. »Bei Ihnen ist ständig besetzt.«

»Ja, heute ist bei uns die Hölle los.«

»Bei uns in Wiesbaden geht es das ganze Jahr so zu«, antwortete der junge Gerichtsmediziner, und Claus wollte ihm darauf erst eine passende Antwort geben, besann sich dann aber anders und fragte stattdessen: »Was gibt es denn in Wiesbaden Neues?«

»Ich wollte Ihnen nur mitteilen, dass Sie mit Ihrer ersten Einschätzung, dass bei dem Ertrinkungstod des Mädchens Fremdverschulden vorliege, genau richtig lagen. Der Unbekannte, der sie auf dem Stuhl abgelegt hat, hat da womöglich vorher selbst nachgeholfen. Somit ist das ein Fall für die Mordkommission. Ich habe die Akten schon dorthin weitergereicht. Ich soll Ihnen schöne Grüße von Kommissar Stuhlbein ausrichten. Er hat mich auch gebeten, Sie als Ermittler vor Ort auf dem Laufenden zu halten. Außerdem bittet er Sie, den Eltern die neuesten Erkenntnisse mitzuteilen. Morgen früh kommen dann die Wiesbadener Kollegen und übernehmen den Fall.«

»Ich verstehe«, sagte Claus langsam, »dann haben wir die Arbeit getan und die Wiesbadener heimsen mal wieder die Lorbeeren ein. Trotzdem danke, dass Sie mir Bescheid gesagt haben. Grüßen Sie Kommissar Stuhlbein auch von mir.«

»Ich bin nachher eh noch mal im Präsidium, dann werde ich es ihm ausrichten.«

Als Claus Mergentheimer aufgelegt hatte, dachte er: Das ist mir schon so eine Truppe, die Wiesbadener Mordkommission. Mich wundert's nur, dass deren Aufklärungsquote trotzdem noch zu den schlechtesten in Hessen zählt, wenn sie schon so oft die Rosinen rauspicken und andere die Kröten schlucken lassen. Ich hoffe, dass es jetzt mit Jörg Stuhlbein als neuem Kommissar besser wird. Manchmal kotzt mich mein Job so was von an …

»Chef, was ist denn los?«, wunderte sich Kriminalmeister Markus Braun, der seit drei Monaten das Hofheimer Team verstärkte und sich vom ersten Tag an gut bei ihnen eingefügt hatte.

»Ach, eigentlich sollte ich mich langsam daran gewöhnt haben, dass auch junge Menschen aus dem Leben gerissen werden können, aber der Tod dieses Mädchens nimmt mich arg mit. Und die Eltern tun mir verdammt leid. Wissen

Sie was? Wir beide fahren jetzt da hin und unterrichten sie darüber, dass sich die Hinweise auf einen Mord erhärtet haben.«

»Wi… wir?«, fragte der noch sehr junge Beamte erschrocken nach und war sich ganz und gar nicht sicher, ob der Schreck daher rührte, dass er sich darüber freute, von seinem Vorgesetzten für den Außeneinsatz ausgewählt worden zu sein, oder ob ihm der Zweck dieser Fahrt ebenso unangenehm war wie Claus.

Wenig später saßen sie bereits in ihrem Dienstwagen. Claus, der im Gegensatz zu Markus Braun seit seinem zehnten Lebensjahr in Hofheim wohnte, kannte sich hier bestens aus, und so waren sie nur wenige Minuten später in der Kantstraße. Als sie vor dem Haus der Familie des Mädchens vorfuhren, kam Dominik Lorenz gerade heraus und wollte in sein Auto steigen. Der bestimmt ein Meter neunzig große Mann zuckte zusammen, als Claus ihn ansprach.

Nachdem der Beamte seinen Kollegen und sich vorgestellt und sie ihr Beileid bekundet hatten, wurden sie von dem Hausherrn hineingebeten und in das Wohnzimmer geführt, das hell und freundlich wirkte.

»Sie wollten gerade wegfahren?«, fragte Claus.

»Ja, zur Arbeit.« Er sei als Lagerist im Schichtdienst in einem großen Auslieferungslager tätig.

Kriminalmeister Braun sah erst ihn, dann seinen Vorgesetzten verwundert an, überließ aber Claus das Wort.

»Schaffen Sie das denn in dieser Situation?«, fragte der prompt.

»Mein Chef war sehr verständnisvoll und hat gemeint, ich solle die nächste Woche zu Hause bleiben. Aber hier fällt mir jetzt schon die Decke auf den Kopf. Außerdem haben wir noch zwei Töchter, und unsere Jüngste ist noch so klein.

Sie versteht noch kaum, was hier vorgeht. Ihr Tagesablauf soll so normal wie möglich bleiben.«

»Das finde ich gut. Sieht Ihre Frau das genauso?«

»Ja.«

»Ist sie zu Hause, könnten Sie sie holen? Es gibt nämlich neue Erkenntnisse.«

»Natürlich, einen Moment bitte«, sagte Dominik Lorenz, ging zur Treppe, die in den Keller des Einfamilienhauses führte, und rief: »Marion, kannst du eben mal raufkommen?«

»Bin schon unterwegs!«, drang es nach oben.

»Meine Frau hängt gerade Wäsche auf und kommt gleich.«

War diese Frau etwa genauso cool wie ihr Mann? Ging diesen Leuten der Tod ihrer Tochter denn kein bisschen nahe?, schoss es Claus Mergentheimer durch den Kopf. Oder steckte da am Ende mehr dahinter?

»Guten Tag«, sagte Marion Lorenz, die in diesem Augenblick das Wohnzimmer betrat und sich neben ihren Mann setzte.

Der Kommissar blickte der Frau in die Augen und merkte sofort, dass sie deutlich mehr als ihr Mann unter dem Verlust der Tochter litt. Sie sah schlimm aus. Vermutlich hatte sie die vergangenen beiden Nächte durchgeweint.

Nachdem die Beamten sich auch ihr vorgestellt und ihre Anteilnahme bekundet hatten, fragte sie tapfer: »Was führt Sie zu uns, meine Herren?«

»Seit einer knappen Stunde wissen wir mit letzter Sicherheit, dass Ihre Tochter nicht einfach nur ertrunken ist, sondern …«

»Wie bitte?!«, schrie der Mann fast, und seine Frau warf sich ihm, von einem Weinkrampf geschüttelt, an die Brust.

Dabei wimmerte sie: »Nein, nein, meine arme kleine Nadine.«

»Sollen wir einen Arzt holen?«, fragte Claus.

»Nicht nötig. Unser Hausarzt hat ihr heute Morgen eine Beruhigungsspritze gegeben und wollte am Abend noch einmal kommen. Für die Zeit dazwischen hat er Tabletten dagelassen.«

Einen kurzen Moment saßen alle vier schweigend da, als sie hörten, wie die Eingangstür des Hauses aufgeschlossen wurde. Kurz darauf trat Tamara Lorenz, die älteste der drei Töchter des Ehepaars, ins Wohnzimmer.

Nach einem kurzen Blick in die Runde rief sie: »Mutti, was ist denn? Beruhige dich doch wieder. Selina braucht dich in der nächsten Zeit ganz besonders. Du musst stark sein.«

»Das stimmt schon, Tamara, aber das ist nicht so einfach. Diese Beamten hier haben uns gerade bestätigt, was wir schon ahnten – Nadine ist nicht einfach nur so ertrunken.«

Die zwanzigjährige Frau fuhr sich darauf mit der Hand durch ihre kurzen braunen Haare und ließ sich mit resigniertem Gesichtsausdruck in einen der Sessel fallen.

Ihr Vater stellte ihr den Polizisten vor, und Claus nutzte die Gelegenheit, um ihr einige Fragen zu stellen: »Frau Lo… äh, darf ich Sie Tamara nennen?«

»Ja, klar«, antwortete die hübsche Frau schnell.

»Tamara, können Sie mir sagen, ob Ihre Schwester allein oder in Begleitung ins Thermalbad gehen wollte?«

»Leider nein, aber ich denke, dass ihre beste Freundin Viviane dabei war.«

»Viviane?«, fragte Claus und sagte zu seinem Kollegen: »Notiere dir doch schnell den vollen Namen und die Adresse.«

Noch bevor Markus Braun den Stift zücken konnte, antwortete Tamara schon: »Viviane Diehl wohnt mit ihren Eltern hier in der Straße, nur drei Häuser weiter.«

»Vielen Dank«, sagte Claus Mergentheimer, »wir halten Sie auf dem Laufenden, falls sich etwas Neues ergibt.«

»Gerne. Und danke auch. Wir sind übrigens mit den Diehls befreundet; sie wissen bereits über alles Bescheid.«

Die Polizisten erhoben sich, und Frau Lorenz brachte sie hinaus. An der Haustür fragte Claus: »Wo ist denn Ihre jüngste Tochter?«

»Bei meiner Mutter in Bad Homburg. Sie ist erst fünf, und wir wollen sie so wenig belasten, wie es geht«, sagte Frau Lorenz.

»Das ist gut. Schonen Sie das Kind. Die nächste Zeit wird ohnehin schwer genug für Sie alle. Ich kann Ihren Schmerz gut nachvollziehen, meine Tochter ist nur unwesentlich jünger als Nadine.«

Während die Beamten rüber zu Familie Diehl gingen, rannte Tamara Lorenz in ihr Zimmer im ersten Stock. Sie pfefferte die Tür so heftig ins Schloss, dass das ganze Haus erbebte, warf sich schluchzend auf ihr Bett und begann herzzerreißend zu weinen.

»Ach, Nadine«, jammerte sie, »ich vermisse dich so sehr. Du fehlst mir.«

Sie fuhr sich mit dem Handrücken über ihr verheultes Gesicht und kämpfte gegen die Tränen an, denn sie wollte ihren Eltern eine Stütze sein und sie nicht noch zusätzlich belasten. Aber wenn sie allein in ihrem Zimmer war, konnte auch sie die Tränen nicht zurückhalten. Dabei brauchte gerade ihre Mutter etwas Rückhalt, denn sie hatte in der vergangenen Nacht nicht geschlafen und ununterbrochen geweint. Tamara hatte es deutlich gehört. Während ihr Vater am Morgen zwar mit versteinerter Miene am Frühstückstisch gesessen, aber mit gutem Appetit gegessen hatte, hatte Marion Lorenz eine geschlagene Stunde lang das Brot angestarrt, aber keinen Bissen angerührt.

Erst als es leise klopfte und die Tür zu ihrem Zimmer langsam aufging, sah Tamara hoch und kam aus ihrer Gedankenwelt in die Realität zurück. In der Tür stand ihre Mutter und sagte kein Wort.

»Komm doch rein, Mutti, und setz dich zu mir«, bat Tamara.

Wortlos schlich die fünfundvierzigjährige Frau, die in den letzten achtundvierzig Stunden um dreißig Jahre gealtert schien, zu ihrer Tochter hinüber, ließ sich aufs Bett sinken und lehnte sich an sie. Dann weinten die beiden Frauen gemeinsam.

»Guten Tag, ich bin Hauptkommissar Claus Mergentheimer von der Hofheimer Kripo, und das ist mein Kollege Markus Braun. Wir kommen in der Angelegenheit Nadine Lorenz.«

»Ach ja, ich verstehe. Meine Mutter ist im Wohnzimmer. Kommen Sie bitte mit.«

Viviane Diehl führte die Beamten zu ihrer Mutter, die von ihrer Näharbeit aufsah. »Ja, bitte, Sie wünschen?«

Claus stellte sich und seinen Kollegen erneut vor, entschuldigte sich für die späte Störung und fragte: »Können wir mit Ihnen, Frau Diehl, und Ihnen, Sie sind doch Viviane, kurz über Nadine reden?«

»Aber klar, nehmen Sie Platz«, sagte Eva Diehl, und Viviane fügte hinzu: »Aber könnten Sie bitte du zu mir sagen, ich fühle mich sonst so alt.«

Claus grinste und setzte sich neben seinen Kollegen, der sich bereits niedergelassen hatte. Er sah die dunkelhaarige Frau an, die er auf fünfundvierzig bis fünfzig Jahre schätzte, dann hinüber zur Tochter und fragte: »Wissen Sie, Frau Diehl, oder du, Viviane, ob Nadine allein oder mit jemandem in der Therme war?«

Eva Diehl verneinte und ihre Tochter, der die Trauer um ihre Freundin deutlich ins Gesicht geschrieben war, fügte hinzu: »Nadine hat sich in der letzten Zeit sehr verändert.«

»Inwiefern?«, hakte Markus Braun sofort nach.

»Sehr zu ihrem Nachteil«, bestätigte Frau Diehl Claus' Befürchtungen. »Sie hatte sich aus Protest einer Mädchengang angeschlossen, und seitdem kamen weder ich noch meine Tochter wirklich an sie ran. Sie verschloss sich selbst gegenüber Viviane zunehmend, die sie schon seit der Kindergartenzeit kennt.«

»Mädchengang«, murmelte Claus Mergentheimer erst grüblerisch, um dann zu fragen: »Was bedeutet aus Protest?«

»Dazu müsste ich etwas weiter ausholen.«

»Tun Sie das bitte.«

»Nun, Sie haben Herrn Lorenz bereits kennengelernt. Dann ist Ihnen vielleicht auch aufgefallen, dass er sich sehr distanziert gibt, wenn es um Nadine geht.«

»Stimmt.«

»Dazu müssen Sie wissen, dass Nadine nicht seine leibliche Tochter ist. Da unsere Familien schon seit ewigen Zeiten befreundet sind, haben wir damals, vor bald sechzehn Jahren, hautnah miterlebt, wie die Ehe der Lorenzens in eine schwere Krise geraten ist. Die beiden waren sogar kurzzeitig getrennt. In dieser Zeit kam Nadine auf die Welt. Dominik hat, als er mit seiner Frau wieder zusammenkam, das Kind sofort als seines anerkannt, doch obwohl er es genauso sehr liebte wie seine eigenen, konnte er es Nadine nie so recht zeigen. Vor gut einem halben Jahr schließlich hat sie erfahren, dass Dominik nicht ihr Vater ist, und damals fing sie an, sich zu verändern. Vermutlich ging sie nicht nur auf Distanz zu dem Mann, den sie immer als ihren Vater angesehen hatte, sondern gab ihrer Mutter die Schuld daran. Nur so kann ich mir erklären, dass sie alles abzulehnen begann, was mit ihrem Elternhaus zusammenhing. Irgendwann fing sie dann an, das auch auf uns auszudehnen.«

»Danke, Frau Diehl, und auch dir, Viviane, für die Offenheit.«

»Gerne. Aber bitte gehen Sie mit der Sache vertraulich um. Dominik und Marion müssen nicht unbedingt erfahren, dass ich es war, die aus dem Nähkästchen geplaudert hat. Haben Sie denn eigentlich schon etwas rausgefunden?«

»Noch nichts Genaues, aber zumindest wissen wir inzwischen sicher, dass bei Nadines Tod nachgeholfen wurde.«

Eva Diehl seufzte tief und legte betroffen die Hand vor den Mund.

»Meine beste Freundin ist also tatsächlich ermordet worden«, sagte Viviane leise.

»Man kann noch nicht mit Sicherheit sagen, was genau passiert ist. Im Moment sind alle Varianten möglich vom Unfall beim Spielen über einen eskalierenden Streit bis hin zum eiskalt geplanten Mord. Fest steht nur, dass sie unter Wasser gedrückt wurde. So – jetzt wollen wir Ihre wertvolle Zeit nicht länger in Anspruch nehmen, wir bedanken uns nochmals für Ihre Offenheit.«

Die Beamten verabschiedeten sich und verließen das Haus.

Eva Diehl trat ans Fenster und sah durch die Gardine hindurch dem abfahrenden Wagen der Beamten nach.

Viviane sagte etwas zu ihr, und als sie keine Antwort bekam, trat sie hinter ihre Mutter und sprach sie an: »Mutti, was ist? Träumst du?«

»Nein, ich habe nur an Nadine denken müssen, und … Ach, Kind, was hast du gesagt?«

»Ich habe dich nur gefragt, ob ich dir was zum Trinken aus der Küche mitbringen soll.«

»Wenn du willst, kannst du mir eine Cola mitbringen und mir etwas Gesellschaft leisten.«

»Ach, ich würde lieber in mein Zimmer gehen.«

Kaum hatte Viviane das Wohnzimmer verlassen, da murmelte Eva Diehl: »Claus Mergentheimer, der Name kommt mir bekannt vor. Aber woher?«

Gerade als Claus Mergentheimer von der Kantstraße in die Niederhofheimer Straße stadteinwärts abbog, sagte Markus Braun nachdenklich: »Ich liebe meinen Beruf ja, aber diese Momente, wenn wir den Angehörigen schlechte Nachrichten überbringen müssen, hasse ich zutiefst.«

»Diese Momente? Wie oft hast du das denn schon gemacht?«

»Es war das erste Mal.«

»Wie bitte? Und da machst du so ein Theater? Du solltest dir schleunigst ein dickeres Fell zulegen, wenn du bei unserer Truppe was werden willst. Das heute war noch gar nichts, denn die Eltern wussten schon Bescheid. Die Arschkarte hatte Simon Tannenbaum gezogen. Nichtsdestotrotz hast du recht, dass das die Momente sind, in denen unser Beruf schlichtweg zum Kotzen ist. Das sage ich dir, der das oft genug selbst erlebt hat.«

Während Markus Braun betreten schwieg, bog Claus in die Zeilsheimer Straße ein, die zur Polizeiwache führte.

Er bemerkte, dass er Markus vielleicht etwas zu hart angegangen war, deshalb sagte er einlenkend: »Dennoch haben wir heute so einiges Neue erfahren. Bleibt abzuwarten, was es uns nützt.«

»Nicht das Geringste«, gab Markus Braun trocken zurück, der sich Claus' Standpauke nicht so sehr zu Herzen genommen hatte, wie dieser befürchtete. »Erstens wissen wir nichts weiter über diese Mädchengang, von denen es im Rhein-Main-Gebiet Dutzende geben dürfte. Zweitens sind wir den Fall morgen früh ohnehin los, wenn die Wiesbadener ihn übernehmen. Sie profitieren dann von unserer Vorarbeit und heimsen obendrein die Lorbeeren ein.«

»Ja, so läuft das nun mal. Es sei denn, wir messen der Mädchengang offiziell so wenig Bedeutung bei, dass wir sie gar nicht erst erwähnen. Dann können wir im Hintergrund erst einmal in diese Richtung weiterermitteln, ohne dass die Wiesbadener sich gleich auf den Schlips getreten fühlen.«

»Das klingt gut«, freute sich Markus, »lassen wir sie erst mal am ausgestreckten Arm verhungern. Wenn wir Erfolge vorzuweisen haben, können wir unser Wissen immer noch preisgeben.«

An diesem Spätnachmittag ging es im Thermalbad hoch her, denn die Schwimmbecken waren bis zum Bersten gefüllt. Selbst an den Röhrenrutschen, die sonst eher den jungen Leuten vorbehalten waren, drängten sich wahre Menschentrauben. Dass im Bad ein junges Mädchen zu Tode gekommen war, schien auch einige Leute anzulocken, die sich sonst nie oder nur sehr selten hierher verirrten. Dabei war es völlig unerheblich, dass es nichts mehr zu sehen gab und rein gar nichts darauf hindeutete, dass hier vor zwei Tagen ein schreckliches Ereignis, vielleicht ein Verbrechen, stattgefunden hatte.

In diesem Menschengewühl fiel es zuerst gar nicht auf, dass sich eine Gruppe von sechs Mädchen und jungen Frauen mehr als rüpelhaft benahm. Sie rempelten Leute an, die ihnen im Weg standen, und pöbelten herum.

Mit ihrem unmöglichen Verhalten den Badegästen gegenüber waren sie durchaus schon des Öfteren unangenehm aufgefallen. Aber auch hier hatten sie immer unverschämtes Glück gehabt, denn die meisten der oft älteren Leute beschwerten sich nicht oder wurden von den jüngeren Bademeistern nicht ernst genommen. Nur eine der Aufsichtspersonen, ein erfahrener Mittfünfziger, hatte sie in der Vergangenheit schon mehrmals ermahnt.

Dann beging Lea den Fehler, einem älteren, aber noch sehr rüstigen Mann ihren Ellenbogen in die Rippen zu rammen, und als dieser wieder Luft bekam, ging er direkt zum Bademeister, um sich zu beschweren.

Für Carsten Bremer, der nach seinem Urlaub zum ersten Mal wieder an seinem Arbeitsplatz war, war nun Schluss mit lustig. Er verließ die erhöht stehende Aufsichtskabine, ging hinunter ans Schwimmbecken, wo die Mädchengruppe herumplantschte, dass alle im Umkreis von zehn Metern nassgespritzt wurden, und las ihnen gehörig die Leviten. Er erklärte ihnen unmissverständlich, dass sie ab jetzt unter Beobachtung stünden und bei der nächsten Beschwerde des Bades verwiesen würden.

Dass den Mädchen damit der Spaß gründlich verging, war klar. Sie liefen noch eine Weile ziellos herum und verließen das Bad nicht einmal dreißig Minuten später.

Durch Zufall sah Carsten Bremer, als er seinen Rundgang durch die Schwimmhalle machte, wie die jungen Frauen das Bad eilig in Richtung der Umkleidekabinen verließen.

Er schüttelte den Kopf und murmelte: »Meine Güte, was sind das für verzogene Gören. Ihr könnt von Glück reden, dass ihr nicht meine Kinder seid.«

»Hallo, mein Schatz«, rief Karl-Heinz Diehl ins Wohnzimmer hinein, als er am Abend von der Arbeit kam.

»Du bist schon da? Ist es etwa schon so spät?«

»Was hast du an deinem freien Tag denn Schönes gemacht, dass du gar nicht gemerkt hast, wie die Zeit vergeht?«

»Ich habe nachgedacht.«

»Darf man wissen, über was?«

»Aber klar. Heute Nachmittag war die Polizei da und hat Vivi und mich wegen Nadine Lorenz befragt.«

»Das war zu erwarten …«

»Viel helfen konnten wir natürlich nicht. Vivi und Nadine hatten in letzter Zeit ja kaum noch Kontakt.«

»Das stimmt. – Waren es Polizisten aus Hofheim?«

»Ja, sogar von der Kripo.«

»Und das bereitet dir Kopfzerbrechen?«

»Wie kommst du darauf?«

»Ich kenne dich gut genug, Eva. Also los, gestehe, was hast du ausgefressen?«, fragte Karl-Heinz Diehl grinsend und setzte noch einen drauf: »Hat einer von ihnen dich abblitzen lassen?«

»Also das ist doch …«, fuhr seine Frau hoch und war nun, obwohl sie den derben Humor ihres Mannes zur Genüge kannte, etwas ärgerlich. Deshalb machte sie gute Miene zum bösen Spiel und sagte: »Einer der beiden hieß Claus

Mergentheimer. Ich bin mir sicher, den Namen schon gehört zu haben. Wahrscheinlich aus meinen wilden Jahren. Aber das war vor deiner Zeit.«

Diese Antwort behagte nun Karl-Heinz Diehl noch weniger, und er sagte: »Denk nicht länger darüber nach und setz dich zu mir.«

Die sechs Mädchen saßen in Lea Stoltzes altem Polo dicht zusammengequetscht und bei weitem nicht so bequem wie das Ehepaar Diehl auf dem heimischen Sofa. Sie hatte gerade ihre heutige Beute gezählt, und Lea war alles andere als zufrieden.

»Mensch, nur achtundvierzig Euro, ich fürchte, so langsam müssen wir uns etwas anderes einfallen lassen. Andererseits sollten wir uns im Schwimmbad aber auch erst mal zurückhalten.« Im Foyer und in den Gastronomiebereichen der Therme hatte die Gang bei ihren Besuchen stets leichte Beute für Taschendiebstähle gefunden, gelegentlich hatten sie sogar Spinde aufgeknackt. Damit musste nach der heutigen Verwarnung erst mal Schluss sein. »Lasst euch bis nächste Woche was einfallen, wie wir das machen können. Damit ihr besser denken könnt, fahren wir jetzt nach Hattersheim in den Supermarkt, holen Alk und ballern uns was in die Birne. Wie immer: Eine Flasche kaufen, zwei klauen.«

Noch als sie das sagte, verließen sie den Parkplatz und fuhren durch Hofheim, um nach Hattersheim zu gelangen. Als sie die Brücke über die Autobahn passierten, fluchte sie laut.

»Verdammte Scheiße, die haben die Straße zum Markt dichtgemacht.«

»Da hat's bestimmt mal wieder gekracht«, vermutete Maren Peters.

»Duck dich mal, Miriam«, rief Lea, ohne darauf einzugehen, vom Steuer her. »Da regelt ein Bulle den Verkehr, und ich hab keinen Bock, unsere sauer verdienten Flocken gleich wieder abzudrücken, nur weil die Karre für sechs zu klein ist.«

Lea hatte aber wie eigentlich immer Glück und kam unbehelligt an dem Schutzmann vorbei.

Als sie ihn passiert hatten, brüllte sie einen Fluch heraus: »Verdammte Scheiße, wie kommen wir jetzt da rein?«, und Natascha, der fast das Trommelfell geplatzt war, meinte unvorsichtigerweise: »Na, na, geht's auch 'nen Ton leiser?«

»Halts Maul, sonst …«

»Was sonst?«

»Das siehst du dann schon. Sag mir lieber, was wir jetzt machen.«

»Wozu?«, maulte Miriam. »Du bist die Chefin und lässt dir auch sonst nichts sagen.«

»Warum auch?«

»Fahr doch mal im Karree«, bat Maren Peters, »die können unmöglich die einzige Zufahrt dichtmachen. Dafür haben die bestimmt die Absperrung bei den Hochhäusern geöffnet.«

»Gut gedacht, Maren«, lobte Lea ihre treueste Anhängerin, und diese war stolz darauf, denn so etwas kam kaum öfter vor als der neunundzwanzigste Februar.

Maren hatte recht. Die Absperrschranke, die sonst immer den Schleichweg durchs Wohn- ins Gewerbegebiet versperrte, war an diesem Abend für den Verkehr geöffnet worden, da sich an der Ausfahrt der Tankstelle ein schwerer Unfall ereignet hatte, der eine Vollsperrung der Straße erforderlich machte.

Sie waren gerade auf das obere Parkdeck gefahren und

ausgestiegen, da sagte Laura Pohl, um Anerkennung heischend: »Du, Lea, mir ist da etwas aufgefallen.«

»Was denn?«

»Kann es sein, dass das große Ding, von dem du immerzu sprichst, mit dem Supermarkt zusammenhängt?«

»Ich wüsste nicht, was dich das angeht!«, fuhr Lea sie zuerst an, fügte anschließend aber gnädig hinzu: »Wenn du es ganz genau wissen willst, ja. Aber warum fragst du?«

»Ich weiß zwar nicht, was du vorhast, aber ich glaube, du machst einen Fehler.«

»Wie bitte? Bist du jetzt total durchgeknallt? Du … du unbedeutendes Würstchen willst mir Vorschriften machen?«, fuhr Lea empört hoch und wollte damit auch überspielen, dass sie selbst noch keinerlei Ahnung hatte, worin das große Ding bestand, dass ihr Freund und Komplize plante.

»Entschuldige, so war das nicht gemeint. Aber ich wollte dich darauf hinweisen, dass du dann unmöglich einfach hier vorfahren kannst. Wenn du nicht sofort geschnappt werden willst, solltest du nach anderen Parkmöglichkeiten suchen.«

»Erstens ziehe ich das nicht allein durch, sondern wir alle zusammen, und zweitens kannst du die Organisation getrost mir überlassen!«, blaffte Lea sie an, dachte aber: Scheiße, da hat sie recht. Da hätte ich selbst drauf kommen müssen.

Als die anderen Gangmitglieder sie schweigend ansahen, um neue Anweisungen entgegenzunehmen, sagte sie: »So, wir disponieren jetzt um. Ihr geht raus ins Gelände und seht euch nach Parkmöglichkeiten um; ich organisiere derweil das Gesöff. In einer Stunde sehen wir uns an unserem Treffpunkt. Maren, du bist in einer Dreiviertelstunde in der Getränkeabteilung. So, los jetzt, aber zack, zack, ihr

Lahmärsche, wir haben genug gelabert, kommt endlich in die Hufe.«

Im Supermarkt herrschte um diese Zeit hektisches Treiben, denn die Berufstätigen des Rhein-Main-Gebietes stürmten nach Feierabend die Geschäfte. Obwohl alle Kassen besetzt waren, wurden die Schlangen immer länger.

Der Filialleiter sah zufrieden aus seinem Bürofenster in den Markt hinunter und dachte an das Telefonat zurück, das er gerade mit der Konzernleitung geführt hatte. Er sah auf seine Armbanduhr und bat seine Sekretärin Ute Hildebrandt, die eigentlich gerade Feierabend hatte, um einen Kaffee.

»Natürlich, Herr Friedrich. Die Maschine läuft schon, ich bringe ihn gleich.«

»Sie sind ein Schatz«, sagte er, griff zum Telefon und bestellte seinen Assistenten zu sich.

»Hallo, Herr Menzel«, begrüßte er ihn, als dieser zwei Minuten später das Büro betrat, »nur rein in die gute Stube.«

»Wollen Sie auch einen Kaffee?«, fragte Ute Hildebrandt, die gerade mit einem Tablett mit der Kaffeekanne hereinkam.

»Bei einer solch charmanten Einladung kann ich schlecht nein sagen«, sagte Philipp Menzel lächelnd, »vielen Dank.«

»Ich mach das schon, Sie können dann Feierabend machen«, sagte Klaus Friedrich, nahm ihr das Tablett aus der Hand und stellte es auf den Tisch der kleinen Sitzgruppe in der Ecke des Büros.

Als die beiden Männer mit ihren Kaffeetassen in den bequemen Sesseln Platz genommen hatten, wandte sich der Filialleiter an seinen Untergebenen: »Endlich haben wir grünes Licht bekommen, den Dieben zu Leibe zu rücken.«

»Na endlich! Sind die da oben langsam vernünftig geworden, oder können sie an den inzwischen tiefroten Zahlen einfach nicht mehr vorbeisehen?«

»Wie auch immer, sie haben eingesehen, dass die Diebstähle im letzten halben Jahr sehr weit außerhalb des üblichen Rahmens liegen. Außerdem betrifft es nicht mehr nur uns. Auch die Ladeninhaber der kleinen Geschäfte, die wir in der Vorhalle vermietet haben, berichten seit Kurzem, dass ihnen auf unverständliche Art und Weise Waren verloren gingen.«

»Welche denn?«

»Der Tabakhändler berichtete mir letztens, dass er eine Lieferung bekommen habe, die er aber nicht sofort kontrollieren konnte. Als er drei Tage später dazu kam, fehlten zwanzig Stangen Zigaretten. Auch das Uhrengeschäft beklagt den Verlust von drei teuren Uhren.«

»Heißt das, wir können endlich einen zweiten Detektiv einstellen?«

»Nein, so weit gehen die Zugeständnisse der Konzernleitung denn doch nicht. Da sie der Ansicht sind, dass dies ein vorübergehendes Problem ist, sollen wir ein externes Detektivbüro hinzuziehen. Die Wahl bleibt uns überlassen.«

»Das ist wenigstens ein Anfang. Nur – welches nimmt man da? Kennen Sie sich in der Branche aus?«

»Das nicht, aber unser Hausanwalt, Dr. Pfannmöller, hat mir eines empfohlen.«

»Billig wird das bestimmt nicht, oder?«

»Die Summe der bislang gestohlenen Gegenstände wird es wohl kaum überschreiten, und wenn das dann wirklich aufhört …«

»Warten wir es ab.«

»Ich habe Dr. Pfannmöller gebeten, mit den Detektiven

zu reden, deren Agentur sich ST-W nennt. Übrigens waren die beiden schon mal hier im Haus und haben sich umgesehen. Sie konnten aber noch nicht richtig loslegen, da ich sie bislang aus meiner Privatschatulle bezahlen musste.«

»ST-W, das sagt mir doch etwas, wenn ich nur wüsste, was?«

»Die beiden haben ihr Büro in Kelkheim und werden von der Presse auch ›Die Taunus-Ermittler‹ genannt.«

»Na klar! Die sind das. Da ich in Kelkheim-Hornau wohne, habe ich natürlich schon von denen gehört. Nur wäre ich nie auf die Idee gekommen, dieses Kürzel mit ihnen in Verbindung zu bringen.«

»Sie wissen was über deren Arbeit?«

»Ja, klar. Die haben in Frankfurt einen Rauschgiftring aufgemischt, einen Serienmörder dingfest gemacht und eine Neo-Nazi-Partei ausgehoben.«

»Donnerwetter, das wusste ich nicht.«

»Meinen Sie, wir erreichen die beiden jetzt noch?«

»Wir sollten es versuchen. Wie spät ist es denn?«

## 4.

Die Mädchengang lief durch die Goethestraße und unterhielt sich angeregt. Allen voran liefen Julia Brandt und Laura Pohl, die fast schon Marschgeschwindigkeit anschlugen. Die dickliche Maren versuchte mit ihnen Schritt zu halten, musste aber das Reden einstellen, um ihnen wenigstens einigermaßen folgen zu können.

Miriam und Natascha hingegen ließen sich ganz bewusst hinter die anderen zurückfallen. So konnten die Freundinnen sich leise unterhalten, ohne dass sie Gefahr liefen, bespitzelt zu werden.

»Wenn wir nur wüssten, was Lea meint, wenn sie von einem großen Ding spricht. Mir wird ganz mulmig, wenn ich nur daran denke.«

»Mir auch. Mal 'n Shirt in Kelkheim oder Flörsheim klauen, das ist noch okay, und mit dem geklauten Wein hier aus dem Supermarkt 'ne Fete machen, ist auch ganz lustig. Aber schon wenn wir alten Omis die Rente klauen sollen, ist mir das eigentlich 'ne Nummer zu heavy.«

»So sehe ich das auch. Hoffen wir, dass wir irgendwie heil aus der Sache rauskommen, sonst weiß ich …«

»Na, Mädels, wo bleibt ihr denn? Quasseln könnt ihr, wenn ihr allein seid. Hier und jetzt haben wir Arbeit«, rief Laura in ihre Richtung, und die beiden schlossen wieder zur Gruppe auf.

Peter und Stefan saßen nach einer mehr als ausgedehnten Mittagspause seit gut zwei Stunden wieder an ihrer Buchführung, als das Telefon läutete.

»Detektivbüro ST-W, die Taunus-Ermittler«, meldete sich Peter erfreut, »was kann ich für Sie tun?«

Dabei drückte er den Knopf der Freisprecheinrichtung.

»Klaus Friedrich«, meldete sich der Leiter des Supermarktes in Hattersheim, »Herr Dr. Pfannmöller hat Sie bereits über die Diebstahlserie informiert, nehme ich an, oder?«

»Natürlich, und wir haben auch schon die Ermittlungen aufgenommen.«

»Haben Sie denn schon irgendetwas feststellen können?«

»Eine erste Spur würde ich es jetzt nicht gerade nennen, aber immerhin gibt es erste Anhaltspunkte, dass da wirklich etwas Größeres im Gange ist.«

»Welche denn?«

»Sie werden sicher verstehen, dass ich, solange es keine handfesten Beweise gibt, nicht darüber sprechen möchte. Irgendwelche Verdächtigungen ins Blaue hinein sind nicht unsere Sache. Ja, wenn wir allerdings nicht mit angezogener Handbremse ermitteln müssten, könnte sich das …«

»Deshalb rufe ich an. Sie können ab sofort voll loslegen, denn die Konzernleitung hat mir heute Nachmittag die Kostenübernahme zugesagt.«

»Wunderbar! Danke.«

Peter hatte den Satz »Wir kommen gleich noch einmal nach Hattersheim« noch nicht ausgesprochen, als Stefan bereits seine Jacke anhatte.

Nur eine Stunde später hatten sie mit Klaus Friedrich und dessen Assistenten ihr Vorgehen abgesprochen und sich danach unter die Kunden gemischt.

Nachdem sie einige Zeit durch die Regalreihen gestreift waren und einige Süßigkeiten in ihren Einkaufswagen gepackt hatten, ohne dass ihnen etwas Verdächtiges auffiel, sagte Stefan nachdenklich: »Wir müssen uns unbedingt einmal darüber Gedanken machen, wie wir auch das Lager und die kleinen Geschäfte in der Vorhalle überwachen können. Du hast gehört, dass selbst dort Dinge verschwinden. Allein die vier Mikrowellengeräte des letzten Monats können unmöglich an der Kasse vorbeigeschmuggelt worden sein.«

»Allerdings«, stimmte Peter zu und wollte gerade vorschlagen, für heute Feierabend zu machen, da sah er ihn.

Er stieß seinem Freund und Kollegen recht unsanft in die Seite und raunte: »Guck mal, da vorn; das ist doch der Mann von heute Morgen. Der Beschreibung von Herrn Friedrich nach ist das der Hausdetektiv.«

»Stimmt. Warum hat er ihn uns eigentlich nicht vorgestellt oder wenigstens seinen Namen erwähnt?«

»Dieser Friedrich scheint nicht dumm zu sein. Ihm kam es vermutlich sonderbar vor, dass der Hausdetektiv auch nach Monaten noch keine Spur findet, wir aber nach wenigen Stunden schon Anhaltspunkte haben. Deshalb wollte er uns auch heute Abend noch sehen, um unsere Aussage auf ihren Wahrheitsgehalt hin einschätzen zu können. Anscheinend haben wir einen so guten Eindruck bei ihm hinterlassen, dass er den Kreis der Eingeweihten so klein wie möglich halten will.«

»Da ist was dran. Sieh mal, Peter, da vorne …«

In diesem Moment trat auch die junge Frau, die sie am Morgen gesehen hatten, aus einer der Regalreihen hervor und nickte dem Mann fast unmerklich zu.

»Die kennen sich tatsächlich. Dann war die Begegnung

am Morgen kein Zufall. Außerdem gehen die schon wieder in die Abteilung Kleinelektro.«

Noch bevor Peter etwas antworten konnte, hatte Stefan bereits die Mini-Kamera gezückt und lichtete die beiden ab.

»Gut gemacht«, lobte Peter, »das erste Foto der Indizienkette haben wir schon mal. Ich werde es heute noch ausdrucken und, so schnell es geht, Claus vorlegen. Der soll dann mal nachsehen, ob über einen von denen was im Polizeicomputer steht.«

»Er darf uns bestimmt keine Auskunft geben, selbst wenn er es wollte. Du weißt, Schuchheim hat es sich in den Kopf gesetzt, ihn zu seinem Nachfolger zu machen. Er steht also unter dessen besonderer Beobachtung.«

»Ja, leider. Zum Glück haben wir wenigstens noch unseren guten Olli Krause. Der findet im Netz ganz bestimmt was.«

»Gute Idee«, sagte Stefan nur und sah dann wieder in die Richtung der beiden, doch zu seinem Schrecken war der Mann verschwunden.

»Wo ist der denn auf einmal abgeblieben?«, murmelte Peter und sagte dann nachdenklich: »Wenn der Typ etwas mit den Diebstählen zu tun hat, wird es schwierig sein, ihm das auch zu beweisen. Er ist sehr vorsichtig. Wir werden ihn schon auf frischer Tat ertappen müssen.«

Dann hängten sie sich an die Fersen der jungen Frau, die es plötzlich ziemlich eilig hatte. Sie strebte erst in die Parfümerie- und anschließend in die Getränke-Abteilung. Unterwegs rannte sie fast noch eine andere junge, ziemlich mollige Frau über den Haufen, bevor sie in der Regalreihe mit den Weinen verschwand.

»Du links, ich rechts herum«, sagte Peter gerade, da kam sie mit einer Flasche teurem Rotwein wieder zum Vorschein.

Sie stellte sich an einer Kasse, an der gerade wenig los war, an und bezahlte zum Erstaunen der Detektive vorschriftsmäßig; dann verließ sie den Markt. Es dauerte eine ganze Weile, bis die beiden ebenfalls durch die Kasse waren, und sie glaubten schon die junge Frau aus den Augen verloren zu haben, da sah Peter sie im SB-Restaurant sitzen und essen.

»Geh du schon mal zum Auto und mach es startklar. Falls wir die Frau verfolgen können, tun wir es. Egal, wie spät es wird.«

»Und was machst du?«

»Ich schau mal nach, ob die uns was zu essen zum Mitnehmen verkaufen.«

»Spitzenidee.«

Peter ging in das einfach möblierte Lokal und bestellte zwei Portionen Pommes frites. Dabei konnte er die junge Frau unauffällig beobachten, die keine fünf Meter von ihm entfernt an einem Tisch saß. Sie telefonierte beim Essen, und Peter verstand jedes Wort, das sie sagte. Leider bekam er nur noch das Ende des Gesprächs mit.

»… also dann bis nachher um zehn. Ich bin pünktlich.« Danach hörte sie eine Weile zu, sagte zum Abschluss: »Natürlich allein«, und legte auf.

Na ja, wenigstens wissen wir, dass heute noch irgendetwas stattfindet, dachte er und folgte der Frau, die inzwischen auf dem Weg zu ihrem Auto war.

Glücklicherweise stand es nicht weit von Stefans entfernt im unteren Parkdeck, sodass es ihm kaum Mühe bereitete, sie im Auge zu behalten, ohne selbst aufzufallen. Gerade als er einstieg, parkte Lea aus. Dabei übersah sie großzügig, dass die Stoßstange ihres Uralt-Polo einen hässlichen Kratzer in der Flanke eines nagelneuen SUV hinterließ, und brauste mit quietschenden Reifen davon.

Stefan nahm sofort die Verfolgung auf, hatte aber seine liebe Mühe, mit dem Tempo der jungen Frau mitzuhalten. Sie raste nach Hattersheim hinein, und der Vorsprung wurde zusehends größer.

»Im Auto ist noch ein zweites Mädchen«, sagte er, »sie kam kurz vor ihr. Sie hatte einen Autoschlüssel und setzte sich auf den Beifahrersitz.«

»Das passt super. Ich habe nämlich auch noch einen Hinweis darauf bekommen, dass sie nicht allein arbeitet.«

Als Peter von dem Telefonat berichten wollte, bog Lea bei der nächsten Ampel gerade noch so stadtauswärts ab, bevor diese auf Rot umsprang. Stefan stieg derart heftig in die Bremsen, dass Peter, der nicht angeschnallt war, seine liebe Mühe hatte, sich an der Polsterung über dem Handschuhfach abzufangen, als der Wagen knapp hinter der Haltelinie zum Stehen kam.

»Puh, das war knapp«, stöhnte Stefan, denn in diesem Augenblick rauschte auch schon der Querverkehr vorbei. »Jetzt sind wir sie los.«

»Vielleicht auch nicht«, beruhigte Peter ihn, »sie fahren in Richtung Weilbach. Sollten sie nicht gerade in eine Nebenstraße abgebogen sein, holen wir sie bis dahin wieder ein.«

»Meinst du?«

»Wenn du losfährst, solange es noch Grün ist, schon.«

»Scherzkeks«, meinte Stefan, bog ab und trat das Gaspedal bis zum Anschlag durch. Als er an den Kreisverkehr beim Friedhof kam, bremste er kurz ab, und Peter sah zufällig in den Feldweg, der an der Friedhofsmauer entlangführte, hinein.

»Da sind sie! Aber sie scheinen sich vermehrt zu haben.«

»Also eine ganze Bande?«, fragte Stefan und reagierte sofort, indem er den Kreisel umrundete und wieder in Richtung Innenstadt abbog. Er visierte die dunkelste Ecke des Parkplatzes vor dem Friedhofseingang an und parkte den Wagen abfahrbereit.

»Anscheinend«, antwortete Peter, »und offenbar nur Mädchen.« Dann sagte er: »Du bist nicht so schwerfällig wie ich. Pirsch dich doch mal unauffällig an die Ecke heran und beobachte, was sie tun. Ich übernehme derweil das Steuer.«

»Okay.«

Peter war gerade auf den Fahrersitz hinübergewechselt, da kam Stefan auch schon im Eiltempo zurück.

»Duck dich, die Mädchen kommen hierher.«

Sofort gingen die beiden auf Tauchstation, aber da alles ruhig blieb, schienen die Mädchen dann doch einen anderen Weg eingeschlagen zu haben. Vorsichtig hoben sie wieder die Köpfe und sahen gerade noch, wie die sechs Mädchen kichernd den Kreisel überquerten, indem sie mitten durch das Blumenbeet tappten und in Richtung Gesamtschule weitergingen. Peter fiel sofort auf, dass dabei mehrere Flaschen die Runde machten.

»Hatte die, die wir verfolgten, nicht nur eine Flasche bezahlt?«, fragte er, und Stefan meinte: »Die lassen es sich gutgehen, und wir müssen hungern.«

»Oh Scheiße, ich hatte uns Pommes besorgt.«

»Die sind jetzt kalt. Prima.«

»Ach, lass, dafür sind wir, wie es aussieht, auf der richtigen Spur. Wenn man das sonderbare Verhalten im Markt nimmt, dann die Begegnung mit diesem Mann und das mitgehörte Telefonat …«

»Telefonat, da sagst du was. Ich muss zu Hause anrufen.«

»Warum?«

»Meine Eltern fahren morgen in aller Herrgottsfrühe wieder heim, weil am Nachmittag irgendein wichtiger

Termin mit einem Lieferanten ansteht. Da will mein Vater dabei sein. Eigentlich hatte ich versprochen, heute Abend zu Hause zu sein.«

Während Peter den Wagen startete, um hinter den Mädchen herzurollen, fragte er: »Meinst du, dass Verena …?«, aber die Frage erübrigte sich, da Stefan den Lautsprecher eingeschaltet hatte und Verenas ungehaltene Stimme aus dem Telefon drang.

Doch plötzlich war auch Dieter Weimershaus zu hören: »Verena, nun lass ihn doch, und gib mir mal den Apparat. – Junge, ich kann dich schon verstehen. Mach du nur deine Arbeit, und wenn es heute sein muss, dann kann man es eben nicht ändern. Wir sehen uns demnächst mal wieder bei uns oben. Ich verspreche dir, dann nehme ich mir Zeit für dich. Viel Erfolg noch, und Grüße an Peter. Tschüss!«

Genauso plötzlich, wie Stefans Vater das Gespräch an sich gerissen hatte, beendete er es auch, und Stefan meinte nachdenklich: »So gut wie im Moment habe ich mich noch nie mit meinem Vater verstanden.«

»Das ist prima, aber komm bitte mit deinen Gedanken hierher zurück, du wirst gebraucht. Die Clique geht gerade auf den Schulhof.«

Stefan schaltete sein Handy vorsichtshalber ganz aus, dann stiegen beide aus dem Wagen, um sich an die Mädchen heranzuschleichen, die sich bei einem Baucontainer auf dem Schulhof herumlümmelten.

»Das wäre doch eine prima Gelegenheit«, sagte Peter nur, und Stefan hatte sofort verstanden.

»Wir schleichen uns von der anderen Seite dichter ran. Vielleicht können wir verstehen, was sie reden. Schade ist nur, dass wir unsere Spezialkamera für Nachtaufnahmen nicht dabeihaben.«

»Wer sagt das?«

»Du hast …?«

»Klar doch. Aber eine Änderung in deiner Planung habe ich auch. Nicht wir werden schleichen, sondern du. Ich werde hierbleiben, denn zwei Personen fallen vielleicht auf. Schleich dich an, fotografiere alle und komm dann, so schnell es geht, zurück. Schließlich hat die Anführerin im Restaurant telefoniert.«

»Ach was? Das hast du noch gar nicht erwähnt ... konntest du rausfinden, mit wem?«

»Nein, aber es hörte sich geschäftlich an. Auf jeden Fall hat sie um zehn Uhr noch ein Date.«

Geschmeidig wie eine Katze verließ Stefan das Auto, pirschte sich durch ein Gebüsch an die Gruppe heran und kam gerade noch rechtzeitig, um zu sehen, dass die, die sie für die Anführerin hielten, kleine Geldbündel verteilte. Vorsichtig trat er einen Schritt hinter dem Container hervor und schoss eine ganze Bilderserie mit der neuen und sündhaft teuren Digitalkamera im Miniformat, die speziell für Aufnahmen im Dunkeln geeignet war.

Geschickt und ohne das geringste Geräusch zu verursachen, zog Stefan sich wieder ein Stück zurück und hörte eine Weile den Mädchen zu, die wild gestikulierend miteinander diskutierten. So wusste er bald, dass das kleine blonde Mädchen, das sehr füllig war, Maren genannt wurde, und Natascha um einiges größer und dunkelhaarig war.

Dass die Anführerin Lea hieß, war ihm spätestens klar, als Maren fragte: »Lea, warum musst du um zehn beim Markt sein?«

Stefan glaubte im fahlen Licht der nahen Straßenbeleuchtung die Angesprochene grinsen zu sehen, als sie erklärte: »Das kann ich euch im Moment leider noch nicht sagen.

Aber wenn alles so klappt, wie ich es mir vorstelle, dann seid ihr die Ersten, die erfahren, worum es dabei geht.«

»Na gut«, lenkte eine andere ein, und ihre Stimme klang so, als ob sie darüber nicht einmal unglücklich wäre, »dann müssen wir uns eben gedulden.«

»Stimmt, gut Ding will Weile haben«, sagte Lea wichtigtuerisch, »kommt ihr bis zum Parkplatz mit?«

»Natürlich, wir lassen dich nicht allein gehen«, sagte die andere Stimme, aber für Stefan hörte es sich nicht so an, als ob sie restlos begeistert wäre.

Er wartete, bis er glaubte, jedem Mädchen den richtigen Vornamen zuordnen zu können, dann schoss er aus seiner Position noch ein paar Aufnahmen, bis er sicher war, alle mindestens je einmal im Profil und in Frontalansicht abgelichtet zu haben. Danach trat er schnell den Rückzug an, da auch die Mädchen den Schulhof verließen.

Wenige Sekunden später ließ er sich neben Peter auf den Beifahrersitz fallen.

»Na, fahr schon endlich los«, sagte er ungeduldig, aber Peter meinte grinsend: »Soll ich die Mädels überholen, bevor sie am Auto sind?«

»Warum nicht, sie kennen uns nicht. Es wäre unverdächtig.«

»Noch unverdächtiger ist es, wenn sie uns gar nicht sehen.«

Peter wartete noch einen Moment, bevor er den Wagen startete, um der Clique zu folgen, die zu ihrem Auto auf dem Feldweg neben dem Friedhof unterwegs waren. Die jungen Frauen waren gerade dort angekommen, als Peter den Kreisel erreichte. Er parkte an der gleichen Stelle wie zuvor, und dass er den Wagen hinter einem riesigen dunkelblauen Lieferwagen, der inzwischen vor dem Friedhof abgestellt worden war, in Deckung bringen konnte, kam ihnen gerade recht.

Es dauerte nur wenige Minuten, dann raste Lea mit ihrem Polo an ihnen vorbei. Sie drehte die Gänge des Wägelchens auf und nahm auch sonst keinerlei Rücksicht. So war es auch kein Wunder, dass es kurz aufblitzte, als sie den zivilen Polizeiwagen zwischen Alban- und Lindenstraße passierte. Da auch Peter noch durch die grüne Ampel an der Ecke zur Hofheimer Straße fahren wollte, trat er ebenfalls heftig aufs Gas und bremste erst kurz vor der Radarfalle ab. Trotzdem konnte er es nicht verhindern, dass auch er ein schönes Foto bekommen würde.

»Verdammter Mist aber auch!«, fluchte er. »Das hat man davon.«

»Wieso, es ist doch mein Auto«, meinte Stefan grinsend. Wenig später musste Peter an der nächsten Ampel trotzdem anhalten, bevor er in die Heddingheimer Straße einbiegen konnte.

Während sie warteten, sahen sie Leas roten Wagen gerade verbotswidrig an der Tankstellenausfahrt, bei der Waschstraße, auf das Supermarktgelände fahren. Endlich wurde es Grün, und sie konnten ihr folgen.

Da das Kundenparkdeck inzwischen fast leer war, hatten Peter und Stefan einige Mühe, unentdeckt zu bleiben. Glücklicherweise hatten sie gerade noch gesehen, dass Lea nach oben gefahren war, weshalb Peter unten blieb. Die beiden Detektive parkten so weit von Rampe und Treppenhaus entfernt, dass sie beides gerade noch einsehen konnten, und blieben, tief in ihre Sitze gedrückt, erst einmal im Auto sitzen.

Wie richtig ihre Taktik war, zeigte sich bereits wenige Augenblicke später, denn die sechs Mädchen kamen kichernd die Rampe hinuntergelaufen. Hier verabschiedeten sich die anderen von Lea. Während drei von ihnen direkt das Supermarktgelände verließen, kehrten zwei im Schutz der Dunkelheit zum Parkdeck zurück und suchten, leider nicht sehr weit von Peter und Stefan entfernt, Deckung.

Erst jetzt wagte Peter die Seitenscheibe herunterzulassen und hoffte, dass das Treffen zwischen Lea und dem Unbekannten nicht zu weit entfernt stattfand, um etwas hören zu können. Aussteigen konnten sie leider nicht, ohne zu riskieren, entdeckt zu werden.

Lea Stoltze war zufrieden mit sich. Innerhalb eines Jahres hatte sie eine Mädchengang aufgebaut, die ihr, wie sie glaubte, treu ergeben war. Nun war es an der Zeit, dass sie die Spielwiese der Kinderkriminalität, wie sie es nannte, verließen und sich dem richtigen Leben zuwandten. Das mit Nadine war zwar so nicht geplant gewesen, aber anstatt etwas Dampf herauszunehmen, hielt sich Lea inzwischen für nahezu unbesiegbar. Deshalb hielt sie sich auch nicht mehr an die Absprache, dass es keinerlei Kontakt zwischen den Hehlern, die hinter ihrem Freund standen, und der übrigen Mädchengang geben sollte. Allerdings brauchten die Leute, die ihrer Vermutung nach aus dem Frankfurter Kriminellen-Milieu stammten, nicht zu wissen, dass Maren und Julia – ihre ergebensten Untergebenen, wie sie die Mädchen insgeheim nannte – sie sehr genau im Auge behielten.

Auf diese beiden konnte Lea sich zu hundertzehn Prozent verlassen. Das war zwar gut fürs Geschäft, doch hatte Lea aufgrund ihrer Unterwürfigkeit vor ihnen noch weniger Achtung als vor den anderen Mitgliedern der Gang.

Plötzlich löste sich aus dem Schatten des Supermarktes

eine Gestalt und kam auf Lea zu, die am Treppenaufgang zum oberen Parkdeck stand.

»Na, das hat heute gedauert«, begrüßte sie der Mann ziemlich ungehalten, und Lea antwortete beschwichtigend: »Ich musste meine Mädels erst noch für morgen instruieren, und außerdem waren auf dem Weg hierher sämtliche Ampeln rot.«

Viviane Diehl war an diesem Abend schon früh zu Bett gegangen. Das Schicksal ihrer besten Freundin ging ihr noch sehr viel mehr an die Nieren, als sie ihrer Mutter gegenüber zugegeben hatte. Es war für sie schon hart genug gewesen zu sehen, wie Nadine sich immer mehr verändert und von ihr entfernt hatte. Doch hatte sie wenigstens noch hoffen können, dass es irgendwann einmal wieder wie früher werden würde. Aber jetzt? Die Gewissheit, sie nie wiederzusehen, machte Viviane völlig fertig. Sie war hundemüde, aber an Schlaf war trotzdem nicht zu denken.

Nadine, ich vermisse dich so sehr, dachte sie immer wieder, und ständig stiegen Bilder in ihr hoch, wie sie zusammen im Sandkasten gespielt und später zur Schule gegangen waren.

Als sie dann endlich vor Erschöpfung doch noch einschlief, geisterten diese Bilder wild durcheinander durch ihre Träume und ließen sie selbst jetzt nicht zur Ruhe kommen. Irgendwann mitten in der Nacht schreckte sie plötzlich hoch.

Was war denn das? Habe ich das geträumt, oder war Nadine wirklich hier?

Viviane fuhr im Bett hoch, und erst mit einiger Verspätung wurde ihr klar, dass ihre Freundin unmöglich bei ihr gewesen sein konnte. Aber es erschreckte sie dennoch, dass sie einen Moment tatsächlich geglaubt hatte, Nadine sei im Zimmer. Mit aller Kraft versuchte sie sich an den Traum zu erinnern, und tatsächlich gelang es ihr, zumindest Bruchstücke davon in ihr Bewusstsein zu überführen.

So hatte ihr Nadine im Traum erzählt, dass sie es endlich geschafft hatte, in diese Mädchengang, von der viele Jugendliche in Hofheim schon einmal gehört, mit der manche auch unliebsamen Kontakt gehabt hatten, aufgenommen zu werden. Da es ihr aber schwerfiel, sich anzupassen, hatte sie auch dort keinen leichten Stand gehabt.

Viviane erinnerte sich daran, dass Nadine, als sie sich noch regelmäßig getroffen hatten, immer mit ihr nach draußen gegangen war, weil sie es drinnen nicht mehr aushielt. Sie hatte ihr einmal erzählt, dass sie ihren Stiefvater hasste, weil er sie ihrer Meinung nach mit jedem Wort und jeder Geste spüren ließ, dass sie nicht seine leibliche Tochter war. Aber auch ihre Mutter und die beiden Halbgeschwister waren bei dieser Abrechnung nicht gut weggekommen, denn Nadine hatte sie beschuldigt, zu kuschen und wegzuschauen. Mehr hatte sie dazu nicht gesagt und war immer unwirsch geworden, wenn Viviane später versuchte, das Thema erneut anzuschneiden.

Kurz darauf war sie in die Mädchengang aufgenommen worden, und seit diesem Tag war für Nadine die Vergangenheit und alles, was in ihren Augen dazugehörte, ausradiert. Auch Viviane. Die Mädchengang, und allen voran die Anführerin, waren jetzt Nadines Welt.

Hättest du dich mir nur anvertraut, ich hätte dir doch beigestanden, dachte Viviane traurig, vielleicht wäre alles wieder wie früher geworden.

Seufzend ließ das Mädchen sich wieder ins Kissen zurückfallen und starrte in die Dunkelheit. Es war nicht einmal zwei Uhr, aber sie war jetzt hellwach. Ihre Gedanken kreisten weiter um den Traum, aber Nadines Worte, die sie darin zu ihr gesprochen hatte, blieben im Nebel. Nur ein einziges Wort oder, besser gesagt, ein Name stand wie festgemauert mitten im Raum. Der Name der Gangleaderin – Lea.

Jörg Stuhlbein, der nach seiner Beförderung zum Kommissar zum Dezernat für Tötungsdelikte versetzt worden war, hatte Spätdienst. Als Neuling in der Abteilung hatte er zunächst einmal die Akten von älteren, ungelösten Fällen auf den Schreibtisch gepackt bekommen, anhand deren er den neuen Kollegen beweisen sollte, dass er gut in die Abteilung passte.

Gerade als er über der Akte eines Opfers brütete, das vor einem Jahr im Wiesbadener Kurpark vergewaltigt und ermordet gefunden worden war, läutete das Telefon.

Seufzend griff er nach dem Hörer, und als er im Display sah, dass es ein externes Gespräch war, meldete er sich vorschriftsmäßig: »Polizeipräsidium Wiesbaden, Dezernat für Tötungsdelikte, Kommissar Stuhlbein am Apparat, guten Abend.«

»Claus Mergentheimer, Kriminalpolizei Hofheim«, drang es an sein Ohr.

»Claus! Dass man von dir auch mal wieder was hört«, sagte Jörg Stuhlbein kumpelhaft, da er mit Claus Mergentheimer schon länger per du war.

»Das Gleiche könnte ich zu dir sagen.«

»Hast recht, aber seit Kim Li schwanger ist, kommen wir zu gar nichts mehr.«

»Geht mir ähnlich. Ich wollte mit Peter schon seit Wochen mal ein Glas Wein trinken gehen, komme aber vor lauter Arbeit nicht dazu. Äh – weshalb ich dich aber eigentlich anrufe: Ich wollte mit dir über die tote Schülerin in der Rhein-Main-Therme reden. So quasi vorab und ohne Dienstweg.«

»Verstehe, dann schieß los.«

»Bei der Vernehmung von Viviane Diehl, einer Freundin des Opfers, bekamen wir Hinweise auf eine Mädchenclique, in der Nadine seit einiger Zeit Mitglied gewesen sein soll. Leider konnten wir über diese Mädchen nichts weiter in Erfahrung bringen, denn anscheinend hat jeder schon mal von ihnen gehört, aber niemand kennt sie. Möglicherweise ist diese Gang auch nur ein Gerücht, das unter den Jugendlichen Hofheims kursiert. Dennoch möchte ich nicht, dass diese Spur unter die Räder kommt. Du weißt sicher, dass ich zu deinem neuen Chef nicht den besten Draht habe und schon mehrfach mit ihm aneinandergeraten bin. Er ist zwar ein unermüdliches Arbeitstier, aber in Sachen Kreativität und Fantasie liegt bei ihm in meinen Augen so einiges im Argen.«

»Da ist was …«, begann Jörg Stuhlbein, besann sich dann aber anders und sagte nur: »Alles klar, deine Info ist bei mir in besten Händen. Ich werde mich persönlich darum kümmern, denn wenn ich meinen Chef richtig verstanden habe, soll ich mit nach Hofheim fahren.«


»Kein Wunder, dass mein Magen knurrt wie ein Schäferhund«, sagte Stefan zu Peter. »Es ist schon halb elf durch.«

»Glaubst du, mir geht es anders? Aber was sollen wir machen? Das ist die Gelegenheit, etwas herauszubekommen.«

»Dummerweise flüstern die nur so leise, dass man kein Wort versteht.«

Selbst Peter, der sich auf sein Gehör zu Recht etwas einbildete, konnte nicht einmal Wortfetzen verstehen. Er wollte Stefan gerade antworten, als er einen zweiten Mann vom Supermarkt her auf die beiden zukommen sah. Er stieß seinem Freund so fest in die Rippen, dass der kaum noch Luft bekam, und zeigte stumm in die Richtung des Mannes, der gerade aus dem Schatten des Gebäudes zu Lea und ihrem Gesprächspartner ins helle Mondlicht trat.

Stefan sah, dass der dunkelhaarige Neuankömmling etwas von dem anderen überreicht bekam. Was es war, konnten sie leider nicht erkennen, und im nächsten Moment trennten sich die Wege der drei. Der Mann, der bei Lea gewartet hatte, ging in Richtung der Autowaschanlage davon, und der andere schlenderte mit der jungen Frau ins untere Parkdeck hinein. Peter und Stefan beugten sich tief in den Fußraum des Wagens hinein, denn die beiden kamen in unmittelbarer Nähe von ihrem Auto vorbei. Zum Glück war die Beleuchtung des Decks bereits abgeschaltet, sodass keine Gefahr mehr für die Detektive bestand, entdeckt zu werden. Erst als die beiden Gestalten am Wagen des Mannes standen und der Mann einstieg, tauchten ihre Beobachter wieder aus der Versenkung auf und sahen im Rückspiegel, wie der Mann mit einem dunklen, nicht mehr ganz taufrischen BMW, der im Hochtaunuskreis zugelassen war, davonfuhr.

Dann konzentrierten sich die Blicke von Stefan und Peter wieder auf die junge Frau und ihre beiden Begleiterinnen, die in diesem Moment aus den Tiefen des Parkdecks auf ihre Anführerin zugeeilt kamen. Die drei tuschelten kurz, dann gingen sie zielstrebig ins obere Parkdeck hinauf. Wenig später sauste Leas Rostlaube wie ein geölter Blitz davon.

»Sollen wir ihnen folgen?«, fragte Stefan, aber Peter meinte: »Heute passiert bestimmt nichts mehr. Außerdem ist es spät genug. Lass uns nach Hause fahren.«

Sie fuhren direkt zu Peter nach Hause, denn der letzte Abend mit Dieter und Elfriede Weimershaus hätte dort stattfinden sollen. Leider saßen nur noch Verena und Annika am Wohnzimmertisch, auch Sven schlief bereits seit zwei Stunden. Entsprechend mürrisch war Verenas Gesichtsausdruck, als die beiden zur Tür hereinkamen.

»Na, das habt ihr mal wieder sauber hinbekommen«, war alles, was sie sagte.

»Sind meine Eltern schon …?«

»… im Hotel. Sie wollen morgen früh um sieben fahren. Wenn du sie noch einmal sehen willst, musst du bis dahin aufgestanden sein. Dein Vater hat gesagt, sie klingeln kurz bei uns, bevor sie nach Hause aufbrechen.«

»Das ist gut«, sagte Stefan, »ich hätte sie nur ungern enttäuscht. – So und jetzt brauche ich erst einmal etwas zu essen. Ich hoffe, ihr habt uns noch etwas übrig gelassen.«

Kaum hatte Peter den letzten Bissen hinuntergeschluckt, wählte er die Nummer des Hackers Oliver Krause, der in der Lage war, in so ziemlich jedes Computersystem einzudringen. Früher hatte er eigentlich immer mit einem Bein im Gefängnis gestanden, aber seit er seine jetzige Frau Mona kennengelernt hatte, hatte sich das geändert. Die beiden waren seriös geworden und hatten eine Firma für Internet-Recherchen gegründet. Nur für seine Freunde geriet er hin und wieder noch bereitwillig auf Abwege.

Dafür, dass es inzwischen fast Mitternacht war, kam die Verbindung erstaunlich schnell zustande, und Olli klang total fit, als er fragte: »Hallo, Peter, wo brennt's denn?«

Peter umriss ihm kurz den Fall, gab ihm die beiden Autonummern durch und bat: »Darüber hinaus brauche ich alles an Hintergrundinfos, was du bekommen kannst. Ich maile dir gleich noch eine ganze Serie Fotos. Versuche bitte, etwas über all diese Leute herauszubekommen.«

»Ich werde mein Bestes tun, aber heute nicht mehr.«
»Schon klar, bis gestern wäre besser.«
»Reicht auch Montag?«
»Wenn es unbedingt sein muss, ja.«
»Okay, ich werd sehen, was ich tun kann, aber ich sitze hier noch an einem andren Auftrag, den muss ich bis morgen abliefern, und am Sonntag wird Monas Vater sechzig. Machen wir es so: Ich gehe, sobald ich Zeit habe, dran, und wenn ich etwas herausfinde, schicke ich es euch sofort zu.«

## 5.

Am Samstagmorgen schüttete es wie aus Kübeln. Stefan hatte es, obwohl es sehr spät geworden war, geschafft, vor sieben Uhr aufzustehen, um seine Eltern zu verabschieden. Als die beiden vor dem Haus vorfuhren, ging Stefan ihnen entgegen.

»Sag mal«, fragte er seinen Vater, »du erwartest heute Nachmittag einen Vertreter? Am Samstag? Wie kommt denn das?«

»Kannst du dich noch an Robert Melzer erinnern?«

»Den von Melzer und Söhne?«

»Genau. Ich bin, wie du weißt, mit Roberts Vater schon seit Jahren befreundet.«

»Klar, dann geht so was auch mal samstags«, sagte Stefan und schickte grinsend hinterher: »Ich dachte schon, dir ist langweilig geworden und du suchst einen Grund, um abzuhauen.«

»Nein, Junge, ganz bestimmt nicht«, antwortete nun Elfriede Weimershaus und umarmte ihren Sohn.

Dann stiegen die beiden wieder ein und fuhren in Richtung Münster davon.

Stefan frühstückte anschließend und war dann zu Peters Überraschung tatsächlich noch vor dem üblichen Samstags-Arbeitsbeginn um neun Uhr im Büro. Gerade als er den Vorraum betrat, klingelte das Telefon auf Peters Schreibtisch.

»Guten Morgen, Burkhard«, rief Peter Stettner in den Hörer und schaltete den Lautsprecher ein, »was verschafft mir die Ehre?«

»Ich wollte mich nur mal erkundigen, ob ihr in der Causa Supermarkt schon etwas erreicht habt.«

»Das könnte man so sagen.«

»Gibt es schon erste Ergebnisse?«

»So würde ich es jetzt vielleicht noch nicht nennen, aber wir sind auf einem guten Weg. Wenn du uns noch zwei, drei Tage Zeit gibst, können wir konkreter werden.«

»In Ordnung«, sagte Dr. Pfannmöller und verabschiedete sich.

Peter legte auf und sagte: »Meine Nerven. Jeder will Ergebnisse sehen, und das möglichst gestern. Hat denn niemand mehr Geduld auf dieser Welt?«

»Nein, nicht einmal wir«, erklärte Stefan lachend, »denk daran, was du zu Olli gesagt hast. Komm, lass uns noch einmal nach Hattersheim fahren, vielleicht ergibt sich ja etwas.«

Kurz darauf waren die beiden bereits auf dem Weg, doch diesmal hatten sie kein Glück. Niemand von der Mädchenclique tauchte auf, und auch sonst blieb alles ruhig, sodass die Detektive zwei Stunden später wieder nach Hause fuhren.

Es war kein Wunder, dass alles ruhig blieb, denn Lea Stoltze hatte ihren Mädchen heute großzügig »freigegeben«, da sie selbst andere Pläne hatte. In der vergangenen Nacht hatte sie zum ersten Mal bei ihrem Freund übernachtet, und nun saßen sie in dem kleinen Eiscafé im alten Ortskern von Eddersheim und frühstückten. Da sie um diese Zeit die einzigen Gäste im Lokal waren, konnten sie sich ungestört unterhalten.

»Also, Lea, was du mit deinen Mädels so auf die Beine gestellt hast, ist wirklich stark, aber selbst zusammen mit dem, was ich organisiert habe, reicht es bei Weitem nicht aus, um unseren großen Traum Wirklichkeit werden zu lassen. Da muss schon sehr bald etwas geschehen.«

»Wieso, was hast du vor?«

»Immer schön der Reihe nach. Ich bin da an etwas dran; das gibt ein ganz großes Ding. Leider werden wir unseren Zeitplan etwas straffen müssen, denn die Geschäftsleitung hat längst bemerkt, dass immer wieder Waren verschwinden. Ich weiß nicht, wie viel die wissen, aber ich habe gehört, dass ein externer Detektiv eingeschaltet wird. Das könnte zwar nur ein Probelauf sein, bevor ich Verstärkung bekomme, aber genauso kann es heißen, dass sie mir misstrauen. In jedem Fall heißt es: Der Boden wird hier langsam zu heiß.«

»Warum hören wir dann nicht hier auf und machen in Eschborn weiter?«

»Schatz, das würde aber auffallen, wenn plötzlich in Eschborn Waren verschwinden, nachdem ich dorthin gewechselt bin. Das geht nicht. Außerdem, rechne doch mal. Wie viel haben wir im letzten halben Jahr zurückgelegt?«

»Seit ich vor einem Jahr mit den Mädchen angefangen habe, habe ich genau sechstausendsiebenhundert Euro auf die Seite geschafft. Und dabei viel verteilt und gut gelebt. Das könnte man einschränken. Wie viel hast denn du?«

»Gerade mal das Doppelte«, schwindelte der Mann. »Was meinst du wohl, wie lange wir dann noch für unseren großen Traum brauchen?«

»Du meinst – Mallorca?«

»Was sonst? Das ist er doch. Nur, wenn wir so weitermachen, habe ich längst einen Rollator und du einen Stock, bis wir genügend Kohle haben. Außerdem können wir nicht riskieren, geschnappt zu werden.«

»Du hast recht, Liebling«, himmelte Lea ihren Freund an, der sich völlig sicher war, sie und ihre Clique fest am Haken zu haben.

Deshalb lullte er sie noch weiter ein: »Schatz, was hältst du davon, wenn wir jetzt wieder zu mir gehen und den Tag im Bett verbringen. Heute Abend gehen wir schön aus, und die Nacht verbringen wir wieder bei mir. Ich will keine Minute mehr ohne dich sein.«

Während Lea ein Schauer über den Rücken lief und sie ihrem Freund um den Hals fiel, dachte er: Das läuft prima. Die naive Gans glaubt tatsächlich, ich würde mit ihr nach Mallorca gehen. Was soll ich denn da? Mitten in der EU? Da wäre ich schnell gefasst. Nordafrika heißt das Zauberwort – Marokko. Meinetwegen noch Südamerika oder Karibik, aber allein. Denn was will ich dort mit diesem Spatzenhirn namens Lea?

Er wunderte sich einmal mehr darüber, wie sehr Lea, die ihre Clique fest im Griff hatte, ihm aus der Hand fraß. Er konnte es sich nur damit erklären, dass er ihre erste wirklich große Liebe war. Fast fand er es schade, dass er dieses Mädchen, das sich ihm auch im Bett bedingungslos hingab, würde zurücklassen müssen. Aber er konnte sich unmöglich einen solchen Klotz ans Bein binden. Nur musste die Kleine das nicht wissen. Er würde die letzten Tage, die ihnen noch gemeinsam verblieben, auskosten und sie dann in guter Erinnerung behalten. Wenn er erst einmal an irgendeinem fernen Strand lag und eine einheimische Schönheit im Arm hielt, hätte er den Verlust bald verschmerzt.

In diesem Moment kam die Bedienung an den Tisch und fragte: »Kann ich Ihnen noch etwas bringen?«

»Nein, danke«, sagte er, zahlte und meinte zu Lea: »Komm, lass uns schnell zu mir rübergehen, ich brauch dich jetzt.«

Vollkommen selig hakte sich Lea bei ihm unter, und wie sie durch die gepflasterten Dorfgassen von Eddersheim seiner gemütlichen kleinen Wohnung entgegengingen, sahen sie aus wie jedes andere glücklich verliebte Paar.

Während die Bedienung den Tisch abräumte, dachte sie noch lange über dieses ungleiche Paar nach. Zuerst schmunzelte sie bei dem Gedanken an den rund vierzig Jahre alten Mann und das kaum zwanzigjährige Mädchen, dann legte sie die Stirn in Falten.

Grüblerisch dachte sie darüber nach, dass der Mann, auch wenn er ganz verliebt getan hatte, irgendwie unbeteiligt schien. Außerdem war sie sicher, dass sie zumindest das Mädchen, das von ihrem Freund Lea genannt worden war, nicht nur von ihren gelegentlichen Besuchen hier in der Eisdiele kannte.

Plötzlich wurde die rundliche Bedienungskraft von ihrem Chef aus den Gedanken gerissen: »Nina, träumst du? Du hast die Hälfte stehen gelassen.«

»Nei... nein, Verzeihung, ich räum schon ab«, sagte sie. Sie würde heute Abend noch einmal in Ruhe darüber nachdenken, vielleicht fiel es ihr dann ein.

Obwohl die Detektive unzufrieden mit sich und der Welt waren, freuten sie sich, am Samstagabend endlich wieder einmal mit ihren Familien in ihr griechisches Stammlokal zu kommen. Sie nahmen am für sie reservierten Tisch in einer etwas abgeschiedenen Ecke des Lokals Platz, und schon bald hatte jeder ein Getränk vor sich stehen.

Während sie sich zuprosteten, ließ Peter seinen Blick durch den Raum schweifen, und als er zur Eingangstür hinübersah, hätte er sich beinahe an seinem Demestica verschluckt.

»Stefan, schau mal unauffällig zur Tür. Ist das wirklich diese Lea, oder habe ich Halluzinationen?«

»Tatsächlich«, sagte Stefan, »das ist sie, und den Mann neben ihr kennen wir auch aus dem Supermarkt. Wenn sie ihre Lederjacke nicht trägt, ist sie kaum wiederzuerkennen.«

»Wenn wir ihren vollen Namen wüssten, wären wir schon ein Stück weiter.«

»Olli wird ja …«

»Hoffen wir, dass er etwas herausfindet. Wir können schlecht zu ihr hingehen und ihr etwas vorspielen. Einer von den beiden könnte uns wiedererkennen.«

Während das Pärchen aus ihrem Blickfeld verschwand, um am anderen Ende des Lokals Platz zu nehmen, sagte Verena: »Ich habe da eine Idee, bin gleich wieder da«, und verschwand in Richtung Toilette.

Auf dem Rückweg ging sie kurz an die Theke, bestellte noch etwas und tat dabei so, als ob sie durch Zufall Lea entdeckte.

»Ach, das gibt's doch nicht!«, rief sie. »Paula, bist du das wirklich? Kannst du mir sagen, wohin es deine Schwester verschlagen hat?«

Als Lea sie mit völligem Unverständnis und auch etwas feindselig ansah, schob Verena nach: »Du bist doch Paula Habicht, oder? Die jüngere Schwester meiner Schulfreundin Vanessa. Ich hab sie schon seit Jahren aus den Augen verloren.«

»Nein, das bin ich ganz bestimmt nicht, denn ich heiße

Lea Stoltze und komm nicht mal aus diesem Kaff. Lass mich gefälligst in Ruhe, du hirnamputierte Nudel, so was wie du spielt nicht in meiner Liga.«

Dann wandte sich Lea wieder ihrem Gesprächspartner zu, der ein Grinsen kaum unterdrücken konnte, und Verena ging wieder an ihren Tisch zurück.

Sie berichtete den Detektiven, was sie erfahren hatte, und Peter meinte: »Schade, dass ich nicht mithören kann, über was die beiden sich unterhalten, das ist selbst für mein Gehör zu weit weg.«

Annika, die einige leidvolle Erfahrungen mit Peters phänomenalem Gehör gemacht hatte, mit dem er problemlos über mehrere Tische hinweg andere Leute belauschen konnte, atmete innerlich auf, denn wenn er erst einmal damit anfing, war an eine Unterhaltung mit ihm nicht mehr zu denken.

Deshalb stand nun sie auf, ging zur Theke hinüber und fragte den jungen Mann, der gerade am Bierzapfen war, ob Anfang November noch etwas frei sei und sie einen Tisch für den Achten reservieren könne. Während der junge Mann hinter der Theke in seinem Buch nachsah, belauschte Annika, da sie nur gut zwei Meter von deren Tisch entfernt stand, Lea und ihren Begleiter.

»… nächste Woche ist es so weit. Da schnappen wir ihn und nehmen es ihm ab.«

»Wann kommt er?«

»Eine halbe Stunde nachdem sie dichtmachen – gegen halb elf. Das heißt, wir treffen uns spätestens um halb zehn mit deinen Freundinnen.«

»Und du meinst, dass alles klappt?«

»Natürlich, so wahr ich Mich…«

Leider riss der junge Barkeeper Annika gerade in dem

Moment aus dem Gespräch, als Leas Begleiter seinen Namen sagte: »Ja, für den Achten ist noch ein Tisch für sechs Personen frei.«

»Alles klar, prima, tragen Sie ihn bitte auf den Namen Stettner ein.«

Dann ging sie an ihren Tisch zurück und berichtete allen, was sie erfahren hatte.

Stefan sagte nur: »Donnerwetter, das ist ja 'n Ding«, und Peter meinte: »Das hast du super gemacht, Annika. Die wollen nächste Woche anscheinend ein ganz großes Ding drehen, und die Mädchen hängen da alle mit drin. Schade, dass wir nicht wissen, wann und wo das stattfinden soll. Also werden wir uns an ihre Fersen heften müssen. Obwohl – ich bin mir fast sicher, dass es irgendwie mit dem Supermarkt in Hattersheim zusammenhängt.«

»Mich… wird wohl Michael heißen«, sagte Stefan, »mal sehen, ob Olli zu ihm was in Erfahrung bringen kann. Außerdem sollten wir gleich am Montag früh zu Herrn Friedrich gehen und ihm unsere Fotos vorlegen. Mal sehen, was ihm dazu einfällt. So selbstsicher wie diese Type dort drüben sich im Markt bewegt hat, bin ich mir sicher, er arbeitet da.«

»Stimmt, und wir …«

»Moment mal«, fiel Annika ihm ins Wort, »auch wenn wir Frauen euch mal wieder aus der Patsche geholfen haben, heißt das noch lange nicht, dass dieser Abend deshalb zum Arbeitsessen umfunktioniert wird. Zumal Sven und die Zwillinge mit am Tisch sitzen und diesen ganzen Kram nicht mit anhören müssen.«

Während die gerade einmal zweieinhalb Jahre alten Mädchen Alina und Anina ohnehin nur Augen für ihre Riesenportion Pommes frites hatten, sagte Sven: »Schade, das hätte mich interessiert.«

»Das glaub ich dir gern, aber deine Mutter hat recht«, sagte Peter. »Schluss jetzt, wir machen uns ab jetzt nur noch Gedanken um unsere Bestellung.«

Eva Diehl hatte es sich auf der Wohnzimmercouch bequem gemacht, eine Flasche trockenen Weißwein geöffnet und etwas zum Knabbern auf den Tisch gestellt.

Solange Karl-Heinz mit seinen Kegelbrüdern unterwegs war, dachte sie, würde sie sich einen gemütlichen Abend vor der Glotze machen. Auch wenn es nicht unbedingt so aussah, hatte sie beide das Schicksal von Nadine ganz schön mitgenommen. Karl-Heinz hätte diesen Abend, da sein Vereinskollege Erich fünfzig wurde, kaum absagen können. Aber Eva war auch froh, dass Marion Lorenz ihr Angebot am Nachmittag abgelehnt hatte, rüberzukommen, um ihr Trost zu spenden. Sie wollte lieber allein bleiben, und Eva hätte, wenn sie ehrlich war, auch nicht gewusst, was sie ihr sagen sollte.

Vor allem machte sie sich Gedanken um ihre Tochter. Während sie als Erwachsene es schafften, irgendwie mit dem schrecklichen Ereignis umzugehen, war sich Eva bei Vivi da nicht so sicher. Trotz allem, was in der letzten Zeit vorgefallen war, waren sie und Nadine immer noch beste Freundinnen gewesen. Ihr Verhalten gab Eva schon Anlass zur Sorge. Sonst verbrachte sie Abende wie diesen, an denen ihr Mann unterwegs war, immer mit Eva zusammen auf der Couch, und sie zogen sich irgendeine Schnulze auf DVD rein. Aber seit Nadines Tod kam sie kaum noch aus ihrem Zimmer. Wir müssen uns mehr um sie kümmern, dachte Eva, sonst geht sie daran noch zu Grunde.

Auf einmal hörte sie aus der Küche ein leises Klappern und sah kurz hoch. Sie legte ihre Strickarbeit zur Seite und hörte nun, dass ihre Tochter in der Küche zugange war.

»Soll ich dir helfen, Vivi?«

»Nein, nein, ich geh gleich wieder in mein Zimmer.«

»Hast du dir noch was zu essen gemacht, hast du noch Hunger?«, fragte Eva stirnrunzelnd. Das hatte Vivi früher nie gemacht.

»Hunger würde ich es nicht gerade nennen, aber …«

»Kind, das mit Nadine ist sehr schlimm. Aber du machst dich zu sehr verrückt.«

»Was mache ich?«, fragte Viviane verwundert. »Ich finde eher, euch kümmert das Schicksal von Nadine zu wenig. Papa geht feiern, und du tust so, als ob nichts wäre. Jetzt kann ich sehr viel besser verstehen, warum Nadine es zu Hause nicht mehr aushielt.«

Viviane hatte den Satz kaum beendet, als sie auch schon die Treppe zu ihrem Zimmer hinaufstürmte und die Tür hinter sich ins Schloss pfefferte, dass es durchs ganze Haus schallte.

Nach dieser Auseinandersetzung hatte Eva Diehl plötzlich keine Lust mehr zum Fernsehen und schaltete mit dem Gong der Tagesschau den Fernseher aus.

Vielleicht hatte Vivi recht, und sie und ihr Mann gingen zu locker damit um, dachte Eva. Aber irgendwie hatte auch ihre Freundschaft zu den Lorenz' unter der Veränderung von Nadine gelitten. Seit die solche Probleme mit ihrer Tochter hatten, hatten sie kaum noch Kontakt gewollt. Private Treffen gab es seitdem gar keine mehr.

Eva Diehl ging zum Wohnzimmerschrank hinüber und kramte eines ihrer alten Fotoalben heraus. Auch wenn ihre Tochter glaubte, sie und ihr Mann nähmen das alles zu leicht, brauchte sie jetzt doch etwas Ablenkung. Die Erinnerung an die Kindheit war im Moment vielleicht genau das Richtige.

Sie legte das alte, schon reichlich verschlissene Album vorsichtig auf den Tisch und blätterte es auf. Schon bei einem der ersten Bilder, einem Klassenfoto aus ihrem ersten Schuljahr, das kurz nach ihrer Einschulung im norddeutschen Buxtehude gemacht worden war, blieb sie hängen.

Was wohl aus denen allen geworden ist?, dachte sie und versuchte sich an die Namen ihrer Klassenkameraden und -kameradinnen zu erinnern. Was gar nicht so leicht war, denn schon Mitte des zweiten Schuljahres war sie mit ihren Eltern nach Frankfurt gezogen.

Dennoch schaffte sie es, die meisten namentlich zu benennen, und als sie bei dem Jungen ankam, der direkt hinter ihr stand, wurde es ihr plötzlich klar: Sie kannte Claus Mergentheimer aus ihrem gemeinsamen ersten Schuljahr in Buxtehude.

Genau in diesem Augenblick läutete das Telefon. Sie sprach kurz mit ihrem Mann und stand anschließend auf, um zu ihrer Tochter zu gehen.

Auf der Treppe zu den Schlafzimmern kam ihr Viviane entgegen und sagte: »Mutti, entschuldige, was ich vorhin gesagt habe, ich hab's nicht so gemeint. Tut mir leid.«

»Das ist schon in Ordnung, Kind, und du hast sicher recht, wenn du sagst, es sieht so aus, als ob wir nicht um Nadine trauern. Aber lass dir gesagt sein, uns geht das auch nahe. Übrigens hat Papa gerade angerufen. Er wird die Geburtstagsfeier von Erich gleich nach dem Essen verlassen. Zum Feiern hat er einfach keinen Nerv.«

Am Sonntagnachmittag gegen siebzehn Uhr traf eine Mail von Oliver Krause ein. Er hatte nicht nur bestätigen können, dass Lea den Familiennamen Stoltze trug, sondern auch herausgefunden, dass sie einundzwanzig Jahre alt war und mit ihrer Mutter zusammen in einem Haus in Hattersheim an der Einmündung der Weingartenstraße zur Dürerstraße wohnte.

Außerdem hatte er auch Michael Heidmann, ihren Freund, identifiziert und herausgefunden, dass er früher Polizist gewesen war, bevor man ihn wegen Korruption aus dem Dienst entfernt hatte. Damals war er zu achtzehn Monaten auf Bewährung verurteilt worden. Er wohnte nach Ollis Recherche im alten Ortskern von Eddersheim und fuhr einen cremefarbenen japanischen Geländewagen.

Auch zu dem zweiten Mann, den Peter und Stefan abgelichtet hatten, hatte Olli einen Namen zu bieten: Er hieß Achim Löbisch. Ob auch er vorbestraft war und wo er wohnte, wollte der Hacker noch in Erfahrung bringen. Lediglich zu den Mädchen der Gang gab es nicht allzu viel zu vermelden. Wahrscheinlich waren sie klug genug, ihre Familiennamen und Adressen im Internet geheim zu halten.

Am Montagmorgen verließen Verena und die Zwillinge zusammen mit Stefan das Haus. Sie wollten mit der Kleinbahn nach Frankfurt zum Shoppen fahren. Verena brauchte noch ein Geschenk für Stefans zweiunddreißigsten Geburtstag am Heiligen Abend. Während sie den Zwillingsbuggy mit ihren Mädchen am Münsterer Bahnhof in den Zug hievte, war Stefan bereits am Detektivbüro angekommen.

Mit ihm zusammen kam Claus Mergentheimer an und betrat direkt hinter Stefan das Büro.

»Guten Morgen, ihr Lieben!«, rief er fröhlich und gut ausgeschlafen, während die beiden Detektive ihn angähnten. Er ließ sich in den Besuchersessel fallen. »Na los, dann erzählt mir mal was.«

»Privat oder dienstlich?«

»Wohl eher privat. In eurer Supermarktsache habe ich noch keine Anzeige vorliegen. Dr. Pfannmöller hat aber gemeint …«

»Schon gut, wir reden ja«, sagte Peter grinsend und begann zu berichten, was sie bislang in Erfahrung gebracht hatten.

Als allerdings zum ersten Mal das Wort »Mädchengang« fiel, zuckte Claus zusammen. »Jetzt wird's doch dienstlich«, sagt er, und als die Detektive ihn fragend ansahen, fügte er zögernd hinzu: »Der Main-Taunus-Kreis ist nicht Frankfurt, und so viele Mädchengangs wird es hier nicht geben. Wir sind bei unseren Ermittlungen zum Todesfall in der Therme ebenfalls über eine Mädchengang gestolpert und …«

»Ihr habt euch doch hoffentlich nicht wehgetan?«, fragte Stefan grinsend und brachte Claus für den Bruchteil einer Sekunde aus dem Konzept, bevor dieser fortfuhr: »Nadine Lorenz soll Mitglied in einer Gang gewesen sein, und diese Mädels könnten bei ihrem Tod ihre Hände im Spiel haben. Gut möglich, dass es sich um ein und dieselbe Clique handelt.«

Peter nickte nur, und Stefan meinte: »Wenn wir an ihnen dranbleiben, können wir sie vielleicht in flagranti beim wiederholten Ladendiebstahl erwischen. Du nimmst sie fest, verhörst sie und presst sie dabei auch wegen des Todesfalls in der Therme aus.«

»Ganz so einfach wird's dann doch nicht«, entgegnete Claus, »denn wegen dieser Ladendiebstähle, selbst wenn sie regelmäßig vorkamen, geht niemand in Untersuchungshaft. Außerdem sind einige in der Clique offensichtlich minderjährig, wie man an euren Fotos unschwer erkennen kann. Und einen festen Wohnsitz haben die bestimmt auch.

Das heißt, der Leidensdruck, um wirklich auszupacken, ist noch nicht hoch genug für sie. Lediglich die Bandenchefin – diese Lea – könnten wir vielleicht dabehalten, aber dass die freiwillig auspackt, ohne dass wir ihr etwas beweisen können, halte ich für ausgeschlossen. Nun zu ihrem Freund, diesem Michael Heidmann. Ihn hatten wir bislang noch gar nicht auf unserem Radar. In diesem Zusammenhang hast du vorhin einen für mich ungemein wichtigen Satz gesagt.«

»Welchen meinst du?«

»Ich meine das, was Annika am Samstagabend im Lokal gehört hat. Dass die etwas ganz Großes planen. Das Beste wird sein, ich fahre jetzt mit euch zusammen zum Filialleiter des Supermarktes. Wenn er hört, was ihr herausbekommen habt, erstattet er vielleicht Anzeige, und ich kann ganz offiziell ermitteln und diesen großen Coup vielleicht verhindern.«

Knapp dreißig Minuten später saßen die drei am Tisch des Filialleiters und legten ihm die Fotos vor.

»Aber das ist doch … Ich fasse es nicht!«

»Was denn?«, fragte Peter.

»Der Mann auf dem Foto ist Michael Heidmann, unser Hausdetektiv.«

»Allen Ernstes?«, fragte Claus Mergentheimer ungläubig. »Und der andere? Kennen Sie ihn auch?«

»Ja, das ist Achim Löbisch, einer unserer Mitarbeiter im Warenlager. Das heißt, er war es bis heute. Ich werde alle beide noch heute vor die Tür setzen und Strafanzeige gegen sie erstatten. Gute Arbeit, meine Herren, Sie sind Ihr Geld wert.«

»Einen Augenblick noch, Herr Friedrich«, sagte Claus,

»die beiden Detektive sind bei ihren Ermittlungen noch auf etwas vielleicht viel Schlimmeres gestoßen.«

Dann berichtete er von Stefans und Peters Erkenntnissen.

»Na prima, nehmen Sie die ganze Bande fest; dann ist das Thema vom Tisch.«

»So einfach, wie sich das für Sie darstellt, ist es nicht. Wir können Herrn Heidmann leider noch nicht nachweisen, dass er der eigentliche Kopf dieser Bande ist. Und auch bei einem Großteil der Diebstähle dürfte es schwierig werden, ihn damit in Verbindung zu bringen. Da stellt uns niemand einen Haftbefehl aus. Spätestens morgen wäre er wieder auf freiem Fuß. Dann taucht er unter und führt seinen Coup aus der Deckung heraus aus. Auch für die Mädchen um Lea Stoltze, die zudem größtenteils minderjährig sein dürften, gilt: Die schickt keiner in U-Haft. Lediglich bei Lea hätten wir eine Chance, wenn sie strafrechtlich kein unbeschriebenes Blatt wäre. Aber so steht's sechzig zu vierzig, dass sie sofort wieder auf freiem Fuß ist. Und deshalb wollte ich Sie um etwas bitten.«

»Und das wäre?«

»Könnten Sie Ihre beiden Angestellten erst einmal weiterbeschäftigen und so in Sicherheit wiegen? Die Polizei wird sie rund um die Uhr überwachen.«

Seine Vermutung, dass die Gang auch mit dem Todesfall in der Therme in Verbindung stand, behielt Claus lieber für sich.

»Und Sie meinen wirklich, dass dieser Coup, von dem Sie erfahren haben, mit meinem Supermarkt in Verbindung steht?«

»Wir vermuten es, denn einer der aufgeschnappten Sätze hieß: ›Gegen halb elf, eine halbe Stunde nachdem sie dichtgemacht haben.‹«

»Dann könnte es auch fast jeder andere Markt in dieser Straße sein. Die machen alle um zehn dicht.«

»Wären Sie trotzdem bereit, Ihre beiden Mitarbeiter weiter zu beschäftigen?«

»Na ja, nicht gerne, aber zähneknirschend sage ich okay. Ich hoffe nur, dass so alles wieder in Ordnung kommt.«

»Vielen Dank, Herr Friedrich, dass Sie so bereitwillig mit uns kooperieren. Dann werde ich ab sofort einen Mann abstellen, der Lea Stoltze im Auge behält, zwei Personen hier im Laden postieren und ... Peter, du meinst, Maren und Julia stehen in der Rangordnung über den anderen Mädchen?«

»Auf jeden Fall, denn wie wir beobachten konnten, sind diese ihrer Chefin besonders treu ergeben und daher als privilegiert zu betrachten.«

»Dann stelle ich noch zwei Beamte ab, um diese beiden auch getrennt überwachen zu können. Ich selbst werde das Ganze koordinieren. Es wird allerdings ein schönes Stück Arbeit werden, dem Kriminalrat zu erklären, dass ich auf die von der Frau eines Privatdetektivs aufgeschnappten Satzteile hin ...«

»Na, na, ganz so ist es ja auch nicht!«, meinte Peter leicht entrüstet, aber Claus fuhr unbeirrt fort: »... nahezu die Hälfte der Hofheimer Kripo bis mindestens zum Wochenende auf einen Fall ansetze, der in seinen Augen vielleicht gar keiner ist. Ach ja, Peter, Stefan, ihr müsst aber auch so tun, als ermittelt ihr weiter. Das bedeutet, ihr lauft weiterhin jeden Tag durch den Markt. Wenn Heidmann euch schon einmal bemerkt hat, und davon gehe ich aus, riecht er vielleicht Lunte, wenn er euch plötzlich nicht mehr sieht.«

»Schon klar, Claus. Wir machen doch alles, was du sagst.«

»Das wäre glatt das erste Mal.«

Während Claus in seinen Wagen stieg, um zur Hofheimer Polizeiwache zurückzufahren, musste er schmunzeln, denn nach diesem Satz hatte er Peter zum ersten Mal, seit sie sich kannten, sprachlos gesehen.

Auf der Rückfahrt ging er in Gedanken die Koordination des Einsatzes gegen die Supermarkt-Bande noch einmal durch.

Nina Aichler hatte an diesem Vormittag frei und war im Supermarkt in Hattersheim einkaufen. Dank des außergewöhnlich milden Wetters der letzten Wochen hatte sie im Eissalon viel zu tun gehabt und war nicht dazu gekommen, und nun waren alle ihre Vorräte aufgebraucht.

Sie lenkte ihren Einkaufswagen durch die Regalreihen, und er füllte sich schnell.

Nachdem sie fast alles, was sie brauchte, beisammen hatte, dachte sie: Warum nicht mal wieder ein edles Parfüm kaufen? Ich habe mir schon sehr lange nichts Gutes mehr gegönnt.

Die Neununddreißigjährige, die schon seit einigen Jahren Single war, strebte der Parfümerieabteilung zu, und als sie in der Regalreihe ankam, sah sie gerade noch, wie eine junge, blonde Frau ein Päckchen in ihrer Jacke verschwinden ließ, um dann schleunigst zu verduften. Sie hatte die Frau zwar nur von hinten gesehen, aber sie kam ihr trotzdem bekannt vor.

Na ja, was soll's, dachte sie, vielleicht hat die Frau kein Geld und will sich für ein Rendezvous zurechtmachen.

Ihre eigenen leidvollen Erfahrungen stimmten sie milder, als sie es sonst vielleicht gewesen wäre, denn als eher schlecht bezahlte Bedienung in einer Eisdiele kam sie gerade so über die Runden. Da sie sich nur selten einmal etwas Besonderes leisten konnte, hielten es auch ihre Freunde nie lange mit ihr aus. Schick Essen gehen, ein schönes Kleid oder eine neue Bluse waren nur selten drin, und teures Parfüm, daran war so gut wie nie auch nur zu denken.

Sie war so sehr mit ihren eigenen Gedanken beschäftigt, dass sie eher mechanisch und ohne groß darüber nachzudenken, in die Getränkeabteilung gelaufen war. Hier nahm sie eine Kiste Wasser und fuhr zum Weinregal weiter, um eine preiswerte Flasche Wein zu kaufen, als ihr die junge Frau erneut begegnete.

Diese Begegnung war allerdings alles andere als erfreulich, denn gerade als Nina Aichler eine für sie eigentlich zu teure Flasche aus dem Regal nahm, rempelte die junge Frau sie so fest an, dass ihr die Flasche entglitt und auf dem Boden zerschellte.

Nina rief der jungen Frau hinterher: »Können Sie nicht aufpassen?« Da drehte sie sich zu ihr um, zeigte ihr den gestreckten Mittelfinger und sagte gerade so laut, dass die bereits herbeieilende Mitarbeiterin des Supermarktes es nicht hörte: »Halt's Maul, Arschloch.«

In diesem Moment erkannte Nina Aichler ihr Gegenüber, das sie ihrerseits aber offensichtlich nicht wiedererkannte. Es war die junge Frau, die am Samstagmorgen mit ihrem Freund im Eiscafé gefrühstückt hatte.

In der Rhein-Main-Therme ging es an diesem Nachmittag turbulent zu, denn Svens Schwimmgruppe holte heute ihr Wettschwimmen nach. Er, Viola und Carola freuten sich, dass Gruppenleiter Dietmar Ziegler seine Erkältung so schnell überwunden hatte und sie wieder betreuen konnte. Nach dem Abschluss des Wettkampfs blieb ihnen dann noch reichlich Zeit, um in den öffentlichen Teil des Bades hinüberzugehen.

»Heute komme ich auch mit hinein«, sagte Dietmar Ziegler und stieg ins Wasser. Mit kräftigen Schwimmstößen schwamm er in Richtung Schleuse und tauchte dann unter dem Windvorhang aus Kunststoffstreifen hindurch ins Freie.

Währenddessen vergnügten sich Sven, Carola und Viola im Wellenbereich, wo gerade die Wellenmaschine eingeschaltet war.

»Schön ist es hier drinnen«, stellte Viola fest, und Carola sagte lachend: »Ja, ganz besonders, wenn du beim Hochhüpfen dein Bikiniunterteil verlierst. Das sitzt ohnehin sehr knapp.«

»Ich hab ...« Was Viola hatte, war leider nicht mehr zu verstehen, denn der Rest des Satzes ging in einem Wasserschwall unter, den sie in diesem Moment in den Mund bekam.

Nur wenige Meter von ihnen entfernt tobte eine Gruppe halbwüchsiger Mädchen so ausgelassen im Bad herum, dass alle anderen Badegäste Reißaus nahmen.

»Jetzt seht euch doch mal diese albernen Gänse da drüben an«, sagte Carola, »die benehmen sich, als wären sie allein im Wasser.«

»Stimmt«, sagte Viola, als sie wieder Luft bekam, und Sven blieb wie angewurzelt im Wasser stehen und starrte zur Mädchengruppe hinüber.

»Hey, Sven, glotz die doch nicht so an, eine Schönheit ist keine von denen«, sagte Carola lachend, und Viola fügte hinzu: »Sieh uns an, da hast du mehr davon.«

»Eingebildet seid ihr kein bisschen«, gab Sven grinsend zurück, um dann nachdenklich zu sagen: »Die eine kenn ich von irgendwoher. Wenn ich nur wüsste, von wo.«

Einige Minuten später, die drei waren inzwischen in die

Whirlpool-Grotte hinübergewechselt, war Sven noch immer in Gedanken versunken.

»Mensch, Sven, warum beschäftigt dich das so?«, fragte Carola.

»Weiß nicht, aber es fällt mir gerade wieder ein, woher ich sie kenne. Peter und Mutti waren ja, bevor sie den Tipp mit dem Schwimmclub bekamen, mit mir bei allerlei Sportvereinen, um zu sehen, was mir Spaß machen würde. Beim Hofheimer Judo-Club kamen wir gerade zur Tür herein, als ein Mädchen hinausflog, weil sie angeblich ihre Mitkämpfer bestohlen hatte. Das war sie.«

»Mensch, Sven, du solltest Detektiv werden«, sagte Carola. »Wenn Peter dein leiblicher Vater wäre, hätte ich gesagt, du hast seine Gene geerbt.«

Sven, der Peter inzwischen fast wie einen Vater ansah, errötete bei diesen Worten. Zum Glück war es in der Grotte so düster, dass die beiden Mädchen es nicht mitbekamen.

Am nächsten Nachmittag waren die Detektive wieder im Supermarkt präsent. Peter, der fast alle Kollegen von Claus kannte, entgingen die Beamten nicht, die gerade, als sie ankamen, ebenfalls aus ihren Dienstwagen stiegen und dem Eingang zustrebten.

»Lass uns auch gleich hineingehen«, sagte Peter zu seinem Freund und Kollegen, »heute habe ich zur Tarnung sogar eine Einkaufsliste von Annika dabei.«

»Gute Idee, wer von euch hatte die denn?«

»Ich natürlich«, sagte Peter im Brustton der Überzeugung, aber das Grinsen auf seinem Gesicht sprach eine ganz andere Sprache.

Während Peter den Einkaufswagen holte, ging Stefan schon in den Bereich vor, wo sich neben dem Selbstbedienungsrestaurant auch die Geschäfte befanden, in denen ebenfalls Ware abhandengekommen war. Stefan sah sich gründlich um, konnte aber nirgendwo den Hausdetektiv oder die Mädchen entdecken.

Als Peter seine Einkäufe beisammen hatte und sich immer noch nichts tat, beschlossen sie, ihr Programm für diesen Tag zu ändern, und fuhren zu dem Haus, in dem diese Lea angeblich mit ihrer Mutter wohnte.

Als sie dort ankamen, sahen sie eine Frau, die sie auf Mitte fünfzig schätzten, im Vorgarten arbeiten. Der alte Polo von Lea war nirgends zu entdecken.

»Können wir es wagen, Frau Stoltze anzusprechen, ohne dass Lea gewarnt wird?«, fragte Stefan, und Peter meinte: »Klar, wie sollen wir sonst weiterkommen? Wir müssen eben vorsichtig sein.«

Die beiden stiegen aus, traten an den Gartenzaun und Peter fragte: »Guten Tag. Wir suchen eine Andrea Stoltze. Wohnt die hier?«

»Nein, tut mir leid.«

»Sie müsste nach unseren Angaben einundzwanzig Jahre alt sein. Vielleicht eine Tochter von Ihnen, die bereits ausgezogen ist?«

»Na hören Sie mal, ich werd ja wohl wissen, wie meine Tochter heißt. Und die wohnt noch hier, auch wenn sie meistens bei ihrem Freund ist. – Wer sind Sie überhaupt?«

»Wir kommen von der Kraftfahrzeugversicherung von Andrea Stoltze. Beim Online-Vertragsabschluss letzte Woche sind einige Unstimmigkeiten aufgetreten. Wir ...«

»Darf ich die Herren kurz unterbrechen? Die Versicherung des Wagens meiner Tochter läuft nach wie vor auf meinen Namen, deshalb kann es sich bei dieser Andrea schon gar nicht um meine Tochter handeln. Wenn Sie mich nun entschuldigen würden ...«, beendete Gudrun Stoltze das Gespräch kurzerhand und verschwand im Haus.

»Na, das hätten wir uns schenken können«, sagte Stefan missmutig, als sie zum Wagen zurückgingen, aber Peter entgegnete: »Gut, ein sprudelnder Informationsquell war ihre Mutter jetzt nicht gerade, aber immerhin wissen wir jetzt, dass Lea aus geordneten Verhältnissen stammt und meistens in Eddersheim anzutreffen ist.«

»Na ja«, sagte Stefan skeptisch, während sie nach Kelkheim zurückfuhren.

Erst am Mittwochmorgen, als Stefan und Peter erneut im Markt unterwegs waren, kam wieder etwas Bewegung in die Sache. Plötzlich waren drei der Mädchen da und schlenderten scheinbar ziellos durch das Geschäft.

Als sich dann auch noch Michael Heidmann zu ihnen gesellte, schrillten bei Peter und Stefan sämtliche Alarmglocken. Sie gingen sofort hinter einer Betonsäule in Deckung und beobachteten, was weiter geschah. Nur wenige Sekunden darauf entfernte sich Heidmann wieder von den Mädchen, und jeder nicht Eingeweihte hätte das Aufeinandertreffen für eine rein zufällige Begegnung gehalten.

Als die jungen Frauen kurz darauf zum Ausgang hin aufbrachen, sagte Peter: »Auf, los, hinterher. Da ist etwas im Gange.«

So schnell sie konnten, rannten die beiden nach draußen, und als sie beim Auto ankamen, sahen sie gerade noch, wie die Mädchen mit Leas Polo das Parkdeck verließen. Stefan war heilfroh, dass sie diesmal Peters Auto genommen hatten, denn bei dessen Fahrstil konnten leicht noch einige Strafzettel dazukommen.

Peter schwang sich erstaunlich behände in den Wagen

und ließ ihn anrollen, noch bevor Stefan seine Füße im Auto hatte.

»Willst du, dass ich mir sämtliche Haxen breche?«

»Ich will vor allem den Anschluss nicht verlieren«, sagte Peter ungerührt und bog mit quietschenden Reifen um die Ecke. So schaffte er es tatsächlich, die jungen Frauen, die keineswegs langsam fuhren, einzuholen. Kurz vor dem Kreisverkehr am Hattersheimer Stadtrand in Richtung Weilbach war er nur noch zwei Autos hinter ihnen. Da Peter gut getarnt im Windschatten der vorausfahrenden Wagen fuhr, blieben die Frauen arglos, und die Detektive hatten keine Mühe, an ihnen dranzubleiben. Plötzlich bog der Polo scharf nach links in einen befestigten Seitenweg ab und nahm damit dem entgegenkommenden Transporter die Vorfahrt. Der Fahrer musste voll in die Bremsen steigen, und seine Flüche, die er aus der offenen Seitenscheibe schmetterte, waren bis in Peters Wagen hinein zu hören. Da er direkt vor der Abzweigung zum Stehen gekommen war und sich hinter ihm inzwischen bereits ein kleiner Stau gebildet hatte, gingen wertvolle Sekunden verloren, bis Peter und Stefan endlich abbiegen konnten.

»Was ist das denn für ein Weg hier, und wohin führt er?«, fragte Stefan.

»Da geht es am Naturschutzhaus und einem Restaurant vorbei zu einigen einzeln stehenden Gehöften.«

»Na prima, wo sollen wir die jetzt suchen?«

»Wart mal ab, ich hab da schon eine Idee«, sagte Peter und fuhr im Schritttempo weiter in den gut ausgebauten Wirtschaftsweg, der im Laufe der Jahre immer mehr zu einer Straße erweitert worden war, hinein. Hundert Meter weiter wussten sie, dass Peter den richtigen Riecher gehabt hatte. Auf einem Parkplatz, der wenige Meter vor ihnen rechts vom Weg abzweigte, stand Michael Heidmanns Geländewagen, und Leas Polo parkte gerade daneben ein.

Als Peter auf dem Seitenstreifen anhielt, um zu lauschen, kam eine Frau Mitte vierzig mit einem Golden Retriever von einem Spaziergang zurück, stieg in ihren recht ramponiert aussehenden Passat Variant, der auf dem gegenüberliegenden Seitenstreifen geparkt war, und fuhr davon.

»So, prima, keiner mehr da, der uns stören könnte, dann spielen wir mal etwas Theater«, sagte Peter und ließ den Wagen wieder anrollen. Er fuhr an der Einmündung zum Parkplatz vorbei, wendete und drückte, als er wieder beschleunigen wollte, mehrmals einen Knopf am Armaturenbrett.

»Was ist denn das?«, fragte Stefan, da begann der Motor zu stottern und ging schließlich ganz aus.

Peter drehte den Zündschlüssel, aber außer einem Leiern des Anlassers tat sich nichts. Sie standen am Rand der Fahrbahn, kaum fünfundzwanzig Meter von den Leuten auf dem Parkplatz entfernt.

»Mit diesem Schalter kann ich, wenn ich ihn innerhalb von fünf Sekunden sechsmal drücke, die Benzinzufuhr unterbrechen. Sie wieder herzustellen geht genauso. Wenn du das nicht weißt, kommst du nicht drauf. Ich habe mir das als zusätzlichen Diebstahlschutz einbauen lassen. So – steig jetzt bitte aus, öffne die Motorhaube und tu so, als ob du etwas reparierst. Mach dabei unauffällig Fotos von der Szene da drüben. Ich werde jetzt das Fenster öffnen und versuchen, ob ich etwas erlauschen kann.«

Während Stefan im Schutz der offenen Motorhaube zahlreiche Fotos schoss, lauschten nicht nur die Mädchen dem Monolog des Hausdetektivs. Dass sie trotz aller Vorsicht bei ihrem Treffen beobachtet wurden, bemerkten sie nicht.

»Nun steht der Termin endlich fest«, sagte Heidmann so laut, dass Peter nahezu jedes Wort verstand. »Die Sache steigt … Freitag um … elf Uhr abends. Dann war gerade erst der Erste und … Tankstelle herrscht … Tag Hochbetrieb. Das ist fast … wenn wir den Geldboten des Supermarktes überfallen. Aber die sind zu schwer bewaffnet und der Panzerwagen … gut abgesichert, da kommen … nicht ran. Aber der Mann, der das Geld … Tankstelle abholt … Kurierunternehmen angestellt, das auch kleinere Werttransporte durchführt. Er fährt einen ganz normalen PKW zur Tarnung und zahlt … am Nachttresor der Bank ein. Den genauen Plan … den Mann abpassen, wird Lea euch morgen geben. Es wird … außerhalb der Reichweite der Kameras an der Tankstelle sein. So, wir treffen jetzt erst wieder am Freitagabend zusammen. Tschüss bis dann und ruht … aus. Wenn alles glattgeht, wird das euer Schaden nicht sein. Ihr wartet … und ich weg bin, sind noch zehn Minuten, dann macht ihr euch auch vom Acker.«

Keines der Mädchen hatte bislang ein Wort gesprochen, und das blieb auch so. Sie nickten nur stumm, und kurz darauf war die unwirklich anmutende Szene genauso schnell vorüber, wie sie begonnen hatte. Michael Heidmann bestieg seinen Wagen und verließ den Parkplatz.

Die sechs jungen Frauen diskutierten noch eine ganze Weile ziemlich hektisch miteinander, und Peter, der das meiste davon zumindest erahnen konnte, hatte den Eindruck, dass zwei, vielleicht sogar drei von ihnen ganz und gar nicht mit dem Plan ihrer Anführerin und deren Freund einverstanden waren.

Dennoch sagten sie zu mitzumachen, und Natascha, die zuerst am schärfsten gegen die Pläne protestiert hatte, meinte: »Fahren wir zu mir, denn meine Alten sind für zwei

Tage zu Verwandten gefahren. Ein Segen, dass ich das für mich abbiegen konnte. So hab ich sturmfreie Bude, und wir können Party machen.«

»Super«, sagte die, von der Peter wusste, dass sie Miriam hieß, »wir müssen nur einkaufen gehen.«

»Bist du wahnsinnig?«, fragte die dickliche Maren, Leas treueste Anhängerin, empört, »das Zeug klauen wir.«

»Wir sollten uns lieber bis Freitag zurückhalten«, sagte eine andere und fragte: »Habt ihr etwas Geld dabei, dann können wir das gleich erledigen.«

»Ja, das ist im Moment besser so. Schade, dass ich nicht mitfeiern kann, aber ich habe noch etwas zu erledigen«, sagte Lea, »und du, Maren, hilfst mir.«

»Ich? Warum ich? Ich wollte mit den …«

»Keine Widerrede! Du musst was für meine Mutter erledigen. Wir müssen das machen, um nicht aufzufallen. Meine Alte ist schon misstrauisch genug.«

»Dann komme ich auch mit. Vielleicht sind wir dann schneller fertig und können doch noch mitfeiern«, sagte Julia.

Als alle nickten, sagte Miriam: »Also los, dann nichts wie in die Lorsbacher Straße.«

Kaum waren die Mädchen aufgebrochen, da stieg auch Stefan wieder ein und ließ sich, da er nicht einmal die Hälfte verstanden hatte, von Peter den Rest erzählen.

»Hätten wir unter diesen Umständen nicht lieber Heidmann oder Lea folgen sollen?«, fragte er, während Peter den Motor wieder zum Leben erweckte.

»Nein. Heidmann muss in die Firma zurück, um nicht aufzufallen. Und Lea Stoltze hat sich von drei ihrer Kameradinnen getrennt. Lea und die anderen beiden wollen für ihre Mutter etwas erledigen, dafür hat Lea sich die kleine Dicke als Arbeitssklaven geangelt. Außerdem habe ich gehört, dass die anderen zu Natascha wollen, um dort eine Party zu feiern.«

»Feiern wir mit?«

»Das nicht gerade, aber wir werden einmal dort vorbeifahren und uns umsehen. Außerdem muss ich noch Claus anrufen.«

»Mach das am besten gleich. Es ist gut, wenn auch seine Leute auf dem neuesten Stand sind.«

»Stimmt«, bestätigte Peter, stellte den Wagen wieder ab und drückte an seinem Handy die Kurzwahl mit der Dienstnummer von Claus.

## 6.

»Hallo, Peter, was verschafft mir denn die Ehre?«
»Wir haben gute Nachrichten für dich.«
»Dann schieß mal los.«
»Wir wissen jetzt, was und vor allem wann es geplant ist.«
»Verdammt, wie habt ihr denn das geschafft?«
»Wir waren mal wieder im Supermarkt und sind Lea Stoltze gefolgt, die es auf einmal verdächtig eilig hatte. Äh, ganz nebenbei gesagt, deine Leute scheinen allerdings ganz schöne Schnarchkappen zu sein.«
»Na, na, jetzt aber mal schön langsam. So ist es nun auch nicht. Aber wie meinst du das denn?«
»Sie scheinen weder bemerkt zu haben, dass Lea Stoltze wie eine Bekloppte davongerast ist, noch, dass Michael Heidmann während der Arbeitszeit den Supermarkt verlassen hat. Sie hätten den beiden genauso gut folgen können wie wir. Aber wo waren sie denn?«
»Du hättest recht, wenn Schuchheim mir nicht bis auf einen ganz jungen Beamten alle Leute abgezogen hätte. Die Mordkommission aus Wiesbaden, die sich inzwischen mit dem Todesfall in der Therme beschäftigt, beansprucht meine Kollegen als stadtkundige Führer, da die hohen Herren sich sonst verlaufen.«
»Soll das ein Witz sein? Haben die keine Navis? Oder sind die ihnen am Ende gar gestohlen worden?«

»Eins zu null für dich«, gab Claus lachend zu. »So kann man das auch sehen. Wenn ich allein daran denke, dass die eine geschlagene Woche brauchen, um hierher zu finden, das zeigt ja, wie ernst sie das nehmen. Da lobe ich mir eure Arbeit.«

»Danke, das geht runter wie Öl.«

»Dann pass auf, dass du darauf nicht ausrutschst.«

»Deine Sprüche werden immer besser. Woher hast du das bloß?«

»Gelernt ist gelernt. Aber jetzt mal im Ernst: Manfred Schuchheim musste die Leute nach Wiesbaden schicken, damit sie dort Bericht erstatten, was unsere Recherchen bislang ergeben haben. Im Moment sind sie mit den Wiesbadenern im Schlepptau auf dem Weg hierher. Schuchheim hat, als er die Leute abzog, gesagt, dass er wegen der Hirngespinste zweier Privatdetektive nicht die halbe Hofheimer Kripo lahmlegen kann. Du kennst seine Meinung zum Thema Privatermittler zur Genüge. Manchmal hätte ich allergrößte Lust, ihm den Krempel vor die Füße zu werfen und zu euch überzuwechseln.«

»Meinst du das im Ernst?«

»Wahrscheinlich nicht, aber wenn ich das ganze Chaos hier sehe …«

»Lass das nur Steffi nicht hören. Okay, wir melden uns noch mal, wenn wir zu Hause sind. Kann aber noch zwei, drei Stündchen dauern. Ach so, um noch einmal auf deinen Wunsch nach Veränderung zurückzukommen: Für die Buchführung könnten wir ganz dringend jemanden gebrauchen.«

»Das könnte euch so passen. Die Rosinen rauspicken und anderen den Mist überlassen. Nee, nicht mit mir.«

»Ach ja, kommt Jörg eigentlich mit nach Hofheim?«

»Nein, zumindest vorerst nicht. Er hatte es sich zwar erhofft, aber sie haben ihn als Neuling in der Abteilung erst einmal aufs Abstellgleis geschoben. Aber erzähl, was hast du erfahren?«

In Stichpunkten berichtete Peter, was sie alles erlauscht hatten, und Claus stellte keine Zwischenfragen.

Als Peter fertig war, sagte er jedoch: »Ja, da wird noch ein ausführliches Gespräch zwischen uns vonnöten sein. Aber jetzt muss ich auflegen, der Chef ist im Anmarsch.«

»Mutti«, sagte Viviane Diehl. »Wann hast du denn einmal fünf Minuten für mich Zeit?«

»Ich bin immer für dich da, das weißt du doch. Um was geht es denn? Hast du Probleme in der Schule?«

»Nein, das ist es nicht.«

»Komm, Kind, setzen wir uns auf die Eckbank in der Diele, und dann erzählst du mir, wo dich der Schuh drückt.«

»Ich hole mir eine Cola; willst du auch eine haben?«

»Ja«, sagte Eva Diehl und sah ihrer Tochter sorgenvoll nach.

Als das Mädchen aus der Küche zurückkam, setzte es sich zu seiner Mutter und sagte traurig: »Ich weiß gar nicht, wie ich anfangen soll.«

»Ach, Vivi, beginne einfach am Anfang. Geht es um Nadine? Ich weiß ja, dass alles für dich kaum zu ertragen ist, ich sehe doch, dass du seit einer Woche nur noch traurig bist. Oder gibt es am Ende noch etwas anderes, wovon ich nichts weiß?«

»Nein, es ist wegen Nadine. Ich denke immerzu darüber nach, wie ich ihr hätte helfen können, auch ohne diese Gang ihre innere Ruhe wiederzufinden. Damit es nicht dieses schreckliche Ende hätte finden müssen.«

Bei ihren letzten Worten fing Viviane heftig an zu schluchzen, und Eva Diehl nahm ihre fünfzehnjährige Tochter in den Arm.

»Schatz, mach dich mit solchen Grübeleien nicht selbst kaputt. Du hast ganz gewiss keine Schuld an dem, was passiert ist. Rede dir das nicht ein. Trauere ruhig um deine Freundin, aber irgendwann, auch wenn das jetzt hart klingt, musst du wieder nach vorne sehen und dich nicht hängen lassen. In der heutigen Zeit sind gute Zeugnisse viel zu wichtig, als dass du das lange schleifen lassen kannst.«

»Ich weiß, Mutti. Aber ich hab einen solchen Hass auf diese Mädchengang. Im Moment kann ich nur eines denken, nämlich dass alle, die schuld an Nadines Tod sind, gefasst und hart bestraft werden.«

»Das werden sie bestimmt, denn die Polizei arbeitet mit Hochdruck an dem Fall, wie ich in der Zeitung gelesen habe. Jetzt soll sogar die Mordkommission von Wiesbaden eingeschaltet worden sein.«

»Das ist gut. Vielleicht habe ich eine Chance, zur Ruhe zu kommen, wenn der oder die Täter gefunden sind.«

»Schatz, da ist doch noch was, du hast doch was auf dem Herzen. Komm, sag mir, was es ist.«

»Seit das passiert ist, träume ich jede Nacht von Nadine. Ich habe das Gefühl, sie will aus dem Jenseits mit mir Kontakt aufnehmen, um mir irgendetwas zu sagen.«

»Mein Gott, Vivi, nimmt dich das so sehr mit? Ängstigen dich diese Träume?«

»Irgendwie schon, oder nein, eher machen sie mich traurig. Ich glaube, Nadine macht mir Vorwürfe, dass ich ihr nicht geholfen habe.«

»Kind, glaub mir, diese Träume kommen aus dem Unterbewusstsein und nicht von Nadine.«

»Meinst du?«

»Ja. Deine Seele versucht damit die Selbstvorwürfe, die du dir machst, zu verarbeiten.«

»Etwas Gutes hatten die Träume dennoch.«

»So, was denn?«, fragte Eva Diehl verwundert.

»In meinem Traum hat Nadine mir von der Mädchengang erzählt und Namen genannt.«

»Du wirst dich dabei bestimmt an ein Gespräch erinnern, das ihr einmal geführt habt, als ihr euch noch getroffen habt.«

»Nein, das glaube ich nicht. Ein solches Gespräch gab es nicht, sonst könnte ich mich doch daran erinnern. Da bin ich mir ganz sicher. Trotzdem sind mir die Namen Lea Stoltze und Maren Peters ganz fest ins Gedächtnis eingebrannt.«

»Das ist schon sonderbar. Wenn Papa von der Arbeit kommt, sprechen wir mit ihm, ob wir diese Namen, die du geträumt hast, bei der Polizei angeben sollen.«

»Am Ende lachen die mich auch noch aus.«

Nach dem Telefonat mit Claus Mergentheimer fuhr Peter nach Hattersheim zurück und auf der Mainzer Landstraße stadteinwärts. Als er die Abzweigung zum Hessendamm passiert hatte und Gas wegnehmen wollte, um sich nach links auf die Abbiegespur einzuordnen, kam Leas roter Polo aus der Rotenhofstraße geschossen und zwang Peter, voll in die Bremsen zu steigen. Glücklicherweise hatte der ältere Mann im Wagen hinter ihm gut reagiert und sein Auto auch noch rechtzeitig zum Stehen gebracht, sodass Peter und Stefan an Lea dranbleiben konnten.

Die Detektive stellten ihren Wagen in der Lorsbacher Straße ab und gingen, um nicht aufzufallen, die wenigen Schritte bis zu der Sackgasse, die sich »Im Höhlchen« nannte. Bis zu ihrem Ende waren um einen Wendehammer herum einige Mehrfamilienhäuser gebaut worden. An der Eingangstür zu einem der Häuser stand Lea samt ihren Begleiterinnen, als geöffnet wurde und eine Frau mit einem Mops an der Leine aus dem Haus kam.

Stefan legte einen Spurt hin, der jedem Einhundert-Meter-Läufer zur Ehre gereicht hätte, und erreichte die Tür nur Bruchteile von Sekunden, bevor sie wieder ins Schloss fiel. Völlig außer Atem sah er sich im Treppenhaus um und stellte fest, dass die drei soeben den Aufzug bestiegen hatten und nun nach oben fuhren.

Peter kam gerade in dem Augenblick angehetzt, als Stefan feststellte, dass der Lift im zweiten Stock angehalten hatte.

Er hielt Peter die Haustür auf und sagte leise: »Zweiter Stock, das schaffen wir zu Fuß.«

Der nickte Stefan nur kurz zu, und sie stiegen sofort die Treppen hinauf.

Im zweiten Stock angekommen, sahen sie vorsichtig um die Ecke und einen langen Flur entlang, von dem vier Wohnungstüren abgingen. Vor der zweiten Tür stand Lea mit ihren beiden Begleiterinnen und in der Tür das Mädchen, das ihnen als Natascha bekannt war.

Sie sagte: »Nanu, was wollt ihr denn hier?«

»Mitfeiern, was sonst. Wir haben unsere Pläne geändert. Ist Laura auch bei euch?«

»Äh, nei… doch, ja«, sagte Natascha zögernd, da sie ahnte, was nun kam.

»Dann kommen wir auch rein«, sagte Lea und drängte Natascha zurück in die Diele. Ihre beiden Begleiterinnen folgten ihr wie brave Lämmer, dann schloss sich die Wohnungstür.

Sofort war Peter zur Stelle und legte sein Ohr an die massive Holztür, aber trotz seines außerordentlich feinen Gehörs konnte er lediglich die Worte *Michael* und *Donnerstagabend* verstehen.

Nur wenige Sekunden später wurde es in der Wohnung tumultartig laut, Glas splitterte, und eines der Mädchen schrie gellend auf.

»Was ist denn da passiert?«, fragte Stefan.

»Keine Ahnung, ein weiterer Mord vielleicht?«

»Um Gottes Willen, bloß nicht!«, sagte Stefan erschrocken, und die beiden zogen sich schnell auf die Treppe zurück, gerade noch rechtzeitig, bevor die Wohnungstür aufgerissen wurde.

Lea stürmte heraus und schrie außer sich vor Wut: »Natascha, Miriam, treibt es nicht auf die Spitze! Ihr erscheint am Donnerstag und basta. Gekniffen wird nicht.«

Plötzlich hatte sie ein Messer in der Hand, fuchtelte damit Natascha vor der Nase herum und sagte leise drohend: »Oder wollt ihr Nadine Gesellschaft leisten?«

»Nei… nein, ist schon gut«, antwortete Miriam, und Lea rief in die Wohnung hinein: »Laura, du kommst mit! Mir ist die Lust zu feiern vergangen.«

»Ich möchte aber …«, sagte Laura nur, da brüllte Lea: »Willst du noch eins in die Fresse? Das kannst du gerne haben. Los jetzt, sonst …«

Plötzlich wagte es Natascha, ihre Bandenchefin zu unterbrechen, indem sie sagte: »Lea, rede doch etwas leiser. Was sollen die Nachbarn denken? Wenn die das meinen Eltern erzählen …«

»Deine Alten und diese blöden Wichser von Nachbarn hier sind mir so was von scheißegal, das kannst du dir gar nicht vorstellen.«

»Lea, so kannst du dich hier in der Wohnung meiner Eltern nicht benehmen!«, sagte Natascha nun nicht weniger wütend, und Miriam stimmte ihr zu.

Für Lea schien das eine neue Erfahrung zu sein, dass gleich zwei ihrer Untergebenen rebellierten, denn sie sah sie einen Moment lang sprachlos an, bevor sie leise, aber bestimmt sagte: »Ihr seid am Donnerstag um neun beim Supermarkt, basta. Wenn nicht, lassen Michael und ich uns was ganz Besonderes für euch einfallen.«

Während Laura sich tatsächlich aus der Wohnung trollte und sich zu Lea gesellte, sagte Natascha nun sehr viel selbstbewusster als vorher: »Wir lassen uns von dir nicht mehr einschüchtern«, und Miriam setzte, nicht ganz so selbstbewusst, hinzu: »Diese Zeiten sind vorbei.«

Dann flog, direkt vor Leas Nase, die Wohnungstür ins Schloss.

Völlig verdutzt starrte Lea die Tür zwei, drei Sekunden lang an, bevor sie rasend vor Wut mit ihren Begleiterinnen zusammen die Treppe hinunterrannte.

Peter und Stefan blieb gerade noch Zeit, ihre Gesichter abzuwenden und sich mit riesigen Taschentüchern die Nase zu schnäuzen. Aber selbst wenn sie das nicht getan hätten, hätte die vor Zorn bebende Lea Stoltze sie vermutlich nicht bemerkt und schon gar nicht erkannt.

Claus Mergentheimer hatte sein Telefonat mit Peter noch nicht lange beendet, da öffnete sich seine Bürotür, und Kriminalrat Manfred Schuchheim betrat den Raum. Sofort lag etwas Anspannung in der Luft. Schuchheim, der bis vor Kurzem noch erster Hauptkommissar in Limburg gewesen war, hatte sich noch nicht recht an seine neue Rolle gewöhnt, in der er nicht mehr selbst vor Ort ermittelte, sondern vorrangig Einsätze koordinierte oder Kontakt zur Presse hielt, und er ließ die Mitarbeiter oft seine Launen spüren.

»Schön, dass Sie wieder im Lande sind. Kann man ab jetzt mit Ihnen rechnen, oder rennen Sie weiterhin den Hirngespinsten dieser Detektive nach?«

»Herr Schuchheim«, begann Claus, dem der süffisante Tonfall seines Vorgesetzten bereits nach wenigen Worten auf die Nerven ging: »Herr Stettner und sein Partner sind sehr fähige Detektive.«

»Vielleicht wenn es um, äh, Scheidungs-Bespitzelungen geht. Aber wenn dieser Stettner nur ein ganz kleines bisschen kriminalistischen Spürsinn hätte, wäre er noch bei uns. Von dem anderen Kerl will ich gar nicht erst sprechen.«

»Herr Stettner ist schließlich nicht freiwillig gegangen«, verteidigte Claus den Freund, aber gegen Manfred Schuchheim kämpfte er auf verlorenem Posten.

»Genau darum geht es mir ja.«

Wie sollte Claus unter diesen Umständen seinem Chef beibringen, dass Peter weitere Details erfahren hatte? Würde er sie überhaupt gelten lassen? Wie auch immer, er musste es versuchen.

»Es ist gut, dass Sie gerade gekommen sind«, hob Claus an, und sein Vorgesetzter meinte selbstzufrieden: »Sag ich doch immer.«

»Ich muss Ihnen da was sagen …«

»Mergentheimer, was ist mit Ihnen los? So kenne ich Sie gar nicht. Raus mit der Sprache. Warum reden Sie um den heißen Brei herum? Es wird nicht schon wieder um diese – äh, Detektive gehen, denn dann ist es wirklich besser, Sie halten gleich den Mund.«

»Von Ihnen lasse ich mir den Mund ganz bestimmt nicht

verbieten«, sagte Claus Mergentheimer gefährlich leise und setzte nach: »Die Herren Stettner und Weimershaus haben ...«

Während Schuchheim Claus' kämpferischen Tonfall glatt überhörte, sprang er sofort auf die Namen der Detektive an und jammerte: »Nicht schon wieder die. Wann werden Sie endlich gescheit! Was meinen Sie wohl, warum ich Ihre Leute in Hattersheim abgezogen habe? Ich kann es unmöglich zulassen, dass die gesamte Hofheimer Kripo auf das Kommando von zwei Möchtegern-Sherlocks hört.«

Manfred Schuchheim stieß seine letzten Worte in einem derart verächtlichen Tonfall hervor, dass Claus der Kragen platzte: »Wir wären aber gut damit beraten, genau das zu tun, denn dann wären wir mindestens zwei Schritte weiter, hätten wenigstens dieser Mädchengang das Handwerk gelegt und stünden vor den Wiesbadenern nicht wie die letzten Trottel da, die sich auch noch helfen lassen müssen.«

»Was ... was erlauben Sie sich eigentlich, Herr Mergentheimer«, stotterte Schuchheim mehr verwundert als verärgert, denn im Großen und Ganzen kam er recht gut mit seinem Hauptkommissar aus.

»Ich mache nur meine Arbeit, und das sehr gewissenhaft.«

»Na ja, auf diese Leute zu hören ist ...«, begann Schuchheim, aber das Läuten des Telefons setzte seinem Satz ein vorzeitiges Ende.

Claus nahm den Hörer ab, hörte eine Weile zu und sagte dann: »Das ist wirklich interessant, ich melde mich nachher bei dir. Tschüss.«

Dann sah er so triumphierend zu seinem Chef, dass dieser sich genötigt sah zu fragen: »Na, dann schießen Sie mal los, was haben die beiden denn schon wieder ausgegraben?«

Dabei vermied er es vorsorglich, die Namen der Detektive auszusprechen.

Claus berichtete seinem Chef, was er an diesem Morgen alles erfahren hatte, und Schuchheim grinste nun seinerseits triumphierend: »Das ist prima. Ihre Leute brauchen das Supermarktgelände nicht mehr im Auge zu behalten und auch niemanden mehr zu beschatten. Unsere Abteilung kann endlich wieder ihrer regulären Arbeit nachgehen. Bleiben diese – Detektive dran?«

»Natürlich, denn sie wollen die Tankstelle nun nicht mehr aus den Augen lassen.«

»Prima, dann geht die ganze Abteilung morgen und übermorgen …«

»Herr Schuchheim«, bat Claus seinen Chef eindringlich, »wir sollten das nicht so einfach übergehen.«

Der Angesprochene verdrehte die Augen und sagte: »Wenn Sie mich ausreden ließen, wären Sie auch schon schlauer, Herr Mergentheimer. Morgen und übermorgen werden wir unserer alltäglichen Arbeit nachgehen, und am Freitagabend werden Sie mit zwei Kollegen auf dem Gelände des Supermarktes sein, um das Schlimmste zu verhindern. Auch wenn es mir nicht passt, die Meldung dieser beiden Herren können wir nicht einfach so übergehen.«

»Das hätte ich von Ihnen jetzt nicht erwartet, Herr Schuchheim, danke«, sagte Claus erfreut.

»Ich kann es mir nicht leisten, ein Risiko einzugehen. Am Ende ist an der Sache was dran, aber niemand von uns vor Ort. Stellen Sie sich die Blamage vor, wenn zwei Privatdetektive unsere Kastanien aus dem Feuer holen.«

Das ist typisch für dich, dachte Claus, du siehst nur die mögliche Blamage. Dass die Sache auch eskalieren könnte ... er räusperte sich: »Wen soll ich denn mitnehmen?«

»Sie sagten, die Verdächtigen sind diese Mädchenclique und der Hausdetektiv?«

»Genau.«

»Schon das klingt ... Na ja. Auf jeden Fall nicht nach hartgesottenen Gangstern, deshalb bleiben auch die Kommissare hier. Sie nehmen Kriminalmeister Braun mit, denn der braucht etwas Praxiserfahrung.«

»Meinen Sie wirklich, dass das die beste Lösung ist?«
»Wieso?«

»Was ist, wenn es zu Zwischenfällen kommt?«

» Was soll da schon groß passieren?«

»Ich hoffe, dass Sie recht behalten«, sagte Claus.

»Okay, ich habe heute meinen großzügigen Tag, ich gebe Ihnen noch Kommissar Göring mit. Die beiden haben ohnehin Spätdienst.«

»Alles klar«, stimmte Claus erst einmal zu, obwohl ihm bei dem Gedanken, welche Beamten sein Chef für den Einsatz vorgesehen hatte, nicht gerade wohler wurde. Markus Braun verfügte über keinerlei Einsatzerfahrung, und der andere galt als etwas langsam.

Ob ich wirklich diese beiden mitnehme, da ist das letzte Wort noch nicht gesprochen, dachte Claus, kaum dass sein Chef das Büro verlassen hatte. Dann wählte er den Hausanschluss von Peter Stettner und hoffte, dass dieser schon zu Hause wäre.

Die nächsten beiden Abende lagen Peter und Stefan zwar auf der Lauer, aber sie wussten, dass nichts passieren würde. Am Freitag gegen zwanzig Uhr parkten sie vor dem Eingang bei der Leergutannahme ein und merkten gleich, dass auch Claus vor Ort war. Sie gingen zu seinem uralten, privaten Omega hinüber und klopften an die Scheibe. Da auf dem kleinen Parkplatz zwischen Waschstraße und Getränkeabteilung noch reger Kundenverkehr herrschte, fielen sie nicht weiter auf.

»Hallo, Claus, bist du alleine hier?«, fragte Peter.

»Nein, aber mein Chef hat mir nur die beiden Leute bewilligt, von denen ich dir neulich erzählt habe.«

»Wie war das noch, Braun und Göring? Die kenne ich gar nicht.«

»Meinst du vielleicht, ich?«, gab Claus zu Peters Verwunderung schroff zurück und erklärte: »Markus Braun ist erst vor einigen Wochen von der Polizeischule zu uns gekommen, und mit Kommissar Göring, der auch noch nicht so lange bei uns ist, habe ich noch nie einen gefährlichen Einsatz durchgestanden. Ich habe keine Ahnung, wie die beiden reagieren, wenn's brenzlig wird.«

Stefan grinste schief und meinte mit einer gehörigen Portion Galgenhumor: »Solange sie nur nicht davonrennen.«

Das kann noch heiter werden, dachte Peter. Wenn da was schiefläuft, sind wir hier ganz auf uns gestellt. Um Claus und Stefan mache ich mir da wenig Sorgen, aber ... Der Schuchheim hat sie doch nicht mehr alle.

»Wo sind denn deine Kollegen im Moment?«, fragte Peter.

»Sie stehen draußen auf der Straße und decken den Rückraum ab.«

»Spielen die etwa Handball?«

»So ähnlich«, brummte Claus missmutig, »wenn es nötig wird, sollen sie die flüchtigen Räuber aufhalten.«

»Wir gehen dann zu unserem Wagen zurück und beobachten weiter das Umfeld«, sagte Peter, und Claus meinte streng: »Von Amts wegen müsste ich euch eigentlich verbieten, überhaupt anwesend zu sein, aber angesichts dessen, dass mein Chef glaubt, es passiert sowieso nicht viel, und ich zu wenige Beamte hier vor Ort habe, kann ich euch nur den Rat geben, gut auf euch aufzupassen.«

»Du kannst dich auf uns verlassen.«

Wenn ich das doch auch nur von meinen Kollegen behaupten könnte, dachte Claus Mergentheimer grimmig. Wenigstens sind Peter und Stefan da. Wenn die beiden nicht so gut ermittelt hätten, wären heute gar keine Beamten vor Ort.

Dann stellte er den Liegesitz seines Wagens ein Stück nach unten, um von außen nicht gesehen zu werden, und nahm die Tankstelle erneut ins Visier. Auch die Detektive gingen zu ihrem Wagen zurück.

Geduldig warteten die drei. Als sich um kurz vor zehn der Parkplatz schlagartig zu leeren begann, tauchten in ihnen erste Zweifel auf. Weder Heidmann noch eines der Mädchen hatte sich bislang sehen lassen. Hatte Peter am Ende etwas falsch verstanden?

Aber auch später, als der Geldbote auftauchte und unbehelligt wieder wegfuhr, ließ sich niemand aus der Gang sehen.

Hätten die drei geahnt, was der Hausdetektiv am frühen Abend zu Lea Stoltze am Telefon gesagt hatte, hätten sie sich nicht zu wundern brauchen.

## 7.

Um kurz vor neunzehn Uhr klingelte bei den Stoltzes Leas Handy, das sie zu ihrem Schrecken auf dem Wohnzimmertisch hatte liegen lassen. Wie ein Wirbelwind sauste sie an ihrer verdutzten Mutter vorbei, schnappte sich das Gerät und verschwand damit in ihrem Zimmer.

Sie schloss die Tür hinter sich ab und fragte: »Was ist denn los? Wir sehen uns doch in einer Stunde!«

»Es ist ein Notfall und geht nicht anders. Wir müssen die Sache leider verschieben. Ich habe mich erkältet, und wenn auch nur einer von uns nicht hundertprozentig fit ist, ist das Risiko viel zu hoch. Es ist besser, wir warten noch einige Tage ab, ich sage dir dann Bescheid.«

»Aber du hast doch gesagt, heute wäre das meiste Geld …«

»Bitte keine Details am Telefon, der Feind hört mit.«

»Meinst du?«

»Ach Quatsch, das ist nur so eine Floskel. Aber je weniger wir davon reden, umso weniger laufen wir Gefahr, uns zu verraten. Tschüss, ich melde mich.«

»Dann sehen wir uns heute nicht mehr?«

»Nein, ich muss mich erst auskurieren.«

Was ist denn das für ein Gespräch, dachte Gudrun Stoltze, mit wem telefoniert meine Tochter da und vor allem, was hat sie für Geheimnisse?

Ein wenig hatte sie ein schlechtes Gewissen, an Leas Zimmertür zu lauschen, aber dass ihre Tochter geradezu panisch mit dem Handy geflüchtet war, hatte sie misstrauisch gemacht. So legte sie vorsichtig ihr Ohr an die Tür und versuchte, einen Gesprächsfetzen zu erhaschen.

Tatsächlich sagte Lea gerade: »… wäre das meiste Geld …«, und verstummte dann.

Verdammt noch mal, dachte Leas Mutter zornig, das ist das einzige Wort, das ich von meiner Tochter noch zu hören bekomme. Geld, Geld und immer wieder Geld. Seit aus ihrem Portemonnaie in der Handtasche immer wieder kleinere Beträge verschwanden, hatte sie sich angewöhnt es zu verstecken. Aber genutzt hatte es bislang nichts. Und an alledem trug Lothar, ihr Ex-Mann, die Schuld. Seit er sie vor fünf Jahren wegen einer Jüngeren verlassen hatte, war Lea immer mehr abgedreht. Lothar sorgte zwar seit Kurzem wieder ganz gut für sie, aber er glaubte eben auch, es lasse sich alles mit Geld regeln. Seine Tochter besucht hatte er gerade mal …

Mitten in Gudrun Stoltzes wachsenden Zorn drangen Leas Schritte, die sich auf dem Laminatboden ihres Zimmers der Tür näherten. Noch bevor sie sich öffnete, hatte sich Frau Stoltze die Treppe hinauf in den ersten Stock verzogen.

Michael Heidmann hatte Lea viel zu sehr überrumpelt, als dass sie mitbekommen hätte, dass ihr Freund weder heiser klang noch am Telefon gehustet oder geniest hatte. Aber er hatte sich gezwungen gesehen, zu dieser Notlüge zu greifen, weil Lea immer mehr abdriftete und inzwischen nahezu unberechenbar war. Sie hätte sich vermutlich nicht einmal davon, was er inzwischen erfahren hatte, davon abbringen lassen, den Überfall an diesem Abend durchzuziehen.

Immerhin war er durch Zufall auf ein Gespräch zwischen dem Filialleiter und dessen Assistenten aufmerksam geworden, in dem es eindeutig um Leas Mädchengang ging. Er hatte weiter gelauscht, und was er dann hörte, war nicht dazu geeignet, ihn fröhlicher zu stimmen. Er hatte bereits geahnt, dass irgendetwas im Gange war, aber nun war es Gewissheit: Sein Chef hatte schon seit Tagen externe Detektive im Haus, und diese sollten bereits erste Erfolgsmeldungen abgeliefert haben.

Als der Filialleiter dann auch noch erwähnte, dass neben den Mädchen vielleicht auch Mitarbeiter in die Sache verwickelt seien, war ihm schlagartig klar geworden, dass die Sache so nicht laufen konnte. Vor allem nicht an dem geplanten Tag. Zuerst musste er sicher sein, dass ihm und seinem großen Coup noch niemand auf der Spur war oder wenigstens keine Polizei vor Ort war, wenn sie loslegten. Das bedeutete, dass erst einmal weitere Beobachtungen des Terrains nötig waren – andererseits konnte er aber auch nicht bis zum nächsten Ersten warten, da ihm der Boden hier jetzt wirklich zu heiß wurde. Das aber wiederum hieß, dass er mindestens zehn-, vielleicht auch zwanzigtausend Euro abschreiben musste, die am Ersten eines Monats mehr in der Kasse gewesen wären. Das war umso ärgerlicher, als er seinen ursprünglichen Plan, den Geldtransporter des Supermarktes zu überfallen, bereits im frühen Stadium wegen unüberwindlicher Hindernisse hatte aufgeben müssen.

Während er sich seine Jacke überwarf, dachte er: Wenn überhaupt Bullen vor Ort sind, ziehen die, wenn nichts passiert, wahrscheinlich ihre Leute ab, aber diese Detektive werden dranbleiben. Ich muss sie irgendwie auf eine falsche Fährte locken. Wie mir das gelingen kann, werde ich mir vor Ort überlegen.

Dann verließ er seine Wohnung im Eddersheimer Ortskern nahe dem Mainufer, setzte sich in sein Auto und fuhr zum Supermarkt.

Claus Mergentheimer war stocksauer. Es war inzwischen schon nach elf, der Geldbote war schon lange wieder verschwunden, und es hatte sich rein gar nichts getan. Nicht einmal ein Mitglied der Mädchengang war aufgetaucht.

»Peter, bist du sicher, dass das Ganze heute Nacht stattfinden sollte?«

»Hundert pro.«

»Warum ist dann niemand hier aufgetaucht?«

»Was weiß ich denn? Wahrscheinlich haben die umdisponiert, aus welchem Grund auch immer.«

»Klasse, denn das ist das Wasser auf Schuchheims Mühlen.«

»Auch die mahlen langsam. Claus, schon deine Nerven und mach dich nicht unnötig verrückt.«

»Na, du bist vielleicht gut. Es würde mich nicht wundern, wenn mir mein Chef jetzt auch noch die letzten Leute abzieht. Irgendwann, wenn's brenzlig wird, stehen wir dann ganz ohne Verstärkung da. – Lass uns Schluss machen für heute, in dieser Nacht tut sich hier nichts mehr.«

»Okay«, stimmte Peter zu, »was bleibt uns anderes übrig? Fahren wir nach Hause.«

Als die beiden aufgebrochen waren, funkte Claus seine Kollegen an und sagte ihnen, dass sie zurück zur Polizeiwache fahren könnten. Dann verließ auch er den menschenleeren Parkplatz. Genau wie alle anderen übersah er dabei den gut getarnten Mann, der mit einem Nachtsichtfernglas hinter der Autowaschanlage stand und die Szene voll im Blick hatte.

Keine zwanzig Minuten später war Claus wieder in Hofheim, und als er durch die gläserne Eingangstür des Reviers ins hellerleuchtete Foyer trat, traute er seinen Augen nicht. Am Empfang stand Manfred Schuchheim persönlich und plauderte mit dem Pförtner. Claus hatte den Eindruck, sein Vorgesetzter erwartete ihn triumphierend.

»Na, es war wohl doch alles nur blinder Alarm, Mergentheimer, oder? Ich habe den ganzen Abend am Funk verbracht, um mitzubekommen, wann Sie Verstärkung anfordern oder vielleicht sogar eine Erfolgsmeldung durchgeben. Da es nichts dergleichen zu hören gab, gehe ich davon aus, dass es auch nichts zu erzählen gibt. Liege ich richtig?«

»Die haben umdisponiert mit dem Überfall; wahrscheinlich haben sie Lunte gerochen«, sagte Claus knapp.

»Ach, erzählen Sie doch keinen Quatsch. Ihr Freund, der Detektiv, hat Sie gewaltig an der Nase herumgeführt, und Sie sind ihm auf den Leim gegangen. Oder er hat sich einfach verhört, und diese Leute haben keinen Überfall geplant, sondern wollten feiern gehen. Einen schlüssigen Beweis, dass da tatsächlich eine kriminelle Bande am Werk ist und nicht nur ein paar Jugendliche, die sich nicht benehmen können, sind auch Sie bislang schuldig geblieben. Lange Rede – kurzer Sinn, Sie wissen ja, was ich damit sagen will, oder?«

»Ich kann's mir denken«, sagte Claus und dachte: Schuchheim muss stinksauer sein. Normalerweise ist es nicht seine Art, einen Kollegen derart auflaufen zu lassen. »Sie stellen keine Leute mehr dafür ab, um die Tankstelle weiterhin zu observieren?«

»Ganz genau. Und dass Sie diesem Peter Stettner aber auch wirklich jedes Wort glauben, geht mir schon lange gewaltig auf die Nerven.«

Bislang war Claus die Ruhe in Person gewesen, aber nun platzte ihm der Kragen.

»Herr Schuchheim, es reicht! Dass Sie jedes Wort, das ich sage, anzweifeln, ist schlimm genug, aber damit kann ich leben. Aber dass Sie mich hier in der Öffentlichkeit derart zur Minna machen, ist die Höhe. Sie können doch froh sein, dass nichts passiert ist, denn wenn es wirklich hart auf hart gekommen wäre, hätte das mit einem Kollegen aus dem Innendienst und einem andern frisch von der Polizeischule gewaltig in die Hosen gehen können.«

»Dann hätten Sie eben Verstärkung angefordert. Was soll bei einer Clique von Mädchen, von denen manche, wie Sie selbst zugeben, nicht einmal dem Schüleralter entwachsen sind, schon groß passieren? Wahrscheinlich hätten die Angst vor ihrer eigenen Courage bekommen und sind deshalb zu Hause geblieben!«

»Herr Schuchheim, man merkt, dass Ihnen inzwischen jeder Bezug zur Praxis fehlt, sonst wüssten Sie, dass gerade bei Jugendlichen die Brutalität stark zunimmt. Hätten wir denen vielleicht zurufen sollen: He, wartet einen Moment, die Verstärkung ist in fünf Minuten da? Oder hätten Sie am Ende gleich die Wiesbadener zur Hilfe gerufen?«

»Ich will die Wiesbadener ganz gewiss nicht in Schutz nehmen, aber auch die haben bisher nichts gefunden, was auf eine gut organisierte Mädchengang hinweist.«

»Wie sollten sie auch? Dazu müssten die erst mal ein Ermittlerteam rausschicken – und nicht nur zwei Leute, die kurz im Bad nachfragen, sich dann mit Ihnen kurzschließen und zu dem Schluss kommen, dass an der Geschichte nichts dran ist. Nennen Sie das gute Ermittlerarbeit? – Ich nicht.«

»Mergentheimer, jetzt reicht's. Sie haben kein Recht, die Wiesbadener Kollegen zu kritisieren.«

»Und warum nicht? Darf man jetzt nicht mal mehr die Wahrheit sagen?«, fragte Claus wutentbrannt, war sich aber auch klar darüber, dass er dringend einlenken musste, um wieder Ruhe in die Sache zu bringen.

Schuchheim schien Ähnliches zu denken, denn er sagte nun etwas ruhiger: »Immerhin kommt die Wiesbadener Mordkommission morgen oder übermorgen mit fünf Personen hier an, wie man mir angekündigt hat.«

»Na, das wird auch langsam mal Zeit«, sagte Claus bitter, dann ließ er seinen Chef einfach stehen und ging in sein Büro.

Dort ließ er sich schwer in seinen Sessel fallen. Eigentlich tat es ihm leid, so mit Schuchheim gesprochen zu haben, und ein bisschen tat er ihm sicher auch Unrecht. So schlecht war er als Chef auch wieder nicht. Immerhin war er der Erste, der unablässig daran arbeitete, dass sie mehr Personal bekamen.

Plötzlich klopfte es an der Tür, und Manfred Schuchheim trat, ohne abzuwarten, ein.

»Darf ich kurz stören?«, fragte er, und in Claus flackerte kurz die Hoffnung auf, dass sein Chef einlenken würde.

Doch als er seinen Vorgesetzten ansah, schwand diese augenblicklich.

»Ich wollte Ihnen nur mitteilen, dass ich die Dienstpläne habe ändern lassen. Sie werden nun nicht mehr da draußen auf der Lauer liegen, sondern Ihre Nachtschicht hier auf dem Revier verbringen. Nur Sie und Kriminalmeister Braun sind für die Nachtschicht eingeteilt, und Braun ist noch zu unerfahren, als dass man ihm die Revierleitung überlassen könnte. Alle anderen Leute brauche ich in der Früh- und Spätschicht, weil wir den Wiesbadenern zur Hand gehen sollen.«

Habe ich Schuchheim nicht eben noch ... was denkt dieser Mensch sich eigentlich?, dachte Claus. Wenn demnächst doch was passiert – und davon gehe ich aus –, dann geht hier kurz darauf ein Notruf ein. Anstatt bereits vor Ort zu sein, muss ich dann improvisieren und mein Team komplett aus der Schutzpolizei zusammenstellen.

»Meinen Sie wirklich, dass das reicht?«, fragte er und schob gleich noch eine Frage nach: »Warum verteidigen Sie die Wiesbadener so vehement und stehen so wenig hinter unserer Abteilung? Wollen Sie zum Ende Ihrer Karriere hin noch eine Stufe hochklettern?«

»Herr Mergentheimer, was erlauben Sie sich? Ich stehe nicht mehr hinter den Wiesbadenern, die immerhin Kollegen von uns sind, als Sie hinter Peter Stettner.«

»Das mag sein, aber Peter Stettner hat eindeutig mehr Erfolge aufzuweisen.«


Während Manfred Schuchheim langsam und sprachlos in sein Büro zurückging und sich an seinem Schreibtisch niederließ, ebbte sein Zorn langsam wieder ab. Er dachte über seinen fähigsten Beamten nach.

Was war nur in Claus Mergentheimer gefahren? Meine Güte, so zornig hatte er diesen Mann noch nie gesehen. Im Grunde mochte er ihn gerade, weil er immer Kontra gab, denn die anderen Kollegen kuschten Schuchheim eigentlich zu sehr. Im Grunde war Mergentheimer der Einzige aus dieser Mannschaft, dem er zutraute, einmal hier das Ruder zu übernehmen, wenn er in den Ruhestand ging. Aber dazu musste er es schaffen, ihm klarzumachen, dass er sich nicht von Amateuren beeinflussen lassen durfte. Dennoch hatte Mergentheimer mit seinem Scharfsinn einen wunden Punkt getroffen, was Schuchheim ihm aber nie eingestehen würde. Er hatte ihm, wenn er ehrlich zu sich selbst war, nur aus Trotz zwei denkbar schlechte Begleiter mitgegeben, weil er ihm andauernd mit Stettners Weisheiten in den Ohren gelegen hatte. Wenn Mergentheimer jetzt sagte, es sei Glück gewesen, dass sich nichts getan hat, hatte er damit vollkommen recht.

Mühsam und wie um Jahre gealtert erhob sich Manfred Schuchheim von seinem Sessel und wanderte in seinem Büro auf und ab. Auch wenn es ihn schmerzte, musste er Mergentheimer zugestehen, dass Stettner und sein Compagnon bessere Ergebnisse vorweisen konnten als die Wiesbadener Kollegen. Auch deshalb konnte er diese Detektive nicht ausstehen.


Auch bei den Familien Stettner und Weimershaus hing der Haussegen reichlich schief. Stefan hatte Verena versprochen, am Samstagabend mit ins Kino zu kommen, was nun aus naheliegenden Gründen ausfallen musste. Und Peter sah sich unversehens dem Zorn seiner Familie ausgesetzt. Er wollte am Sonntag nicht mehr zum Wandern in den Spessart fahren und stattdessen am Wochenende die Abende mit Stefan rund um den Hattersheimer Supermarktparkplatz verbringen.

Den häuslichen Stress hätten sie sich allerdings sparen können, denn an beiden Abenden tat sich rein gar nichts, sie bekamen keinen der Verdächtigen zu Gesicht.

Auch Claus' Frau Stefanie war sauer auf ihren Mann, da sein Chef ihm bis auf Weiteres die Nachtschicht, die um einundzwanzig Uhr begann, aufgebrummt hatte. Das bedeutete, dass Claus, um überhaupt mitmischen zu können, seine ohnehin knapp bemessene Freizeit dafür opferte.

Erst am Montagabend sollte sich das Blatt wenden. Es war schon weit nach zehn Uhr, Claus hatte sich schon vor einer geraumen Zeit zum Dienst verabschiedet, und die Detektive saßen in Annikas altem und unauffälligem Wagen. Dieses Mal hatten sie, um bessere Sicht zu haben, in Höhe der Ausfahrt der Parkdecks am Straßenrand gehalten und ein leistungsstarkes Fernglas mitgenommen, mit dem sie die hell erleuchtete Tankstelle gut im Auge hatten.

Plötzlich sahen sie Lea und eine zweite junge Frau in Höhe der Tankstelle auftauchen. Wie elektrisiert fuhren die beiden hoch, und Peter griff wie automatisch zu seinem Handy.

»Ich glaube, es geht los«, sagte er nur, und die Antwort fiel genauso knapp aus.

In diesem Moment sah Stefan, wie der Hausdetektiv, der sich bislang im Schatten des Supermarktes verborgen gehalten hatte, langsam in Richtung Straße ging. Dabei war er bedacht, dort zu gehen, wo wenig Licht hinfiel, um möglichst wenig aufzufallen. Im hell erleuchteten Kassenhäuschen war der Tankwart gerade dabei, die Tagesabrechnung zu machen.

»Warum geht er nicht einfach rein und holt sich das Geld?«

»Zum einen erkennt ihn der Tankwart vermutlich auch dann, wenn er vermummt ist, zum anderen ist der Kassenraum videoüberwacht. Bis er den Tankwart niedergeschlagen, die Kamera gefunden und den Film zerstört hat, ist die Polizei da, denn einen Alarmknopf gibt es da drinnen mit Sicherheit.«

»Stimmt«, sagte Stefan, gerade als ein Golf an der Tankstelle vorfuhr.

»Ist das der Geldtransporter?«

»Ja, ich habe mich bei Olli kundig gemacht, welche Firma das Geld holt. Vorhin kam die Antwort. Es ist ein Kurierdienst, der auf kleinere Werttransporte spezialisiert ist. Der Fahrer ist bewaffnet.«

Peter und Stefan beobachteten angespannt den Geldboten, der gerade im Kassenhäuschen die Geldbomben, die er in den Nachttresor der Bank einwerfen sollte, in Empfang nahm. Noch blieb alles ruhig.

Peter rief noch einmal Claus an, schaltete auf Lautsprecher um und fragte: »Wo bist du zur Zeit?«

»Wir fahren gerade los«, kam es krächzend aus dem Handy.

»Wer?«

»Kollege Braun und ich, dazu ein Streifenwagen mit Schutzpolizisten.«

»Okay, aber bitte nicht gerade mit Blaulicht und Martinshorn.«

»Hältst du mich für einen Idioten? Ich mache den Job schon ein paar Jahre.«

»Bitte bleib am Apparat und beeil dich«, bat Peter, der während des Telefonats beinahe den eigentlichen Überfall, der nur Sekunden dauerte, verschwitzt hätte. Aber Stefan sah alles:

Der Geldbote war gerade dabei, vom Supermarktgelände zu fahren, als Leas Komplizin wie gehetzt vor dem Wagen auftauchte. Der Fahrer stieg sofort in die Bremse, schien das Mädchen aber dennoch erwischt zu haben, denn sie sank vor dem Wagen zu Boden. Der Fahrer hatte die Tür noch nicht richtig geöffnet, um dem Mädchen zu Hilfe zu kommen, da schwang sich Michael Heidmann auf den Beifahrersitz, und Stefan glaubte eine Pistole in seiner Hand erkannt zu haben. Lea erklomm im gleichen Augenblick den Rücksitz, und Sekunden später raste der Wagen mit durchdrehenden Reifen davon. Auf die anderen Mädchen achtete keiner der beiden.

Sofort startete Peter sein Gefährt, doch obwohl er Vollgas gab, wurde der Abstand zu dem Golf nicht kleiner; ganz im Gegenteil. Heidmann, der den Geldboten als Geisel genommen hatte, schaffte es gerade noch, an der Ampel in Richtung Stadtmitte abzubiegen, bevor sie auf Rot umsprang. Normalerweise wäre das für Peter kein Hindernis gewesen, aber ausgerechnet an diesem Abend herrschte so viel Verkehr, dass er stehen bleiben musste.

Während er laut fluchte, sah Stefan die anderen Mädchen mitsamt ihren Mofas in der Unterführung unter der Hofheimer Straße verschwinden, und er murmelte: »Was wollen die jetzt am Schwimmbad?«

Unterdessen telefonierte Peter wieder mit Claus und drängte: »Kommt schnell, auch mit Sirene, denn sie sind uns soeben entwischt.«

Während Peter noch zerknirscht vor sich hin grummelnd auf Grün wartete, fuhr der Golf mit dem entführten Geldboten am Steuer in den Karl-Eckel-Weg hinein, der zur Sporthalle führte. Als sie in Höhe des Schwimmbadweges angekommen waren, knurrte er: »Anhalten und aussteigen.«

Der noch recht junge Mann, der vor Angst schlotterte, tat, wie ihm befohlen. Er nahm den Geldkoffer, der an seinem Handgelenk angekettet war, und stieg aus.

»Los, rein in den Weg«, raunte Heidmann ihm zu, und die drei betraten den schmalen, schlecht beleuchteten und um diese Zeit völlig verwaisten Fußweg. Er führte an den Sportplätzen entlang zwischen dichten Hecken hindurch zum Schwimmbad. Hier würden sie ungestört sein. Michael Heidmann sah sich dennoch verstohlen um, denn dass sie den Polizisten, die er trotz aller Vorsicht überall vermutete, so leicht entkommen waren, konnte er kaum fassen.

Der Geldbote führte zwar eine Waffe mit sich, war aber inzwischen so verängstigt, dass er gar nicht erst auf die Idee kam, sie zu benutzen. Er war zwar ein versierter Sportschütze und hatte bei der Bundeswehr sämtliche Schießprüfungen mit Bravour bestanden, aber der Gedanke, seine Waffe einmal auf einen Menschen richten zu müssen, hatte ihm schon immer Unbehagen bereitet. Normalerweise hätte er diesen Job gar nicht angenommen, hätten ihn seine Lebensumstände nicht dazu gezwungen. Er war schon fast zwei Jahre arbeitslos gewesen, als seine Frau nach einem Streit ihr gemeinsames Kind nahm und ihn verließ. Bei diesem Streit waren unter anderem die Worte »Versager« und »Habenichts« gefallen.

An All das ging Daniel Neuberg durch den Kopf, während Heidmann ihn mit seiner Pistole vor sich hertrieb. Er folgte mechanisch den Befehlen; ansonsten nahm er seine Umgebung kaum wahr.

Doch dann tat er etwas, was er besser gelassen hätte – ob aus Zorn, in Verkennung der Situation oder am Ende gar aus einer latenten Todessehnsucht wegen seiner verfahrenen privaten Situation, ließ sich später nicht mehr feststellen. Jedoch drehte er sich gerade, als sie bei den wartenden Mädchen ankamen, plötzlich um und versuchte seinem Peiniger die Sturmhaube vom Kopf zu reißen.

Heidmann schoss sofort und ohne zu zögern. Da seine Pistole einen Schalldämpfer besaß, hörte man nur ein sattes Plopp, und der Geldbote ging tödlich getroffen zu Boden.

In diesem Moment traten die Mädchen wieder aus dem Gebüsch, in das sie sich bei der Ankunft von Heidmann, Lea und dem Geldboten zurückgezogen hatten, und Miriam rief empört: »Das geht mir zu weit! Bei so etwas mache ich nicht mit!«

Natascha, die ganz ähnlich dachte, hielt sich jedoch mit Äußerungen dieser Art zurück, trat wieder tiefer ins Gebüsch hinein, und das war ihr Glück. Lea, die ihrem Freund in Sachen Brutalität kaum nachstand, zog einen metallischen Gegenstand unter ihrer Jacke hervor und ließ ihn auf Miriams Hinterkopf niedersausen. Lautlos sackte das Mädchen in sich zusammen.

Natascha wäre ihrer Freundin liebend gerne zu Hilfe geeilt, hatte aber fürchterliche Todesangst und zog sich noch weiter ins Gebüsch zurück.

Lea sah die Mädchen kämpferisch an und fragte: »Hat noch eine von euch Lust, auszusteigen?« Heidmann hatte inzwischen den Geldkoffer am Handgelenk des Toten geöffnet und ihm vier Geldkassetten entnommen. Eine davon gab er Lea, die anderen verteilte er an Maren, Julia und Laura. Dass Natascha nicht bei ihnen war, fiel in der Hektik niemandem auf.

»Schwärmt aus«, sagte Heidmann knapp.

Nur Sekunden später setzten die Mädchen, die genau instruiert waren, was zu tun war, sich auf ihre Mofas und fuhren über die kleine Schwarzbachbrücke am Schwimmbad davon.

Unterdessen zwängten sich Michael Heidmann und Lea Stoltze durch ein Loch im Zaun, der die Sportplätze umgab. Heidmann selbst hatte es erst wenige Stunden zuvor dort hineingeschnitten.

Sie überquerten hastig die Sportanlage und gelangten

über ein kleines, verrostetes und schief in den Angeln hängendes Türchen, das kaum noch jemand kannte, auf die Eppsteiner Straße. Dort flüsterte er ihr zu: »Du links, ich rechts. Tschüss, bis halb eins, an der vereinbarten Stelle.«

## 8.

Während Peter ungeduldig an der Ampel wartete, wurde ihm klar, was Stefan da gemurmelt hatte.

»Wie war das? Die Mädchen sind mit den Mofas durch die Unterführung in Richtung Schwimmbad gefahren?«

»Ja.«

»Dann ahne ich, wo die hinwollen«, sagte Peter nur, nahm sein Handy und rief erneut Claus an.

»Kannst du bitte mit den beiden Wagen in den Ladislaus-Winterstein-Ring zum Schwimmbad fahren und dann in den Schwimmbadweg kommen? Ich hoffe, wir können sie dort stellen. Wir kommen euch von der anderen Seite her entgegen.«

Im nächsten Augenblick trat Peter das Gaspedal bis zum Anschlag durch und bog trotz der immer noch roten Ampel mit quietschenden Reifen nach rechts ab. Nun kam es auf Sekunden an. Peter raste, als ob der Teufel hinter ihm her wäre, in die Stadt hinein und kam, da die Ampel an der nächsten Kreuzung mitspielte, schnell voran. Keine drei Minuten später hatten sie den Karl-Eckel-Weg erreicht, und noch bevor die Sporthalle vor ihm auftauchte, sah er am Straßenrand mit offenen Türen den Wagen des Geldboten stehen.

»Sieht so aus, als ob ich recht hätte«, sagte Peter.

Dann rannten sie los in den düsteren Weg hinein.

Als sie den größten Teil des Weges passiert hatten, sahen sie im fahlen Schein einer der wenigen Laternen den Geldboten und gleich daneben eines der Mädchen liegen. Sonst war niemand mehr zu sehen. Sicherheitshalber zog Peter dennoch seine Waffe, während er sich zu dem Geldboten hinunterbeugte, um dessen Puls zu fühlen. Auch Stefan ging in die Knie, um sich um das Mädchen zu kümmern, das er im ersten Moment für tot hielt.

»Bei dem Boten ist leider nichts mehr zu machen«, sagte Peter bedauernd, aber Stefan rief kurz darauf aufgeregt: »Ruf bitte schnell einen Notarzt; das Mädchen lebt. Aber sie hat einen üblen Schlag auf den Schädel bekommen.«

Noch während Peter den Notarzt anrief, kamen vom Schwimmbad her Claus und Markus gelaufen.

Claus schnaufte noch, als er sagte: »Du hattest mal wieder den richtigen Riecher. Drei Mädchen auf Mopeds wollten oben raus fliehen. Eine davon haben wir erwischt, weil ihr Moped streikte. Die anderen konnten leider entkommen.«

»Schade, aber wenigstens etwas. War kein Mann dabei?«
»Definitiv nicht.«

»Dann wird zumindest der über alle Berge sein. Du …«
In diesem Moment hörten sie ein lautes Schniefen und richteten ihre Taschenlampen blitzschnell in diese Richtung. Tief ins Gebüsch gekauert hockte ein Mädchen und weinte. Sie blinzelte in das Licht der starken Lampe und riss schützend den Arm vors Gesicht, als Stefan näher kam. Erst als auch Peter, Claus und Markus Braun hinzutraten, wurde ihr klar, dass die Gefahr vorüber war. Dann schluchzte sie erneut laut auf und zeigte mit dem Finger in Richtung ihrer reglos daliegenden Freundin. Sie wollte etwas sagen, aber es kam nur ein lautes Schniefen über ihre zitternden Lippen.

Peter hatte sie trotzdem verstanden und sagte: »Der Geldbote ist tot, aber Ihre Freundin lebt.«

Das ließ Natascha zwar etwas ruhiger werden, dennoch war noch immer kein vernünftiges Wort aus ihr herauszubringen.

In diesem Augenblick traf der Notarzt ein und bestätigte, was alle schon wussten: Für den Kurierfahrer gab es keine Hilfe mehr. Der Schuss hatte ihn mitten ins Herz getroffen. Bei Miriam sah es hingegen nicht ganz so schlimm aus, wie sie befürchtet hatten, dennoch konnte der Notarzt eine Schädelfraktur nicht völlig ausschließen.

Natascha bekam eine starke Beruhigungsspritze, und augenblicklich versiegte der Tränenstrom, der bislang in unverminderter Stärke geflossen war. Auch begann das Mädchen nun auf die Fragen, die ihr von allen Seiten gestellt wurden, zu reagieren.

»Wie heißen Sie, und wo wohnen Sie?«, begann Claus Mergentheimer.

»Na… Natascha Krug, ich wohne in … in der Lorsbacher Straße«, schniefte das etwa sechzehn Jahre alte Mädchen.

»Und Ihre Freundin?«, hakte Peter nach.

»Sie… sie heißt Miriam – Anders und wohnt im selben Haus.«

»Gut. Warum wurde sie niedergeschlagen? Wollte sie dem Boten zu Hilfe eilen?«

»Dazu war es zu spät, denn wir waren zu weit weg von denen.«

»Von denen?«, fragte nun Markus Braun.

»Na ja, von dem Boten, Michael Heidmann und Lea.«

»Wie ist es denn dazu gekommen?«, fragte nun wieder Peter und zeigte auf den toten Geldboten.

»Wir … wir hatten gerade unsere Mofas am Schwarzbach

abgestellt und gingen Richtung Schwimmbadweg; da kamen uns die drei entgegen. Da wir nicht maskiert waren, haben wir uns in den Schatten zurückgezogen; dann ist das passiert.«

Bei ihren letzten Worten zeigte sie auf die Leiche des Boten und sagte leise: »Das wollten wir nicht. Und Miriam trat zu ihnen hin und hatte den Mut, das auch zu sagen, und meinte, dass sie ab sofort aussteigen würde. Plötzlich hatte Lea etwas aus Metall in der Hand und ... und schlug Miriam damit auf den ...« Bei ihren letzten Worten versagte Nataschas Stimme, und sie sah wieder ängstlich zu ihrer Freundin hin.

Deshalb hakte Peter nach: »Und Sie?«

»Als Lea dann fragte: ›Will noch jemand aussteigen?‹, habe ich so sehr Angst bekommen, dass ich mich in diesen Busch gekauert ...«

Während zwei Rettungssanitäter die noch immer reglose Miriam Anders auf einer Bahre in den Notarztwagen schoben, fragte Natascha: »Was ist mit meiner Freundin, kommt sie durch?«

»Wenn keine Komplikationen auftreten, stehen die Chancen nicht schlecht«, hielt sich der Notarzt vage zurück, und Peter, der darauf brannte, etwas ganz anderes zu erfahren, fragte schnell: »Weißt du, wo die anderen jetzt sind?«

Aber der Arzt, dessen Miene sich immer mehr verfinstert hatte, fuhr Peter an: »Meinen Sie nicht, dass das Mädchen jetzt erst einmal zur Ruhe kommen muss? Sie können Ihre Befragung auch morgen fortsetzen, wenn sie wieder in etwas besserer Verfassung ist.«

»Natürlich«, lenkte Claus Mergentheimer ein, und der Notarzt sagte zu Natascha: »Trotzdem nehmen wir dich jetzt erst mal zur Beobachtung ins Krankenhaus mit, damit du dir hier in der Kälte keine Lungenentzündung geholt hast.«

Gerade als der Arzt das Mädchen zum Notarztwagen führen wollte, wandte sich Peter noch einmal an Natascha: »Kannst du mir meine Frage noch schnell beantworten?«

Der Arzt drehte sich blitzschnell zu Peter um und wollte ihm die Meinung sagen, da begann das Mädchen: »Die anderen wollten sich um halb eins auf dem Parkplatz bei den Kleingärten am Südring treffen.«

»Wann, morgen?«

»Nein, noch heute Nacht!«, rief das Mädchen über die Schulter zurück, da sie vom Arzt nun mit Nachdruck zum Wagen geführt wurde.

Peter sah auf seine Armbanduhr und sagte: »Ihr habt es gehört, um halb eins treffen sie sich. Es ist bereits nach zwölf, es wird Zeit, dass wir dort hinkommen.«

Claus überlegte kurz, ob er eher Markus Braun zur Festnahme mitnehmen sollte oder die uniformierten Beamten. Die Schutzpolizisten mussten die Festgenommene aufs Revier bringen, und einer sollte zu Natascha ins Kreiskrankenhaus fahren, damit sie ihnen nicht am Ende ausbüxte, bevor sie sie am nächsten Morgen ordentlich vernehmen konnten.

So sagte er zu Markus Braun: »Du kommst mit unserem Wagen zur Bushaltestelle auf dem Hessendamm. Ich gehe jetzt mit Peter und Stefan und steige dort zu dir um.«

»Ganz wohl ist mir bei der Sache nicht«, sagte Claus, als sie Peters Wagen erreicht hatten. »Zwei Zivilisten, ein unerfahrener Beamter und ich sollen vier Personen festnehmen, von denen zwei bereits bewiesen haben, wozu sie fähig sind. Das kann mächtig in die Hose gehen.«

»Du sagst immer, unerfahrener Beamter. Wie soll er denn anders Erfahrungen sammeln als im Einsatz?«

»Ganz meine Worte. Aber sag das mal Schuchheim. Ich hätte neben Markus gern noch einen erfahrenen Mann wie Leitner oder Heisslitz dabeigehabt. Aber mein Chef zieht mir immer mehr Leute ab und lässt sie Hilfsdienste für die Wiesbadener Mordkommission leisten. Wenn ich euch nicht hätte, wüsste ich nicht, wie ich den Betrieb hier überhaupt noch aufrechterhalten sollte.«

»Klingt spitze«, sagte Peter grinsend, und Claus meinte nachdenklich: »So, und nun fordere ich Verstärkung von der Schutzpolizei an.«

»Und wir fahren voraus, damit wir nicht zu spät kommen.«

Während Claus zu seinem Dienstwagen ging, der kurz zuvor hinter ihnen angehalten hatte, startete Peter seinen Wagen und fuhr zum Kleingartengelände am Glockenwiesenweg.

Als er in die Straße zu den Gärten hin einbog, sagte er zu Stefan: »Wer weiß, ob es überhaupt vier Leute zum Festnehmen gibt? Die werden sich wohl nicht alle dort treffen.«

»Abwarten. Selbst Ganoven machen Fehler.«

Lea und Michael hatten den Sportplatz gerade durch das von Hecken eingewachsene Eisentürchen verlassen, als sie das Martinshorn hörten. Wie nützlich es gewesen war, das alte Vorhängeschloss des Türchens vor dem Coup zu entfernen, wurde Michael jetzt erst bewusst, und das Geräusch des schnell näher kommenden Streifenwagens klang ihm auch eine halbe Stunde später noch in den Ohren.

Wenigstens das hatte geklappt, dachte er, während er sich zum Treffpunkt durchschlug. Der Überfall selbst war leider gründlich schiefgelaufen, denn es war absolut nicht geplant gewesen, den Boten zu erschießen. Was hätte er aber anderes tun sollen, als dieser versuchte, ihm die Sturmhaube vom Kopf zu reißen? Und dass eine der Helferinnen auf der Strecke blieb, war auch nicht vorauszusehen gewesen. War auch sie tot, oder würde sie noch etwas aussagen können, und wenn ja, was? Hoffentlich kamen wenigstens die anderen Mädchen unbehelligt durch.

Als er beim Treffpunkt ankam, entschied er sich kurzerhand um und verlegte ihn um knapp hundert Meter auf den Parkplatz vor der ehemaligen Kleingartengaststätte, die vor nicht allzu langer Zeit niedergebrannt war. Das konnte ihm im Falle eines Falles ein paar weitere Sekunden Vorsprung verschaffen, aber um Viertel nach zwölf war dort noch alles ruhig.

Da er noch etwas Zeit hatte, knackte er schon mal die Geldkassette, die Lea ihm übergeben hatte, und fand darin vierzehntausend Euro.

Nur gut, dass Lea nichts ahnte, dachte er. Durch die kleinen Gaunereien der Clique und die Diebstähle, die er mit Löbisch begangen hatte, war einiges mehr zusammengekommen, als er ihr weisgemacht hatte. Auch hatte er in den letzten Tagen alles zu Geld gemacht, was an Werten in seiner Wohnung herumstand. So waren immerhin dreiundachtzigtausend Euro zusammengekommen, die er seitdem ständig in großen Scheinen bei sich trug. Man konnte schließlich nie wissen. Wenn er dazu seinen fast neuwertigen Wagen für ungefähr fünfzehntausend Euro verkaufen könnte – was weit unter Preis wäre, aber immerhin –, würde das zusammen mit den ungefähr vierzigtausend heute reichen, um in Marokko erst einmal eine Zeit lang Urlaub zu machen. Aber auch, um vom Rest eine Plantage zu kaufen?

Ein verdächtiges Rascheln riss ihn aus seinen Gedanken, aber er entspannte sich gleich wieder, denn es war Lea, die auf ihn zugerannt kam.

»Ach, du bist umgezogen«, war alles, was sie sagte, und Heidmann antwortete: »Es erschien mir sicherer.«

In der dunkelsten Ecke des Parkplatzes erwarteten sie nun die Mädchen, die nur wenige Minuten später eintrafen. Nach einem Lichtzeichen, das Lea ihnen gab, fanden auch sie den neuen Treffpunkt trotz der Dunkelheit ohne Probleme und übergaben ihre Geldbomben.

»Wo ist denn Julia?«

»Sie wurde erwischt. Das Geld ist futsch.«

»Scheiße aber auch.«

Michael Heidmann verteilte die Anteile an die Mädchen, und Maren murrte: »Nur dreitausend Euro? So wenig Geld für so viel Risiko?«

Im Handumdrehen entwickelte sich ein heftiges Streitgespräch, das, obwohl es nur flüsternd geführt wurde, die volle Aufmerksamkeit der Mädchen in Anspruch nahm. Nur Heidmann beobachtete auch jetzt sorgfältig die Umgebung. Er sah, dass sich zwei Schatten an die Gruppe heranpirschten und schon beinahe bei ihnen angekommen waren. Er dachte sofort an Flucht, denn das Risiko, sich auf einen Schusswechsel mit der Polizei einzulassen, war einfach zu groß. Er warf seiner Freundin einen vielsagenden Blick zu, und sie verstand ihn augenblicklich.

Es war bereits halb eins, als Peter und die anderen das Kleingartengelände erreichten und feststellen mussten, dass Heidmann klug genug gewesen war, den Treffpunkt an eine für ihn günstigere Stelle zu verlegen. Deshalb ließen sie ihre Wagen in einiger Entfernung stehen, und Claus schlich mit Markus an die Gruppe heran. Auf die herbeigeorderte Verstärkung zu warten blieb keine Zeit mehr.

Erst als sie bereits dicht an der Gruppe waren, trat Claus ins Licht der einzigen Straßenlaterne weit und breit und rief: »Halt, stehen bleiben, Polizei!«

Kriminalmeister Braun tat das Gleiche, beging aber den Fehler, einen Schritt zu weit auf Michael Heidmann zuzugehen. Der witterte seine Chance und stieß den jungen, etwas unsicher wirkenden Beamten so kräftig zurück, dass dieser völlig überrascht ins Straucheln kam und Claus mit zu Boden riss.

Das wiederum rief Stefan und Peter auf den Plan. Sie kamen herbeigerannt und versuchten Heidmann zu überwältigen. Leider hatten sie die Rechnung ohne den Wirt, in diesem Falle die herbeigerufenen Verstärkungsbeamten, gemacht. Gerade als sie Heidmann packen wollten, wurden sie selbst gepackt und bewegungsunfähig zu Boden gedrückt. Im allgemeinen Tohuwabohu hatten die uniformierten Beamten neben den Mädchen auch die Detektive in Gewahrsam genommen.

Diesen kurzen Moment nutzten Heidmann und Lea Stoltze zur Flucht. Bis Claus und Markus sich hochgerappelt hatten, hörte man bereits den Motor eines Leichtkraftrades aufheulen, und das Ganovenpärchen war fort.

»Seid ihr denn von allen guten Geistern verlassen?«, schrie Claus die Beamten an. »Das sind die Detektive, die uns den Überfall gemeldet haben. Lasst sie sofort los. Die Drahtzieher sind gerade auf einem Motorrad geflohen.«

Der Einsatzleiter der Schutzpolizisten, Kommissar Paul Hunger, sah betreten zu Claus und senkte den Kopf. Vorsichtshalber sagte er erst einmal gar nichts, was in diesem Fall bestimmt das Beste war.

Claus holte sein Handy aus der Jackentasche und wählte die Nummer von Schuchheim. Er bat ihn, alle Polizeistationen im Raum Frankfurt und das LKA zu benachrichtigen sowie eine Großfahndung anzuleiern. Ein Hubschrauber mit starken Suchscheinwerfern und einige Hundertschaften von Polizisten mit Hunden sollten im Umkreis von zehn Kilometern die Felder absuchen. Außerdem sollten an allen wichtigen Punkten Straßensperren und Kontrollen errichtet werden.

Diesen Einsatz hätten sie sich allerdings sparen können. Heidmann hatte von vornherein einkalkuliert, dass er vielleicht fliehen musste, und das genauso akribisch vorbereitet wie alle anderen Aktionen. Deshalb hatte er auch das Cross-Leichtkraftrad, das er zwei Wochen zuvor in Idstein gestohlen hatte, nahe dem Treffpunkt im Gebüsch versteckt. Teil seines Plans war es, Lea Stoltze so lange bei sich zu behalten, bis seine Flucht nach Marokko in trockenen Tüchern war. Erst dann würde er die lästige Mitwisserin mit jeder Menge falscher Infos als Futter für die Polizei zurücklassen.

Daran dachte er, während er mit der jungen Frau auf dem Sozius über die staubigen Feldwege raste, auf denen er sich bestens auskannte. Selbstverständlich hatte er es vermieden, nach Okriftel hineinzufahren, und würde auch die anderen Orte weitgehend meiden. Er wusste, er hatte maximal zehn Minuten Zeit, bis die Fahndung anlief und um zur Brücke der B 40 über den Main zu kommen. Wenn er erst auf der anderen Mainseite war, wäre er gerettet.

Julia Brandt saß seit einigen Stunden auf dem Polizeirevier in Hofheim und ließ die Beamten langsam verzweifeln. Weder die ruhige, sanfte Stimme von Barbara Seeger noch die knallharte Art von Manfred Schuchheim konnten die verstockte Siebzehnjährige zum Reden bringen.

»Verdammt noch mal!«, fuhr Schuchheim sie an, »Wenn Sie Ihre Lage verbessern wollen, dann müssen Sie schon mitarbeiten. Ihre Eltern haben wir bereits verständigt, aber glauben Sie bloß nicht, dass Sie einfach so mit nach Hause gehen können.«

»Warum denn nicht?«, fragte das Mädchen verblüfft und schien sich keiner Schuld bewusst zu sein.

»Sind Sie so naiv, oder tun Sie nur so?«, fragte Schuchheim, der mit seiner Geduld schon fast am Ende war.

In diesem Augenblick klopfte es an die Tür, und Barbara Seeger rief: »Herein!«

»Entschuldigen Sie bitte«, sagte Julius Brandt und trat ein. »Sie haben uns wegen unserer Tochter angerufen?«

Zwei Schritte hinter ihm folgte seine Frau Annette, die etwas ängstlich in die Runde blickte, während ihr Mann sie beide vorstellte.

Als Frau Brandt ihre Tochter erblickte, fragte sie: »Julia, was ist denn passiert?«

»Nichts. Ich habe euch nicht gerufen, was wollt ihr hier?«

»Soll das so weitergehen wie bisher?«, fragte Barbara Seeger, »Sie werden jetzt ruhig und vor allem vernünftig mit Ihren Eltern reden.«

»Oh nein!«, schrie Julia, »Kein Wort rede ich mit denen. Und mit euch auch nicht. Selbst wenn ihr mich bis ans Ende der Zeit hierbehaltet.«

»Wie sprichst du denn mit den Beamten?«, wies ihr Vater sie zurecht. »Gewöhn dir mal einen anderen Ton an; es wird langsam Zeit.«

Ihre Mutter nickte zustimmend.

»Von euch lasse ich mir das schon mal gar nicht sagen.

Nach außen hin auf ehrbare Familie machen, aber hinter den Kulissen geht's rund.« Dann drehte sie sich triumphierend zu den Beamten herum und sagte: »Mein Vater prügelt meine Mutter tagtäglich durch die Wohnung, und die dumme Gans sagt auch noch danke dafür, aber das ist noch nicht genug. Als Dank dafür, dass sie immer stillhält, zieht er nächtelang mit seinen Kumpels herum und vögelt alles, was bei drei nicht auf dem Baum ist.«

Manfred Schuchheim und Barbara Seeger blieb der Mund vor Verblüffung offen stehen, und sie konnten gar nicht so schnell eingreifen, wie Julius Brandt einen Schritt auf seine Tochter zumachte und ihr eine schallende Ohrfeige versetzte, die den Kopf des Mädchens herumschleuderte.

Dann fragte er: »Sie wollten meine Tochter hierbehalten – warum?«

»Weil ich nicht mit den Scheißbullen rede.«

Herr Brandt machte erneut einen Schritt auf seine Tochter zu, unterließ es dann aber, sie zu schlagen, und fragte stattdessen: »Nur weil sie nicht aussagen will, drohen Sie ihr mit Haft? Das kann wohl nicht Ihr Ernst sein.«

»Da kommt schon noch so einiges dazu«, sagte Barbara Seeger.

»So, was denn?«

»Ihre Tochter ist seit geraumer Zeit Mitglied in einer Mädchengang, die Ladendiebstähle in größerem Umfang begeht. Außerdem war sie in dieser Nacht an einem gewalttätigen Raubüberfall auf den Geldboten einer Tankstelle beteiligt.«

»Gibt es dafür Beweise?«, fragte Julias Vater sofort, und Manfred Schuchheim antwortete: »Julia wurde von unseren Beamten in flagranti mit einem Teil der Beute erwischt, als sie mit ihrem Moped fliehen wollte. Aber das ist noch nicht alles.«

»Was kommt denn noch?«

»Der Geldbote kam bei diesem Überfall ums Leben, und ein anderes Mädchen aus der Bande wurde von einem anderen Gangmitglied niedergeschlagen, als sie aussteigen wollte. Sie liegt auf der Intensivstation im Koma und ringt mit dem Tode.«

»Oh Gott!«, rief Annette Brandt. Ihr wurde schwindelig, und sie begann zu schwanken, während ihr Mann wütend sagte: »Julia, du bist nicht mehr meine Tochter. Was sollen denn meine Kunden sagen, wenn herauskommt, dass meine Tochter eine Verbrecherin ist?«

## 9.

Am nächsten Morgen blinzelte Peter gegen neun zu Annika hinüber, die neben ihm im Bett lag.

»Guten Morgen, mein Schatz«, sagte er zärtlich.

»Dir auch, aber wie kommt es, dass du so gute Laune hast?«

»Weil ich endlich mal wieder ausschlafen konnte. Zum Glück hat dieses blöde Auf-der-Lauer-Liegen im Supermarkt ein Ende. Die Scheineinkäufe sind auf die Dauer auch ganz schön teuer geworden. Dafür haben wir nun Dauervorräte an Lambrusco, Sekt und Dosenwurst.«

»Das glaube ich kaum, dazu kenne ich euch zu gut. Aber sag, wunderst du dich eigentlich gar nicht, dass ich um die Zeit noch im Bett liege?«

»Doch, aber ich vermute, dass du heute nicht nach Darmstadt musst?«

»Richtig, seit die Stiftung[1] so gut läuft, muss ich mich nicht mehr um alles selbst kümmern. Ab dem neuen Jahr werde ich nur noch ein Mal pro Woche hinfahren. Dafür habe ich heute Zeit, mit dem Hausputz für Weihnachten zu beginnen, und du wirst mir helfen.«

»Da muss ich dich enttäuschen, liebste Annika, denn ich muss um halb elf in Hofheim bei der Kripo sein, um meine Aussage zu Protokoll zu geben.«

---

[1] Sie meint die Stiftung ihres ermordeten Mannes. Vgl. Die Taunus-Ermittler, Band 3 – Endstation Linie 3.

»Habt ihr sie erwischt?«

»Teilweise. Die beiden Drahtzieher haben sich abgesetzt.«

»Und beim Aufspüren wollt ihr sicher mitmischen. Habt ihr denn eine Ahnung, wohin sie geflohen sind?«

»Dann wären wir schon unterwegs. Aber jetzt muss ich aufstehen, den Rest der Geschichte erzähle ich dir später. Mach dich aber darauf gefasst, dass es keine schöne wird, denn es hat einen Toten und eine Schwerverletzte gegeben.«

»Du sagtest eine – war es eines der Mädchen?«

»Ja, gerade mal sechzehn oder siebzehn.«

»Die armen Eltern.«

Fast zeitgleich mit Peter kam auch Stefan auf dem Parkplatz des Polizeireviers in Hofheim an und parkte neben ihm ein. Zusammen gingen sie ins Gebäude, und der Pförtner, ein alter Bekannter von Peter, öffnete gleich die Sicherheitsschleuse und ließ sie eintreten.

An der Bürotür im ersten Stock wurden sie schon von Claus begrüßt. »Nanu, ihr seid aber pünktlich. Nach der langen Nacht hätte ich noch nicht mit euch gerechnet.«

»Mit uns musst du immer rechnen. Wie lange hat deine Nacht denn noch gedauert?«

»Ich bin seit gestern durchgängig im Einsatz, außer mal 'ne halbe Stunde hinten im Ruheraum. Auch Schuchheim ist bis nach drei hier rumgegeistert, hat die Großfahndung angeleiert zusammen mit Barbara Seeger, Julia Brandt vernommen und mit den Eltern des Mädchens gesprochen. Seit einer halben Stunde ist er wieder hier. Seine Laune ist kaum auszuhalten. Ihr setzt euch besser so schnell wie möglich ab, wenn ihr das Protokoll unterschrieben habt.«

»Ja, klar«, sagte Peter, und die beiden Detektive lasen das Dokument durch und unterschrieben es.

Gerade als sie das Zimmer verlassen wollten, kam Manfred Schuchheim herein.

»Ach, auch mal wieder hier, um uns von der Arbeit abzuhalten?«, ließ er es sich nicht nehmen zu fragen.

»Nein, wir sind gerade im Begriff zu gehen!«

»Dann lassen Sie sich bitte nicht aufhalten. Am liebsten sehe ich Sie ohnehin von hinten.«

»Danke, ebenfalls«, antwortete Peter überraschend freundlich, und Schuchheim fragte überrascht: »Was ist denn mit Ihnen los, Stettner, haben Sie Kreide gefressen?«

»Nein, ich habe gerade ein Dankgebet zum Himmel geschickt, dass ich nicht hier unter Ihnen arbeiten muss. Auf Wiedersehen.«

Während die Detektive mit gemischten Gefühlen einen freien Tag nahmen, ging es auf der Polizeiwache hoch her. Die Wiesbadener Kollegen schlossen sich nur zu gern der Theorie Claus Mergentheimers an, dass man mit der gesprengten Mädchengang auch den Schlüssel zu dem Todesfall in der Therme in Händen hielt. Und so hatten sie kurzerhand alle höherrangigen Beamten aus Hofheim abgezogen und die abschließenden Ermittlungen vor Ort Jörg Stuhlbein und Claus Mergentheimer überlassen.

Im Wiesbadener Polizeipräsidium befasste man sich derweil mit der Vernehmung der in Gewahrsam genommenen Gangmitglieder Maren Peters, Laura Pohl und Julia Brandt. Aber die drei schweigen wie die Stockfische, denn vermutlich glaubten sie noch immer, dass Lea oder Heidmann ihnen einen guten Anwalt besorgen würden, der sie da noch heraushauen könnte.

Als Stefan und Peter gegangen waren, hatte Claus noch mit anhören müssen, dass sie verabredet hatten, am Abend mit ihren Familien in Kelkheim griechisch essen zu gehen. Das trug nicht dazu bei, seine Stimmung zu heben. Als Kriminalrat Schuchheim endlich sein Büro verlassen hatte, schmunzelte er aber, griff zum Telefonhörer, rief seine Frau in der Praxis an und fragte sie, ob sie nicht Lust auf ein gemütliches Abendessen beim Griechen in Kelkheim hätte.

»Sehr gerne!«, rief Stefanie erfreut. »Wir waren schon seit Ewigkeiten nicht mehr essen. Aber kannst du dich wirklich von deinem Fall loseisen?«

»Dafür werde ich schon persönlich sorgen, verlass dich drauf. Meine Familie braucht mich mindestens ebenso sehr wie die Polizei.«

Kaum hatte er aufgelegt, versank Claus in Gedanken. Ihm ging durch den Kopf, wie oft seine Frau schon zu ihm gesagt hatte, dass sein Beruf ihn mit Haut und Haaren auffresse. Ja, Steffi hatte recht, es war tatsächlich so. Aber was sollte er tun? Er war mit Leib und Seele Polizist, und im Grunde war Manfred Schuchheim auch kein schlechter Chef. Nur was er auf der letzten Weihnachtsfeier aus einer Sektlaune heraus gesagt hatte, stimmte Claus nachdenklich. Da hatte Schuchheim nämlich angedeutet, er könnte sich vorstellen, dass Claus einmal sein Nachfolger wird. Claus wurde es jetzt noch heiß und kalt gleichzeitig, wenn er auch nur daran dachte. Öffentlichkeitsarbeit und Verwaltungskram waren nun mal nicht sein Ding. Am liebsten ermittelte er …

Mitten in seine Gedanken hinein drang das Läuten des Telefons, und er hob ab.

»Herr Schuchheim«, sagte Claus, nachdem er in Schuchheims Büro gekommen war und dieser ihn fragend ansah, »ich habe noch einen Auswärtstermin, eine Befragung zu dem Todesfall in der Therme.«

»Es wäre schön, wenn wir den Fall bald abschließen könnten.«

»Ganz meine Meinung. Leider hat der Arzt etwas dagegen, dass ich Natascha Krug befrage.«

»Das war die, die sich am Tatort als so auskunftsfreudig erwies? War das Mädchen nicht nahezu unverletzt? Was hat der Arzt dagegen?«

»Genau. Sie war nur stark unterkühlt und hatte einen Schock. Der Arzt meint, sie sei durch die schwere Verletzung ihrer Freundin so sehr aus der Bahn geworfen, dass sie noch einige Tage Erholung brauche. Ach ja, und nach der erneuten Befragung von Viviane Diehl möchte ich gern Feierabend machen. Ich komme dann nicht mehr ins Büro. Wir haben eine Einladung.«

»Machen Sie das nur, bevor Ihre Frau genauso sauer wird wie meine. Sie liegt mir seit Monaten damit in den Ohren, dass ich mich nächstes Jahr, wenn ich zweiundsechzig werde, in den vorzeitigen Ruhestand versetzen lassen soll. Sie versteht einfach nicht, dass ich noch drei oder auch vier Jahre Zeit brauche, um Sie als meinen Nachfolger aufzubauen.«

Oh nein, nicht schon wieder, dachte Claus und verabschiedete sich schnell.

Claus Mergentheimer hatte gerade den Wagen abgeschlossen und ging zu dem schmucken Einfamilienhaus hinüber, als Karl-Heinz Diehl aus der Eingangstür trat.

»Guten Abend, Herr Mergentheimer. Ich stand gerade am Wohnzimmerfenster und habe Sie kommen sehen. Bitte treten Sie ein. Meine Frau und meine Tochter kommen auch gleich. Gehen Sie doch schon mal ins Wohnzimmer. Darf ich Ihnen etwas zum Trinken anbieten?«

»Gern, eine Cola vielleicht, ich bin im Dienst.«

Karl-Heinz Diehl holte die Getränke, und auch Eva und Viviane Diehl gesellten sich im Wohnzimmer dazu. Frau Diehl bot Claus einen Sessel an und setzte sich zu ihrem Mann auf die Couch. Viviane setzte sich lässig auf die Armlehne des Sofas.

Karl-Heinz Diehl sah seine Tochter verwundert an. »Vivi, du scheinst endlich etwas zur Ruhe zu kommen. Geht es dir wieder besser?«

Ihre Mutter kam dem Mädchen schnell zuvor: »Das sieht nur so aus. Du hast keine Ahnung, was das Mädchen durchmacht. Sie träumt Nacht für Nacht die schrecklichsten Albträume. Sie bildet sich ein, Nadine spräche im Traum mit ihr und verriete ihr Namen von Gangmitgliedern.«

»Das hast du mir aber ganz anders erzählt«, sagte Karl-Heinz Diehl verwundert, »dass die Namen aus Albträumen stammen, hast du mir verschwiegen.«

»Sonst hättest du nicht eingewilligt, die Polizei zu verständigen. Du hättest Bedenken gehabt, dass wir irgendjemanden falsch verdächtigen.«

»Stimmt.«

Claus war inzwischen hellhörig geworden und fragte nur: »Wie war das mit den Namen?«

»Wir möchten wirklich nicht …«

»Keine Angst, wir sind hier nicht in Amerika. Wir fragen erst, bevor wir schießen«, sagte Claus lächelnd, um die Stimmung etwas aufzulockern. Dann wandte er sich direkt an Viviane. »Wie war das nun mit den Namen? Von welchen Leuten hat dir deine Freundin erzählt?«

Vivi, die bislang kein Wort gesagt und sich immer fester an ihre Mutter geschmiegt hatte, sah den Polizisten an, der sie offenbar vollkommen ernst nahm, und sagte zögernd:

»Sie hat mir von der Gangchefin Lea Stoltze und deren engster Vertrauter Maren Peters erzählt.«

Nun war es an Claus, verblüfft auszusehen – damit hatte er nicht gerechnet.

Dann sagte er vollkommen ruhig: »Lea Stoltze ist tatsächlich die Chefin einer Mädchengang und derzeit wegen einer Straftat auf der Flucht. Maren Peters sitzt wegen derselben Tat im Präsidium Wiesbaden und wird gerade verhört. Damit haben wir wohl den Zusammenhang zwischen dem Todesfall in der Therme und der Gang hergestellt. Danke. Ach ja – würdest du dir bitte einige Fotos ansehen?«

Bei diesen Worten zog der Kommissar einige Bilder aus der Tasche, die Claus von Peter bekommen hatte, und zeigte sie Viviane. Auf ihnen waren alle Gangmitglieder samt ihren Mopeds sowie Lea und ihr Auto zu sehen.

Viviane sah sich die Bilder zuerst zögerlich an, doch auf einmal erhellte sich ihr Gesicht. »Jetzt weiß ich, dass du recht hattest, Mutti. Es war nicht Nadine, sondern mein Unterbewusstsein, das mir im Schlaf die Namen genannt hat. Ich erinnere mich jetzt wieder an ein Gespräch mit Nadine vor fast einem Jahr, das ich völlig verdrängt hatte. Damals war sie noch nicht in der Gang, wollte aber unbedingt aufgenommen werden. Als ich das Auto und die Mädchen mit den Mopeds sah, ist es mir wieder eingefallen. Damals hatte sie gerade erfahren, dass ihr Vater gar nicht ihr Vater ist, und mich gefragt, ob ich mir vorstellen könnte, mit ihr zusammen in diese Gang einzutreten. Als ich ihr sagte: ›Nein, das ist nichts für mich‹, hat sie den Kontakt zu mir so nach und nach eingestellt.«

»Danke, Viviane, du hast uns sehr wichtige Informationen geliefert«, sagte Mergentheimer. »Nun bin ich sicher, dass wir den Tod deiner Freundin in Kürze aufklären können. Ich rede noch ein paar Takte mit deinen Eltern. Wenn du nicht willst, musst du nicht dabei sein.«

»Danke, ich gehe dann wieder in mein Zimmer«, sagte das Mädchen, drehte sich in der Tür noch einmal um und fragte den Kommissar: »Ihre Tochter heißt Carola, nicht wahr?«

»Ja, kennst du sie?«

»Sie ist, glaube ich, drei Klassen unter mir. Ich habe ihr einmal geholfen, als sie von älteren Jungs geärgert wurde. Seitdem reden wir öfter mal auf dem Pausenhof miteinander.«

»Meine Nerven«, stöhnte Eva Diehl grinsend auf, »in dieser Stadt kennt aber auch jeder jeden.«

»Schatz, das wäre doch ein gutes Stichwort, oder?«, fragte Karl Heinz Diehl.

»Eigentlich schon …«

»Traust du dich nicht?«

»Ach, das ist doch schon so lange her«, wich Eva Diehl aus, aber ihr Mann hatte verstanden und erklärte: »Als ich neulich nach Hause kam, hatte meine Frau ein Fotoalbum in der Hand, darin befand sich auch ein Klassenbild vom ersten Schuljahr. Was glauben Sie wohl, wer da auch drauf war?«

»Meinen Sie etwa mich?«, fragte Mergentheimer. »Das kann nicht sein, denn ich stamme nicht von hier.«

»Meine Frau auch nicht«, sagte Karl Heinz Diehl gerade, da stand Eva auf, holte das Fotoalbum aus dem Schrank, blätterte darin und legte es dann aufgeschlagen vor Claus auf den Wohnzimmertisch.

Kein Zweifel, es war ein Klassenfoto der ersten Schulklasse in Buxtehude, das auch er im Fotoalbum hatte. Er erkannte sich deutlich wieder.

»Seit Sie sich das erste Mal bei uns vorgestellt haben, habe ich darüber nachgedacht, woher ich diesen Namen kenne. Erst als ich mir das Fotoalbum ansah und die Gesichter von früher wieder vor Augen hatte, ist bei mir der Groschen gefallen.«

»Bei mir fällt er allerdings nicht, ich kann mich nicht an Sie erinnern. Eva Diehl, das sagt mir gar nichts. Helfen Sie mir mal, wer auf dem Foto sind Sie?«

»Ich bin von Ihnen aus gesehen die Kleine links, die so schief in die Kamera grinst. Dass Sie sich nicht an Eva Diehl erinnern, ist auch kein Wunder, denn ich hieß mit Mädchennamen Hansen und wurde immer nur Evi genannt.«

Auf der Heimfahrt von der Kantstraße dachte Claus über diese Begegnung nach.

»Das gibt's doch nicht«, sagte er laut ins Auto hinein. Er konnte es gar nicht fassen. Wie klein war doch die Welt. Jetzt wohnte er schon so lange in Hofheim, hatte das Abitur hier gemacht und seinen Traumberuf ergriffen. Aber erst jetzt wollte das Schicksal es so, dass er im Dienst einer Schulkameradin aus Grundschultagen wiederbegegnete, die er schon dreißig, nein vierzig Jahre nicht mehr gesehen hatte. Stimmt, jetzt erinnerte er sich wieder an das schmächtige, aber temperamentvolle Mädchen mit den rotblonden Zöpfen. Mit der Eva Diehl von heute hätte er es niemals in Verbindung gebracht. Zumal ihre Eltern damals bereits Mitte der zweiten Klasse mit ihr weggezogen waren. Kaum zu glauben, dass es sie auch nach Hofheim verschlagen hat. »Was wird wohl Steffi dazu sagen, wenn ich ihr das erzähle?«, murmelte Claus.

»Hallo allerseits«, sagte Claus zwei Stunden später fröhlich grinsend, als er mit seiner Familie vor den Tisch im griechischen Stammlokal der beiden Detektive trat, an dem diese gerade mit ihren Familien die Speisekarten studierten.

»Nanu, wo kommt ihr denn her?«, rief Peter, und Claus antwortete schlagfertig: »Von draußen, und da ist es verdammt kalt.«

»Na, dann setzt euch zu uns«, sagte Annika, und der Wirt, der gerade herbeigeeilt war, um zu sagen, dass im Moment alle Tische belegt seien, wurde von Stefan unterbrochen: »Ach, das geht schon. Wir auf der Bank rücken etwas dichter zusammen, und wenn Sie noch einen Stuhl übrig haben, ist das Problem schon gelöst.«

Kurz darauf saßen alle am Tisch.

»Da staunt ihr, was?«, grinste Claus.

»Allerdings. Mit euch habe ich wirklich nicht gerechnet«, sagte Peter.

»Siehst du, das war ein Fehler.«

»Dass du auch mal wieder Feierabend hast, das konnte nun wirklich niemand ahnen.«

»Hoffen wir das Beste«, schaltete sich nun Steffi ein, »aber ich fürchte, mein Mann kann gar nicht mehr abschalten. In Gedanken arbeitet er bestimmt auch jetzt noch an seinem Fall.«

»Danke für die Blumen«, sagte Claus immer noch grinsend, senkte dann aber schuldbewusst den Kopf.

Nach der gescheiterten Geldübergabe am Hattersheimer Kleingartengelände und der anschließenden Flucht hatten Lea Stoltze und Michael Heidmann ihr Quartier in einer alten Feldscheune zwischen Mörfelden-Walldorf und Langen aufgeschlagen, die sie nahezu ausschließlich über Wald- und Feldwege erreicht hatten.

Wie gut es war, dass Heidmann immer einen Plan B in

der Tasche hatte, wurde nun wieder einmal deutlich, denn ihr ursprünglich vorgesehenes Zwischenversteck lag nach allem, was er über den Rundfunk erfuhr, mitten im Kerngebiet der polizeilichen Fahndung. Er hatte seine früheren Kollegen also völlig richtig eingeschätzt, die vermuteten, dass seine Flucht in Richtung Norden erfolgen würde, was auch tatsächlich seinen Plänen entsprach. Dass er aber erst einmal nach Süden über den Main fliehen und abwarten würde, ahnten sie nicht. Seit sie hier waren, und sie saßen nun schon seit gut zwanzig Stunden fest, hatten sie nur wenige Polizeihubschrauber zu Gesicht bekommen, und das Geräusch der Rotoren, das dennoch ständig in der Luft lag, klang zunehmend so, als ob sie vorrangig das Nordufer des Mains und den Vordertaunus absuchten.

Wenigstens konnten sie so halbwegs in Ruhe ihr weiteres Vorgehen planen, zumal der Überfall auf den Geldboten sich als noch größerer Reinfall erwiesen hatte als ohnehin schon: Ihnen war bei ihrer überstürzten Flucht eine weitere Geldbombe verloren gegangen, sodass jetzt nur noch zwei Geldkassetten mit nicht gerade üppigen zweiundzwanzigtausend Euro blieben. Wenigstens hatte Heidmann bereits im Vorfeld des Überfalls weitere Details seiner Flucht geplant und zum Beispiel sein Auto schon aus der Schusslinie gebracht. Es stand mit falschen Kennzeichen versehen in einer Parkgarage in Hürth, südwestlich von Köln. Allerdings dürfte sein Foto nach dem Mord in wirklich allen Fahndungslisten Europas auftauchen, was bedeutete, dass er es nicht mehr regulär verkaufen konnte, ohne erkannt zu werden. Wie gut, dass er auch hier vorgesorgt und die Verbindungen aus seiner Kölner Zeit nie ganz hatte abreißen lassen. Auch ein Autoschieber mit besten Beziehungen nach Russland war darunter.

Das Beste aber war, wie er seine Flucht aus Deutschland vorbereitet hatte. Ein mit ihm befreundeter Spediteur, der ihm noch einen Gefallen schuldete, befuhr regelmäßig die Route Köln–Agadir. Er exportierte offiziell technische Geräte nach Marokko und importierte Lebensmittel. In einem der verplombten Wagen, die unterwegs nicht kontrolliert wurden, würde Michael mitfahren.

Aber nur er. Vorher musste er noch Lea loswerden. Aber wie? Noch ein Mord? Besser nicht. Nun ja, vielleicht war es ohnehin günstiger, sie mitzuschleppen, solange sie ihm noch von Nutzen sein konnte. Wenn er es schaffte, sie in der Hoffnung zurückzulassen, dass er sie noch holen käme, würde sie die Kooperation mit den Bullen erst einmal verweigern. Bis Lea aus ihrer blinden Liebe erwachte und erkannte, dass er sie gelinkt hatte, wäre er längst außer Landes.

In der Zwischenzeit ging es in dem griechischen Lokal hoch her, und die Tischrunde war auch deshalb bester Laune, weil Claus und die Detektive es tatsächlich geschafft hatten, nicht über ihren Fall zu reden.

Aber plötzlich sagte Peter: »Auf die Gefahr hin, dass hier am Tisch niemand mehr mit mir spricht, ich muss dich etwas fragen, Claus.«

Annika und Steffi hatten trotz der fortgeschrittenen Stunde sofort begriffen. »Bitte nicht vor den Kindern«, sagte Steffi, und Annika fügte hinzu: »Wenn ihr etwas Wichtiges zu besprechen habt, tut das draußen, wo die Raucher stehen. Die Kinder sollen so wenig wie möglich mit eurer Arbeit in Berührung kommen.«

Sven begann sofort zu maulen, und Carola stimmte mit ein, aber Annika und Steffi blieben standhaft, und Verena sagte: »Es ist doch nur zu eurem Vorteil. Ihr sollt eine möglichst unbeschwerte Kindheit ohne Mord und Totschlag erleben, soweit das in der heutigen Zeit überhaupt noch möglich ist.«

Stefan, Peter und Claus sahen ein, dass ihre Frauen recht hatten, und gingen nach draußen.

Kaum dort angekommen, fragte Peter: »Habt ihr eigentlich den Hintergrund von diesem Heidmann ausgeleuchtet?«

»Dafür hatten wir, ehrlich gesagt, noch keine Zeit. Es ist mal wieder so schlimm mit unserer chronischen Unterbesetzung, dass wir selbst elementare Dinge hintenanstellen müssen.«

»Ich denke, Schuchheim hat da für Abhilfe gesorgt?«, fragte Stefan.

»Teilweise schon, aber im Moment kommt es trotzdem mal wieder knüppeldick. Kollege Hartung liegt seit zwei Wochen mit einer schweren Bronchitis im Bett und wird vermutlich noch eine weitere Woche ausfallen, Bender muss nach seiner Magen-OP erst mal in die Reha, falls er überhaupt zurückkommt, und Fleischhauer hat es wirklich gut: Er ist seit acht Wochen in Rente. Außerdem hat Schuchheim zwei Leute abgestellt, um den Wiesbadenern zur Hand zu gehen. Ihr seht also, wir sind üppig besetzt. Sollte mir Schuchheim noch zwei Leute abziehen, kann ich ganz dichtmachen. Es ist doch kein Wunder, dass wir ununterbrochen Sonderschichten fahren und keiner mehr rechtzeitig nach Hause kommt. Steffi hat viel mit mir auszuhalten, aber wer weiß, wie lange das noch gut geht. Bender hat seine Magenprobleme auch nicht von ungefähr bekommen. Seit seine Frau mit dem Kleinen ausgezogen ist, ist der Mann ohnehin nur noch ein Schatten seiner selbst. Dazu klingelt den lieben langen Tag das Telefon; man kommt zu nichts mehr. Seit uns das Ministerium auch noch eine der beiden Planstellen für eine Sekretärin gestrichen hat … Ach, lassen wir das. Ich weiß über diesen Heidmann nur, dass er früher Polizist war und wegen Bestechlichkeit seinen Dienst quittieren musste.«

»Weißt du auch, wo das war?«

»Ja, irgendwo am Meer.«

»So weit richtig, aber vorher war er woanders, nämlich in Köln. Dort war er zehn Jahre lang Polizist in Deutz.«

»Was willst du mir damit sagen?«

»Dann denk doch mal nach.«

»Was glaubst du, was ich den ganzen Tag lang mache? Sag schon, worauf du hinauswillst.«

»Der Überfall war doch so angelegt, dass Heidmann unmöglich in Deutschland bleiben kann, dass er abtauchen muss. Vermutlich hat …«

»Ach, das meinst du. So schlau waren wir auch. Er wird wie die meisten Ganoven eine Flucht nach Übersee geplant haben. Keine Sorge, die Nordrouten nach Hamburg oder Bremen sind dicht. Auch nach Rotterdam wie seinerzeit Meisenberger[2] kommt er nicht durch. Dafür haben wir schon gesorgt. Danke trotzdem für deinen Hinweis. – Aber Moment, du hast Köln ins Spiel gebracht. Willst du damit andeuten, dass …«

»Schlaues Kerlchen«, sagte Peter grinsend, »ganz genau das wollte ich sagen. Klopft doch mal ab, über welche Kontakte er dort noch verfügt. Vielleicht ist seine nächste Station nicht irgendwo im Norden, sondern da, wo er sich am besten auskennt.«

---

2 Vgl. Die Taunus-Ermittler, Band 4 – Wo ist Verena?

»Danke, Peter, du altes Schlitzohr. Was würde ich ohne dich, oh, entschuldige, Stefan, ohne euch nur tun?«

»Was wohl – noch mehr Überstunden schieben.«

»Bloß das nicht!«, rief Steffi, die in diesem Moment einmal nach draußen gekommen war, um nach ihrem Mann zu sehen, der nun schon fast eine halbe Stunde mit den beiden Detektiven palaverte.

Ihr war es ein Dorn im Auge, dass ihr Mann inzwischen fast nur noch für seinen Beruf lebte und die Familie zu kurz kam. Im Gegensatz zu ihm sähe sie es gern, wenn er zum Kriminalrat befördert werden würde. Dann würde endlich wieder mehr Ruhe in ihrem Leben einkehren, und sie müsste nicht mehr so häufig schlaflose Nächte haben, weil sie fürchtete, ihr Mann könnte eines Tages nicht mehr vom Dienst heimkehren.

## 10.

Auf der Intensivstation des Hofheimer Krankenhauses war es am Donnerstagvormittag fast schon gespenstisch ruhig, als Miriams Eltern am Bett ihres einzigen Kindes saßen. Man hörte nur das leise Schluchzen von Karin Anders. Sie war, als sie erfahren hatte, wie es ihrer Tochter ergangen war, innerhalb von Sekunden um zehn Jahre gealtert. Ihrem eingefallenen Gesicht war anzusehen, dass sie seitdem kein Auge zugemacht, geschweige denn etwas gegessen hatte. Richtig ausgemergelt sah die kleine und schmale Frau aus. Ihre dunkelblaue Hose schlotterte ihr geradezu um die Beine.

»Karin, Schatz«, sagte ihr Mann Joachim zärtlich zu ihr. »Du hast den Professor doch gehört. Miriam geht es schon sehr viel besser, die schlimmen Befürchtungen haben sich nicht bewahrheitet. Wenn die Untersuchungen heute Nachmittag positiv verlaufen, kann sie morgen schon runter von der Intensivstation. Und sie war vorhin kurz wach und hat dich angelächelt. Das Schlimmste haben wir überstanden!«

»Aber du hast doch gehört, was dieser Polizist gesagt hat. In was unsere Tochter so alles verwickelt sein soll. Mir wird angst und bange, wenn ich daran denke, was da vielleicht …«

»Denk jetzt nicht darüber nach. Das Wichtigste ist doch, Miriam wird wieder gesund. Alles andere klärt sich dann.

Mit etwas Glück und einem guten Anwalt werden wir auch das überstehen, glaub mir. Aber um ihr beizustehen, brauchst du Kraft. Deshalb gehen wir jetzt etwas essen und kommen dann noch mal hierher, bevor die Untersuchungen beginnen.«

»Du hast recht. So machen wir es.«

Als Miriams Eltern den Parkplatz vor der Klinik betraten, begegneten ihnen die Eltern von Miriams Freundin Natascha, das Ehepaar Krug, mit dem sie schon viele Jahre befreundet waren und nun in ein kurzes Gespräch kamen, bis Karin Anders sagte: »So, wir müssen jetzt weiter. Richtet Natascha doch von uns schöne Grüße und gute Besserung aus.«

»Machen wir, und ihr eurer Miriam. Wenn es den Mädels wieder besser geht, setzen wir uns zusammen und beraten, wie wir die beiden möglichst heil aus der Sache herausbringen.«

Erst am Donnerstagmorgen, mehr als fünfzig Stunden nachdem sie untergetaucht waren, wagten sich Michael Heidmann und Lea Stoltze aus ihrem Versteck. Nicht so sehr die Sehnsucht nach einem besseren Quartier als vielmehr der Durst trieb sie heraus. Obwohl Heidmann für den Fall der Fälle vorgesorgt hatte, saßen sie schon seit annähernd zwanzig Stunden auf dem Trockenen. In der Zwischenzeit hatten sie ihr Aussehen, so gut es ging, verändert. Bei Lea war die Wirkung nicht ganz so gravierend. Heidmann hatte nur ihre schulterlangen Haare um einiges gekürzt und ihr einen frechen Bubikopf verpasst. Er selbst allerdings hatte statt seines vollen schwarzen Haarschopfs jetzt einen blanken Schädel. Das sah zwar nicht gerade seriös aus, aber der Effekt war umwerfend. Wenn man bedachte, dass sie nur Michaels Akku-Rasierapparat und eine Schere zur Verfügung gehabt hatten, konnte sich das Ergebnis wirklich sehen lassen.

Am Mittwochabend war Heidmann plötzlich aufgefallen, dass er schon lange keinen Hubschrauber mehr gesehen hatte und auch die Rotorengeräusche schon längere Zeit nicht mehr erklungen waren.

»Wann fahren wir endlich nach Mallorca?«, hatte Lea gequengelt, die nur noch wegwollte.

»Schon bald, mein Schatz«, hatte Heidmann beruhigend auf sie eingeredet, »aber morgen früh wechseln wir, falls alles ruhig bleibt, erst einmal den Standort.«

So kam es, dass sie im Morgengrauen nach Mörfelden hineinfuhren, wo sie erst einmal das Fahrzeug wechselten. Auf einem Parkplatz hielt Heidmann nach einem älteren, unauffälligen Auto Ausschau, das seinen begrenzten handwerklichen Fähigkeiten nicht allzu viel Widerstand entgegensetzte. Erneut hatte er unsagbares Glück. Eine ältere Dame parkte ihren Wagen keine zehn Meter von ihm entfernt ein, schloss ihren verbeulten Opel Corsa ab und ging in die nahegelegene Arztpraxis.

Prima, dachte Heidmann, denn bis die Frau ihren Wagen vermisste, könnten einige Stunden vergehen. Das Wägelchen, das noch über keinerlei Wegfahrsperre verfügte, hatte er in Sekunden kurzgeschlossen.

Hundert Meter weiter nahm er Lea auf, die derweil im Supermarkt gewesen war, um ein wenig Proviant einzukaufen.

»Hat dich die Frau an der Kasse erkannt?«

»Nein, wieso? Es war ein Mann.«

»Mach mich nicht wahnsinnig.«

»Aber der kennt mich doch gar nicht.«

»Es gibt schließlich auch Fahndungsfotos.«

»Meinst du?«

Heidmann war es leid, sich an der Naivität seiner Partnerin aufzureiben, schwieg und konzentrierte sich von nun an darauf, die Umgebung im Auge zu behalten.

Anfänglich fuhr er vorsichtig und mied größere Straßen, aber als er selbst am Flughafen keine Polizeisperren sah, fuhr er auf die B 40 auf und wechselte am Krifteler Dreieck auf die A 66. Das alte Wägelchen wehrte sich nach Kräften, auf mehr als einhundertzwanzig Kilometer beschleunigt zu werden, aber es half nichts. Heidmann trat das Gaspedal bis zum Bodenblech durch, und zögernd nahm das Auto Fahrt auf.

»Wo wollen wir denn hin?«, maulte Lea. »Der Flughafen liegt doch schon weit hinter uns.«

»Bis wir aus Deutschland rauskommen, ist es noch ein weiter Weg«, brummte Heidmann vor sich hin und sah seine Begleiterin grinsend an.

Nachdem sie eine Weile schweigend weitergefahren waren, bog er in Richtung Köln ab und verließ an der Ausfahrt Niedernhausen die A 3. Lea starrte noch immer verärgert aus dem Fenster und sagte auch kein Wort, als sie auf der Bundesstraße den Wiesbadener Stadtteil Naurod umrundeten und kurz darauf in einen Feldweg einbogen. Erst als sie dem Waldrand entgegenrumpelten, entspannten sich ihre Züge etwas.

Nun fuhr Heidmann das Auto so tief ins Unterholz hinein und deckte es mit Zweigen ab, dass es nicht mal mehr zu sehen war, wenn man fast schon davorstand.

»Es ist nicht mehr weit, komm mit«, sagte er zu Lea.

»Wohin denn? Diese Zweige zerkratzen mir die Haut. Was soll denn der Quatsch!«, begehrte sie auf.

»Stell dich nicht so an, gleich wird es besser. Los, komm.«

»Den Süden habe ich mir aber anders vorgestellt.«

»Sei doch nicht so unvernünftig, wir haben noch genügend Zeit dafür. Wir dürfen jetzt nichts überstürzen, sonst erwischen sie uns doch noch.«

»Wenn du meinst«, seufzte sie und folgte ihm dann bis zu der Holzhütte, die Heidmanns steinaltem und demenzkrankem Onkel gehörte.

Schon vor einiger Zeit hatte Heidmann ihm in einem seiner wenigen lichten Momente den Schlüssel abgeschwatzt und versprochen, dort einmal nach dem Rechten zu sehen. Da der uneheliche Halbbruder seiner Mutter in einem Altenheim bei Trier lebte und die meiste Zeit nicht einmal wusste, dass ihm diese Hütte hier gehörte, waren sie vorerst sicher. Dass die Polizei unmöglich auf diese Verbindung kommen konnte, erklärte er Lea auf dem Weg zu der schon recht vermodert aussehenden Hütte, und sie verstand ihn wider Erwarten sofort. Drinnen sah es allerdings kein bisschen besser aus, im Gegenteil. Überall hingen Spinnweben von der Decke herab, und an der Wand saß eine riesige Spinne, vor der es sogar Lea grauste, obwohl sie keineswegs empfindlich war.

Kaum hatten sie die Tür hinter sich geschlossen, ließen sich die beiden auf das alte Sofa fallen, wobei ihnen eine mächtige Staubwolke entgegenkam.

»Meine Fresse, was für ein Loch«, maulte Lea. »Gab es wirklich nichts Besseres?«

»Hätte die Prinzessin vielleicht lieber ein Schloss?«, sagte Heidmann grinsend. »Besser als im Knast ist es hier allemal. Oder was meinst du?«

»Schon, aber Mallorca ist es auch nicht.«

»Na, dann zeig mir mal, was du uns Schönes zu essen

besorgt hast«, sagte er, um einzulenken, und traute seinen Augen kaum, als sie ihren Rucksack leerte. Da kamen fünf Packungen Gummibärchen, drei Tafeln Schokolade, aber nur eine Flasche Wasser zum Vorschein.

»Ach nee«, sagte Heidmann verblüfft, »ist das der Nachtisch?«

»Warum furzt du mich dauernd an, was willst du denn?«

»Satt werden, sonst nichts.«

Lea holte noch abgepacktes Brot, zwei Dosen Wurst und eine Flasche Sekt aus dem Rucksack. »Damit können wir auf unsere Flucht anstoßen«, meinte sie.

»Soll das ein Witz sein?«, rief Heidmann außer sich vor Wut, und daran konnte noch nicht einmal die nette Idee mit dem Sekt etwas ändern. »Wie willst du denn die Dosen öffnen?«

»Äh … mit einem Dosenöffner?«

»Und wo ist hier einer!?«

»Wenn wir nach Mallorca kommen, brauchen wir das alles nicht mehr«, sagte Lea leichthin.

Mit deinem Spatzenhirn schaffen wir das nie, dachte Heidmann, aber laut sagte er: »Bis wir so weit sind, muss erst einmal Gras über die Sache wachsen, sonst haben sie uns bereits an der Grenze einkassiert.«


Manfred Schuchheim war alles andere als begeistert, dass Claus noch einmal in Heidmanns Wohnung wollte, um dessen wenige Hinterlassenschaften erneut zu durchsuchen. Das hatten die Kollegen schließlich längst erledigt. Aber Claus hatte das Gefühl, selbst noch einmal nachsehen zu müssen.

Schuchheim versprach sich viel mehr davon, diese Miriam Anders zu verhören. Sie war bereit auszusagen und hatte umfassende Kooperationsbereitschaft signalisiert.

Auch Natascha Krug wollte er in die Zange zu nehmen. Immerhin wollten die Ärzte noch an diesem Nachmittag Bescheid geben, wann eine erste Befragung stattfinden konnte.

»Wenn wir wenigstens diese Natascha schon hätten ausquetschen können«, sagte Schuchheim, »aber der Doc hat was von latenter Suizidgefahr gesagt. Sie müsse sich erst stabilisieren. Na, meinetwegen. Mergentheimer, lassen Sie doch den alten Krempel in Heidmanns Wohnung in Ruhe, dabei kommt doch ohnehin nichts raus.«

Aber Claus Mergentheimer ließ ihn einfach stehen und verließ das Büro.

Er fuhr auf dem schnellsten Weg nach Eddersheim, und als er die Wohnung betrat, war er erst einmal enttäuscht. Außer einigen Teilen der Küchenzeile, zwei Stühlen, einem Tisch und dem Bett hatte Heidmann wirklich alles verkauft, was nicht niet- und nagelfest war. Ganz so wie es die Beamten in ihrem Bericht geschrieben hatten. Dann fiel sein Blick auf einen Stapel alter Zeitungen in der Ecke. Er hob sie auf den Tisch, setzte sich hin und begann darin zu blättern. Aber er fand nicht den geringsten Hinweis darauf, wo dieser Verbrecher sich aufhalten könnte.

»Was hätte ich hier schon groß finden können?«, murmelte er und wollte die Zeitungen schon wieder zusammenräumen, als er stutzte. Irgendetwas war ihm aufgefallen, nur wusste er noch nicht was. Erneut begann er alles durchzublättern, und nach weiteren zehn Minuten wusste er, was es war. Es waren die unterschiedlichsten Zeitschriften, die vor ihm lagen, aber alle hatten eines gemeinsam. In jeder stand ein Artikel über deutsche Auswanderer, die allesamt nach Nordafrika ausgewandert waren und dort einen Neuanfang gewagt hatten.

Da hatte Peter, das alte Schlitzohr, mal wieder den richtigen Riecher gehabt. Heidmann wollte nicht nach Übersee, sondern nach Nordafrika. Und das ließ sich von Köln aus, wo Heidmann bestimmt noch über so manchen Kumpel verfügte, viel besser bewerkstelligen.

Peter, wie machst du das bloß?, dachte er. Egal, Hauptsache ist, es kommt Licht ins Dunkel. Nun wird es Zeit, dass wir uns mit den Kölner Kollegen kurzschließen.

Eine Stunde später saß Claus wieder an seinem Schreibtisch und legte den Hörer auf die Gabel. Das Gespräch mit den Kölner Kollegen war nicht ganz nach seinen Wünschen verlaufen. Erst nachdem man ihn gefühlte zwanzig Mal weiterverbunden hatte, war er schließlich beim zuständigen Beamten gelandet.

Dieser hatte ihm dann bestätigt, dass sie über die Fahndung nach Heidmann informiert worden waren, und ihm zwar höflich, aber etwas von oben herab zu verstehen gegeben, dass man ein Auftauchen Heidmanns in Köln für unwahrscheinlich halte. Dazu sei er in der Domstadt noch immer viel zu bekannt.

Claus beendete das Gespräch und dachte: Wenn du dich da mal nicht täuschst. Heidmann ist verdammt gerissen. Er hat das Zeug dazu, mit euch Katz und Maus zu spielen. Und wer da die Katze ist, steht beileibe nicht fest.

Gerade als er erneut zum Hörer greifen wollte, klingelte das Telefon. Es war der zuständige Chefarzt im Hofheimer Kreiskrankenhaus, der ihm mitteilte, dass die Untersuchung von Miriam Anders abgeschlossen sei und es gegen eine kurze Vernehmung nun keine Einwände mehr gebe. Auch seelisch mache sie einen recht stabilen Eindruck, was man von Natascha Krug leider nicht behaupten könne. Bei ihr könne er einer Vernehmung zum gegenwärtigen Zeitpunkt nicht zustimmen.

»Danke, Herr Doktor«, sagte Claus, »ich werde zusammen mit einer Kollegin in einer Stunde bei Ihnen sein.«

»Langsam, Herr Mergentheimer. Wir müssen das Mädchen erst einmal aus der Intensivstation in die normale Station verlegen. Bitte lassen Sie uns etwas Zeit.«

Miriam Anders, die den heftigen Schlag erstaunlich gut überstanden hatte, saß im Hofheimer Krankenhaus mit bandagiertem Kopf, aber aufrecht im Bett und sprach mit ihren Eltern, als die beiden Beamten hereinkamen.

Claus stellte seine Kollegin Barbara Seeger und sich selbst vor, dann erklärte er, dass er am Abend des Überfalls vor Ort gewesen war.

»Frau Anders, wie geht es Ihnen?«, fragte Barbara Seeger.

»Mein Kopf brummt noch etwas, aber sonst schon wesentlich besser. Sagen Sie bitte nicht Frau Anders zu mir, Miriam und du, das genügt vollkommen.«

»Bist du in der Lage, uns einige Fragen zu beantworten?«, stieg Claus ins Gespräch ein, bot dem Mädchen dann aber an, mit seiner Kollegin allein zu reden. Von Frau zu Frau spreche es sich sicher leichter.

Joachim und Karin Anders sahen erstaunt zu dem Polizeibeamten hinüber, von dem sie so viel Feingefühl nicht erwartet hätten.

Als Claus Mergentheimer aufstehen wollte, sagte Miriam schnell und kurzentschlossen: »Nein, bitte bleiben Sie hier. Mutti und Papa bitte auch, denn ich möchte jetzt alles loswerden. Auch wenn es mir unsagbar schwerfällt, will ich doch Tabula rasa machen. Solange ich mich noch traue. Wären Natascha und ich doch bloß nicht so feige gewesen und ausgestiegen, als noch Zeit dafür war!«, klagte das Mädchen sich selbst an. »Vielleicht wäre alles ganz anders gekommen.«

»Aber Kind!«, rief ihre Mutter voller Mitgefühl aus. »Du hättest jederzeit mit uns reden können. Du weißt doch, dass Papa und ich immer für dich da sind.«

»Ach, Mutti«, seufzte Miriam. Tränen liefen ihr über die Wangen, als sie ihrer Mutter um den Hals fiel, und die beiden Polizisten konnten miterleben, wie aus der jungen, fast schon erwachsenen Frau in Sekundenbruchteilen ein kleines, verzweifeltes Mädchen wurde, das sich in die tröstenden Arme der Mutter flüchtete.

Ob das hier noch was wird?, dachte an diesem Spätnachmittag Lea Stoltze resignierend und ließ ihre Blicke durch die Bretterbude schweifen. Sie hatte genug von dieser Einöde, obwohl sie erst wenige Stunden in ihrem neuen Quartier verbracht hatten.

»Michael, warum hast du mich in dieses Drecksloch geschleppt? Das hält doch keine Sau aus!«

»Kannst du nicht einfach mal dein dummes Maul halten!«, schrie Michael Heidmann, der sich sonst eigentlich immer in der Gewalt hatte. »Du bist noch zu blöde, etwas Gescheites zu Essen zu kaufen. Könntest du nicht ausnahmsweise etwas Vernünftiges tun oder von dir geben?«

»Mach's doch besser, du Vollidiot!«, giftete Lea zurück, und Michael sagte: »Wenn ich das nicht die ganze Zeit getan hätte, wären wir noch nicht hier.«

»Oh, verdammte Scheiße«, fluchte Lea, »mir ist da was eingefallen.«

»Zur Abwechslung mal was Kluges? Das wäre eine reife Leistung.«

»Du hast doch heute Morgen etwas von falschen Pässen gesagt. Wo bekommen wir die eigentlich her? Ich hab noch nicht mal meinen richtigen dabei.«

»Deshalb dauert das Ganze ja auch etwas länger«, log Heidmann dreist.

»Aber du nimmst mich doch mit, oder?«

»Klar doch, zweifelst du etwa daran?«

»Ehrlich gesagt, ja. Müssen wir noch lange hier rumsitzen?«

»Leider wird sich das nicht vermeiden lassen. Aber das hast du verbockt! Wenn du wenigstens was Ordentliches zum Essen besorgt hättest ...«

»Wie oft willst du mir das noch vorwerfen? Woher soll ich denn wissen, was du planst?«

»Dann mach endlich mal einen Vorschlag, wie wir weiter vorgehen sollen. Streng deine grauen Zellen an, sofern du überhaupt welche hast.«

Im Krankenzimmer von Miriam Anders hätte man in diesem Moment eine Stecknadel fallen hören können. Aus ihr war soeben alles wirr durcheinander herausgesprudelt, was Natascha und sie zusammen mit der Clique um Lea Stoltze angestellt und mit welch strenger Hand Lea dabei Regie geführt hatte.

Die beiden Beamten hatten sich dafür entschieden, das Mädchen einfach reden zu lassen, um ihr danach gezielte Fragen zu stellen.

»Du meine Güte, Miriam«, rief ihre Mutter entsetzt aus. »Wo seid ihr beide da nur hineingeraten?«

»Das haben Natascha und ich uns in der letzten Zeit andauernd gefragt. Wir wollten eigentlich schon seit Längerem raus aus der Gruppe. Wir wussten nur nicht, wie wir das Lea begreiflich machen sollten. Sie kann so was von brutal werden, wenn man nicht macht, was sie sagt. Mutti, Papa, ihr müsst mir glauben, wenn ich sage, wir wollten zu keiner Zeit, dass irgendjemandem etwas angetan wird. Das ging alles von Lea aus, und vielleicht noch von ihrer treuesten Gehilfin Maren Peters.«

»Wir glauben dir ja«, beruhigte Joachim Anders seine Tochter, »aber auch die Polizei muss dir glauben.«

»Nicht nur die«, sagte nun Claus, »vor allem wird es wohl der Richter müssen.«

»Richter?«, fragte Miriam erschrocken und riss die Augen weit auf.

»Natürlich«, sagte Barbara Seeger so ruhig wie möglich, »denn dass du nicht ohne Prozess aus der Sache herauskommst, wird dir doch hoffentlich klar sein.«

Noch bevor das Mädchen etwas antworten konnte, sagte ihr Vater: »Schon klar, Sie haben recht. Alles andere wäre wirklich blauäugig. Wir können Ihnen aber in der Hoffnung auf Milde im Prozess unsere vollste Kooperationsbereitschaft anbieten; das stimmt doch, Miriam, oder?«

»Ja, ja, klar. Ich werde alles sagen, was ich weiß. Auch wenn es mir vielleicht nicht sofort wieder einfällt.«

»Deine Eltern oder auch du könnt uns jederzeit anrufen.«

»Wie und warum bist du eigentlich an diese Gang geraten?«, fragte Claus Mergentheimer.

»Das hat mit unserer Schule zu tun. Genau wie bei Natascha.«

»Damit stellt sich für uns folgende Frage: Wie kommt es eigentlich, dass ihr beide in Hofheim zur Schule geht, obwohl ihr in Hattersheim lebt?«

»Das kann ich Ihnen erklären«, sagte Joachim Anders. »Wir haben bis vor zwei Jahren in Hofheim gelebt, bevor wir die Eigentumswohnung in Hattersheim kauften – in dem Haus, wo auch die Krugs leben, mit denen wir jahrelang befreundet sind. Wir wollten nicht, dass unsere Tochter aus ihrem gewohnten Schulumfeld gerissen wird, und so haben wir das beim Alten belassen. Und da Miriam und Natascha schon seit frühester Kindheit befreundet sind, hatten Nataschas Eltern schon vor einigen Jahren gegen alle Widerstände durchgesetzt, dass Natascha in Hofheim in die gleiche Klasse gehen konnte wie Miriam. So konnten die Kinder sich, als wir noch in Hofheim wohnten, täglich ohne große Probleme sehen.«

»Ja, und das war auch spitze, bis vor einem knappen Jahr das Klima an unserer Schule plötzlich schlechter wurde«, sagte Miriam.

»Kind, warum hast du davon nie etwas gesagt?«

»Ach, Mutti, ihr habt das alles so schön für uns arrangiert. Wir wollten nicht undankbar erscheinen. Und nicht für ein Schuljahr alles noch einmal umkrempeln.«

»Warum wurde das Klima an der Schule denn schlechter?«

»Durch die Zusammenlegung mit der Lessing-Schule kamen ein paar neue Schüler zu uns, die alle anderen terrorisierten. Wer Glück hatte, wurde nur angepöbelt, aber viele wurden auch bestohlen und erpresst. Es wurde immer schlimmer, und wer sich nicht selbst verteidigen konnte oder einen starken Freund hatte, war tagtäglich Belästigungen ausgesetzt.«

»Aber wie kamt ihr denn nun an diese Clique?«

»Über Maren Peters. Sie kommt ursprünglich aus Hattersheim und ist mit ihrer Mutter nach deren Scheidung nach Hofheim gezogen. Maren Peters wiederum ist die beste Freundin von Lea Stoltze. Als wir erfuhren, dass Maren in einer Clique ist und diese Clique die Rüpel schon mal ziemlich heftig aufgemischt hatte, wollten wir auch dazugehören. Allerdings dauerte es eine ganze Weile, bis wir die anderen Gangmitglieder kennenlernten. Julia Brandt war das und Laura Pohl, die übrigens Marens Cousine ist. Dann ging es plötzlich ganz schnell. Wir mussten als Mutprobe jeder zwei T-Shirts klauen, von denen wir eines an Lea abtreten mussten, und da sie mit unserer Auswahl einverstanden war, hatten wir den Test bestanden und waren aufgenommen.«

»In welchem Geschäft denn? Der Supermarkt in Hattersheim hat doch gar keine Kleidung. Und überhaupt, habt ihr euch nicht gewundert, dass ein Diebstahl eure Aufnahmeprüfung sein sollte?«

»Doch, aber wir wollten den Schutz der Gruppe um jeden Preis. Die Klamotten haben wir dann im Kaufhaus in Kelkheim geklaut, weil es uns dort am leichtesten erschien.«

»Wie, dort habt ihr auch geklaut?«, fragte Barbara Seeger.

»Leider, und nicht nur dort. Die Kolonnaden in Flörsheim oder das Main-Taunus-Zentrum gehörten auch zu unseren bevorzugten Gebieten. Heute ist mir klar, dass wir da ziemliche Scheiße gebaut haben.«

»Hinter eurer Clique standen auch noch Leas Freund und ein weiterer …«, begann Claus, aber Miriam unterbrach ihn sofort: »Dazu kann ich Ihnen leider gar nichts sagen. Lea hat sehr darauf geachtet, dass wir zu denen keinen Kontakt hatten. Selbst ihren Freund haben wir nicht öfter als drei oder vier Mal zu Gesicht bekommen.«

»Okay, gehörte sonst noch jemand zu eurer Gruppe?«

»Ja, Nadine. Sie war noch nicht lange dabei, und als sie merkte, wie der Hase läuft, wollte sie wieder aussteigen. Das hat sie mit dem Leben bezahlt.«

Claus war überrascht, wie direkt Miriam auf den Vorfall in der Therme zu sprechen kam. Barbara hakte sofort nach: »Kannst du was dazu sagen, wie das mit Nadine passiert ist?«

»J… ja«, stotterte Miriam und sah ihre Mutter hilfesuchend an.

»Wenn du etwas weißt, dann musst du jetzt reinen Tisch machen«, sagte Karin Anders und fuhr ihrer Tochter aufmunternd durchs Haar.

»Natascha weiß auch darüber Bescheid. Wie geht es ihr eigentlich, und was geschieht mit ihr?«

»Dazu kommen wir dann; das ist versprochen. Aber erzähle uns erst, was du zu der Sache in der Therme sagen kannst«, sagte Barbara Seeger mit einer Engelsgeduld, um die Claus Mergentheimer seine Kollegin beneidete.

»Ja, an dem Tag äh …, als es geschah, hat sich die Clique in den Whirlpools der Grotte getroffen, und Lea hat uns erklärt, was sie in der Zukunft so alles plant. Dabei lief es mir im warmen Wasser eiskalt den Rücken hinunter. Nicht nur Natascha und mir war sofort klar, dass wir, so schnell es geht, aussteigen müssen. Auch Nadine machte unmissverständlich klar, was sie von Leas Plänen hielt. Als Lea nicht sehr stark darauf reagierte und uns allen nur ein Zeichen gab, dass wir ins große Schwimmbecken wechseln sollten, waren wir erst mal erleichtert. Aber nur, weil wir nicht wussten, was dort geschehen würde. Als Nadine dort erneut die Stirn bewies, Lea mitzuteilen, dass sie bei solchen Sachen nicht mitmachen und aussteigen wolle, wurde Lea echt sauer. Sie hat ein Gesicht gemacht, so was hab ich an ihr vorher noch nie gesehen. Dann sagte sie zu Laura und Julia, dass sie den Bademeister ablenken sollten. Maren tauchte in der Zwischenzeit Nadine unter, sodass sie das nicht hören konnte. Als sie wieder an die Wasseroberfläche kam, nahmen Lea und Maren sie einfach in ihre Mitte. Das ging so schnell, dass Nadine kaum zum Durchatmen kam. Lea fragte sie, ob sie immer noch aussteigen wolle, und Maren zog sie so fest an den Haaren, dass Nadine zu weinen begann. Trotzdem nickte sie mit dem Kopf und wurde dafür erneut unter Wasser gedrückt. Natascha und ich standen fassungslos daneben, und Lea sagte grimmig: ›Seht gut zu, dann wisst ihr gleich, was mit Verrätern geschieht.‹«

»Meinst du, dass Lea die Absicht hatte, sie zu töten?«, fragte Claus.

»Das kann ich nicht sagen«, antwortete Miriam, und der Kommissar hakte nach: »Warum habt ihr dem Mädchen denn nicht geholfen?«

»Das wollten wir, aber ich konnte nicht einmal Blickkontakt zu einem anderen Badegast aufnehmen, da hatte ich schon einen Faustschlag in den Magen kassiert, der mir augenblicklich die Luft nahm. Natascha muss es ähnlich ergangen sein, denn auch sie krümmte sich vor Schmerzen. Wir waren dann so sehr mit uns selbst beschäftigt, dass wir nicht mehr mitbekamen, was geschah. Nur dass Nadine sich plötzlich nicht mehr wehrte, haben wir mitbekommen. Maren und Lea haben sie dann gepackt und aus dem Becken gebracht und waren nicht einmal zwei Minuten später wieder zurück. Die einzige Erklärung, die wir bekamen, war, dass es Nadine schlecht geworden sei.«

»Und ihr habt nicht nachgesehen, ob das stimmt?«, fragte Barbara Seeger.

»Das wollten wir, aber Lea und ihre drei Gehilfen umringten uns, und Lea sagte: ›So, für heute reicht es; wir verlassen das Bad.‹ Ihre Stimme klang so, dass man wusste: Widerstand ist zwecklos.«

»Was geschieht denn jetzt mit unserer Tochter?«, fragte Joachim Anders.

»Wir werden ein Protokoll von der Vernehmung fertigen, das an die Staatsanwaltschaft weitergeleitet wird. Dort wird dann entschieden, ob und welche Anklage gegen Ihre Tochter erhoben wird.«

»Darf ich noch was zu dem Überfall auf den Geldboten sagen?«, fragte Miriam, und Claus antwortete: »Wir bitten sogar darum.«

»Natascha, ich und die anderen Mofa-Fahrerinnen sind erst dazugestoßen, als der Geldbote bereits entführt war. Das sollten wir ursprünglich gar nicht mitbekommen. Nur zwei oder drei sollten das Geld übernehmen, und der Rest sollte die Polizei ablenken und sich dabei nicht erwischen lassen. Wir kamen gerade am Treffpunkt an, als Heidmann den Geldboten eiskalt niederschoss. Mir zittern heute noch vor Angst die Knie. Ich habe genau gesehen, dass der Mann Michael die Sturmhaube vom Kopf ziehen wollte. Lea stand ganz ungerührt daneben, aber ich hab sofort zu ihr gesagt, dass uns das zu weit geht und dass Natascha und ich ab sofort nicht mehr mitmachen. Da hat Lea sich zu mir umgedreht, mich böse angesehen und mir irgendwas über den Kopf gezogen. Es tat höllisch weh, dann wurde mir schwarz vor Augen.«

»Armes Kind«, sagte Karin Anders entsetzt, und ihr Mann wandte sich an seine Tochter: »Hast du jetzt alles gesagt, Miriam?«

»Fast. Es gab noch einen Überfall auf eine Radlerin. Das geht auf das Konto von Lea, Maren und Julia. Lea hat sich ständig damit gebrüstet, wie schlimm sie die Frau zugerichtet haben.«

»Meinst du den Raubüberfall vor etwa zwei Wochen in Hattersheim?«, fragte Claus.

»Ja, genau.«

Plötzlich heulte Miriam Anders laut auf und schluchzte: »Ich habe so viel Mist gebaut; jetzt bekomme ich die Quittung dafür«, und Claus, der mit einem Mal so etwas wie Mitgefühl empfand, sagte: »Kopf hoch, so schlimm wird's schon nicht werden. Du hast uns auf jeden Fall geholfen, Licht ins Dunkel zu bringen.«

»Und was ist mit Natascha?«

»Deiner Freundin geht es so weit gut. Außer einem heftigen Schnupfen ist sie unverletzt. Körperlich jedenfalls. Seelisch scheint sie das Ganze sehr mitgenommen zu haben.«

»Barbara, das hast du gut gemacht«, sagte Claus Mergentheimer zu seiner Kollegin, als sie das Klinikgebäude verließen. »Ich werde dem Chef gegenüber lobend erwähnen, wie einfühlsam du mit dem Mädchen umgegangen bist.«

»Danke, aber ...«

»Kein Aber, das war spitze. Ich hätte vermutlich nur die Hälfte erfahren.«

Gerade als Claus die Fahrertür zu ihrem Dienstwagen öffnete, parkte auf dem übernächsten Parkplatz der silberfarbene Audi von Detlef und Valerie Krug ein. Der Kommissar wartete einen Moment, bis die beiden ausgestiegen waren, dann ging er zu ihnen hinüber.

»Guten Tag, Herr Krug, wie geht es denn Ihrer Tochter?«

»Wir freuen uns, dass Natascha übermorgen wieder nach Hause darf. Der Arzt meint, eine Suizidgefahr liegt nicht mehr vor.«

»Das freut mich für Sie, und ich will Ihre Freude auch nicht trüben. Aber auf Ihre Tochter wird noch Ärger zukommen. Miriams Eltern sind auch gerade in der Klinik, und Miriam hat gerade ausgesagt. Dabei sind Dinge zutage getreten, die Sie sich am besten vom Ehepaar Anders erläutern lassen …«

Bereits wenige Minuten später saßen Claus Mergentheimer und Barbara Seeger ihrem Vorgesetzten Manfred Schuchheim gegenüber und erstatteten ihm Bericht.

»Das sind endlich mal gute Nachrichten«, freute sich der Kriminalrat. »Nur zwei Stunden Vernehmung und so viel Licht im Dunkel, alle Achtung, Herr Mergentheimer. Ich weiß, dass Sie mit Abstand der beste Mann hier sind. Eigentlich wären Sie an der Reihe, zum Kriminalrat befördert zu werden. Aber man hat, auch für mich selbst unverständlich, mich aus Limburg hierhergeholt. Nicht, dass ich das nicht gern angenommen habe, aber seit ich Sie kenne, denke ich, da ist irgendetwas gewaltig schiefgelaufen. Deshalb können Sie sicher sein: Wenn ich in einigen Jahren in den Ruhestand gehe, werde ich Sie denen da oben wärmstens als meinen Nachfolger ans Herz legen.«

Oh nein, nicht schon wieder diese Leier, dachte Claus und sagte schnell: »Darf ich Sie korrigieren? Das Lob gebührt nicht mir. Meine Kollegin Frau Seeger hat erkannt, dass Miriam Anders gern auspacken würde, und sie mit viel Fingerspitzengefühl und Einfühlungsvermögen zum Reden gebracht.«

Der Kriminalrat sah die junge Beamtin bewundernd an und sagte: »Tolle Leistung, Frau Kollegin.«

»Danke«, sagte sie und errötete leicht.

Claus warf Schuchheim einen schnellen Blick zu und schmunzelte in sich hinein, denn er ahnte, dass es nun für seine Kollegin endlich aufwärtsgehen würde. Sie war unter Schuchheims Vorgänger hier an die Polizeiwache gekommen und von diesem regelrecht gemobbt worden. Auch hatte Bäumler einige Kollegen angestiftet, es ihm gleichzutun, und erst als Claus ein Machtwort gesprochen hatte, war wenigstens das besser geworden.

»Dann machen Sie mal weiter so«, sagte Schuchheim zu Barbara, »und es würde mich nicht wundern, wenn auch bei Ihnen die längst fällige Beförderung nicht mehr allzu lange auf sich warten ließe.«

»Gerne. Wenn Sie mich jetzt wieder an meine Arbeit gehen lassen«, antwortete sie und verließ Schuchheims Büro.

»Mergentheimer, die Frau hat das Zeug dazu, hier mehr zu erreichen. Und Sie haben mir bewiesen, dass Sie was von Menschenführung verstehen.«

»Ich, wieso?«

»Weil Sie Frau Seegers Talent für diesen Beruf erkannt und sie von vornherein gegen alle Widerstände gefördert haben. Das macht Sie, auch wenn Sie es mit den Vorschriften nicht immer gar so genau nehmen, zum idealen Nachfolger auf meinem Posten.«

Jetzt aber nichts wie weg hier, dachte Claus. Er verabschiedete sich unter dem nicht einmal gelogenen Vorwand, noch viel Arbeit zu haben, von seinem Vorgesetzten und ging ins Großraumbüro zurück.

Als er an seinen Schreibtisch kam, staunte er nicht schlecht, als er dort das bereits fertig getippte Protokoll der Vernehmung von Miriam Anders vorfand.

»Barbara, wie hast du das gemacht?«, fragte er, und die Angesprochene sagte lachend: » Ganz einfach, Buchstabe für Buchstabe.«

»Ich habe gar nicht gewusst, dass du lachen kannst.«

»Bis jetzt hatte ich dafür auch kaum Gelegenheit und keinen Grund.«

»Nimmst du jetzt endlich meinen Vorschlag an?«, fragte Lea ihren Freund im ersten Morgengrauen, der aber nur ein griesgrämiges Gesicht machte und schwieg. »Wann ist mein neuer Pass denn nun endlich fertig?«

»Übermorgen Nachmittag«, log er und hoffte, Lea bis dahin möglichst elegant losgeworden zu sein.

Für einen kurzen Moment, nachdem sie sich auf dem alten Sofa leidenschaftlich geliebt hatten, war er versucht gewesen, sie tatsächlich mitzunehmen, aber schon kurz darauf wurden seine Nerven erneut auf eine harte Probe gestellt. Es reichte ihm nun wirklich mit der ständig quengelnden und nörgelnden Göre hier die Hütte zu teilen.

»Okay«, stimmte er deshalb zu. »Fahren wir zu dir nach Hause.«

Er war sich des Risikos bewusst, das er damit einging, denn es wurde schließlich seit dreieinhalb Tagen nach ihnen gefahndet. Aber er schob auch einen gewaltigen Kohldampf. Wenn sie einige Vorsichtsmaßnahmen beachteten, konnte es gutgehen. Mittlerweile, so hoffte er, würde das Haus von Leas Mutter nicht mehr ständig unter Beobachtung stehen.

»Ist deine Mutter wirklich nicht zu Hause?«

»Nein, denn sie ist bei der Arbeit. Außerdem ist heute Donnerstag, da ist der Kühlschrank voll und die Haushaltskasse auch.«

»Das ist gut. Aber pack diesmal wirklich genügend ein.«

»Ich bin doch kein Baby mehr!«

»Zuerst brauchen wir ein neues Auto«, sagte Michael, während Lea, die am Steuer saß, den Wagen über den holprigen Feldweg lenkte.

»Das ist wie bei Bonnie und Clyde«, sagte sie grinsend, und Michael Heidmann staunte nicht schlecht, dass sie den

Film kannte. Aber er dachte nur: Hoffentlich nicht. Bei denen ist das gewaltig schiefgegangen.

Bis zum Ortsrand von Bad Schwalbach fuhren sie nur über Wald- und Feldwege, dann ließen sie das Auto weit außerhalb der Bebauungsgrenze fast unsichtbar im dichten Unterholz stehen. Sie gingen zu Fuß bis zu einem Parkplatz in der Stadtmitte und stahlen dort einen alten, verbeulten Fiat Uno.

## 11.

»Eine dauerhafte Bewachung von Lea Stoltzes Elternhaus ist, glaube ich, nicht mehr vonnöten«, sagte Kriminalrat Manfred Schuchheim bei der morgendlichen Besprechung in seinem Büro zu Claus Mergentheimer. »Es sieht nicht so aus, als ob sie noch einmal zurückkommt. Anscheinend hat dieser Heidmann sie doch mitgenommen, was ich eigentlich nicht erwartet habe. Ich vermute, dass sie in Richtung Norden geflohen sind, um auf einem Frachter zweifelhafter Herkunft anzuheuern. Ich habe mir erlaubt, selbst etwas zu recherchieren, und bin dabei auf Heidmanns letzte Dienststelle bei der Küstenwache in Schleswig-Holstein gestoßen. Er versah dort vorwiegend Innendienst. Als er dort Informationen an zwielichtige Personen verkaufte, verlor er seine Stellung als Polizeibeamter und arbeitete fortan als Hausdetektiv im Rhein-Main-Gebiet. Deshalb habe ich auch schon Kontakt zu LKA und BKA sowie Interpol aufgenommen, und dort ist man ähnlicher Meinung wie ich. Die haben meinen Vorschlag sofort aufgegriffen und nicht nur die Flughäfen, sondern sämtliche Seehäfen an Nordsee-, Ostsee- und Atlantikküste informiert.«

Donnerwetter, dachte Claus. Schuchheim ist wirklich ein anderes Kaliber als Bäumler. Dem wäre es im Traum nicht eingefallen, selbst zu recherchieren. Dennoch kam Claus nicht umhin, Schuchheim zu sagen, dass er seiner Meinung nach nicht ganz richtig lag.

»Herr Schuchheim, auf die Gefahr hin, dass ich mich bei Ihnen unbeliebt mache, möchte ich Ihnen widersprechen.«

»Wieso? Ist meine Theorie denn so schlecht?«

»Nein, keineswegs. Zunächst hatte auch ich eine Flucht auf dem Seeweg vermutet.«

»Jetzt nicht mehr?«

»Nein. Ich hatte Ihnen doch erzählt, dass ich noch einmal in Heidmanns Wohnung war. Was ich Ihnen nicht gesagt habe, ist, dass ich Material über deutsche Auswanderer in Nordafrika gefunden habe.«

»Aber das stützt doch meine Theorie, oder nicht?«

»Erst einmal schon. Allerdings habe ich durch Herrn Stettner weitere Details aus Heidmanns Leben recherchieren lassen.«

Als Schuchheim den Namen Stettner hörte, verzog er das Gesicht zu einer Grimasse. Aber er fragte dennoch: »Was hat sich dabei ergeben?«

»Heidmann wurde, knapp zwei Jahre bevor er bei der Küstenwache rausflog, von Köln dorthin versetzt und …«

»Ja, ja, ich weiß. Das war ein interner Vorgang. Nichts Spektakuläres.«

»Das war die offizielle Version.«

»Was heißt offiziell, gibt es vielleicht noch mehr?«

»Allerdings. Es gab damals ein internes Papier, laut dem ein ganz starker Verdacht bestehe, dass Michael Heidmann ein Maulwurf sei, der verschiedene Ganoven aus Kölns Unterwelt mit Infos über Razzien und Ähnliches füttere. Leider war er zu gerissen, als dass man ihm etwas nachweisen konnte. Da hat man ihn vorsichtshalber versetzt.«

»Verdammt noch mal, wo bekommt dieser Stettner solche Informationen her?«

»Das wollen Sie gar nicht wissen; ich übrigens auch nicht.«

»Gut und schön, aber was bringt uns dieses Wissen?«

»In Verbindung mit den Nordafrika-Prospekten drängt sich mir der Verdacht auf, dass auch der Landweg für Heidmann infrage kommt.«

»Da ist was dran«, sagte Schuchheim und kratzte sich nachdenklich am Kinn, bevor er weitersprach: »Wollen Sie auf dem kleinen Dienstweg mit den Kollegen in Köln reden, oder soll ich mit den hohen Herren ganz offiziell …«

»Wenn Sie das machen, ist es mir lieber«, sagte Claus Mergentheimer und wollte nun ganz genau wissen, wie sein Chef dachte. »Herr Schuchheim, was meinen Sie, nimmt er Lea mit ins Ausland?«

»Das glaube ich kaum. Dazu ist er, wie er bereits bewiesen hat, zu gerissen. Er wird sie bei sich behalten, solange sie ihm nützlich sein kann. Damit sie zum Beispiel für ihn einkaufen geht, während er im Versteck bleibt. Dass er sich auf ihre Loyalität zu einhundert Prozent verlassen kann, hat die junge Frau bereits mit äußerster Brutalität bewiesen.«

Genau so sehe ich das auch, dachte Claus und entschloss sich deshalb, die Anweisung seines Vorgesetzten sofort umzusetzen, auch wenn er selbst die Überwachung des Hauses an der Ecke Weingartenstraße und Dürerstraße gern bis zum Abend aufrechterhalten hätte.

So ging er um zehn Uhr morgens ins Büro zurück und funkte Kommissar Franz Leitner an, dass die beiden Wagen mit den fünf Polizisten an Bord zum Revier zurückkehren sollten.

Nicht einmal zwei Stunden später stellte Heidmann den Fiat in der Schulstraße in Hattersheim ab. Sie hatten das Haus von Frau Stoltze weiträumig umrundet, und erst als Heidmann sicher war, keine Polizeiposten übersehen zu haben, war er zufrieden. Dennoch pirschten sie sich mit äußerster Vorsicht heran.

Während er im nahen Gebüsch versteckt wartete, schloss Lea die Haustür auf und trat ein. Unwillkürlich blieb sie stehen und musste an ihren Vater, einen wohlhabenden Unternehmer, denken, der sich mit seiner neuen Flamme aus dem Staub gemacht hatte. Dass er ihnen kurz darauf dieses Haus unentgeltlich zur Verfügung gestellt hatte, machte die Sache in ihren Augen kein bisschen besser. Ihr Lebensstandard war trotzdem gewaltig gesunken. Damals hatte Leas Leben begonnen aus dem Ruder zu laufen. Im Gegensatz zu ihrer Mutter, die die Herausforderung des Schicksals annahm und ihre Tochter und sich mit allerlei Jobs durchzubringen versuchte, entwickelte Lea einen regelrechten Hass auf alle, denen es besser ging als ihr. Ihre Noten in der Schule wurden immer schlechter, und schließlich musste sie das Gymnasium nach dem zehnten Schuljahr und einer Ehrenrunde verlassen. Danach hatte sie es noch irgendwie geschafft, einen Ausbildungsplatz im Chemiewerk in Höchst zu bekommen, dann aber ihrem Vorgesetzten kurz vor der Zwischenprüfung ihre Lehrbücher buchstäblich vor die Füße geworfen. Danach hatte sie mit dem Klauen begonnen, die Gang gegründet und sich bald von niemandem mehr etwas sagen lassen …

Wie lange sie in Gedanken versunken im Flur gestanden hatte, konnte sie nicht sagen, aber als Heidmann hinter ihr auftauchte, fuhr sie erschrocken herum. Schnell entspannte sie sich wieder und sagte: »Die Luft ist rein.«

»Warum hast du mich nicht gerufen? Soll ich hier draußen entdeckt werden?«

Ohne auf Michaels Vorwurf einzugehen, sagte Lea: »Hinten die letzte Tür links ist mein Zimmer. Du kannst schon mal reingehen; warte da auf mich. Im Regal steht eine Blechdose, da sind noch siebenhundert Euro drin. Nimm die schon mal raus, damit wir auch wirklich nichts vergessen.«

Heidmann ging ins Zimmer, während Lea die Küche betrat. Sie riss sämtliche Schränke auf und stopfte in ihren geräumigen Rucksack hinein, was ihr in die Finger fiel. Konserven, Brot, Wurst, mehrere Flaschen Wasser sowie einen Dosenöffner und Besteck. Dieses Mal sollte Michael keinen Grund zum Klagen haben. Zu guter Letzt plünderte sie noch die Haushaltskasse ihrer Mutter, aber da hatte sie weniger Glück als erhofft. Es waren gerade einmal neunzig Euro darin.

Scheiße, die Alte war noch nicht auf der Bank gewesen, dachte sie, doch dann schmunzelte sie, murmelte: »Kleinvieh macht auch Mist«, und verließ die Küche.

Unterdessen hatte Heidmann sich umgesehen und befriedigt festgestellt, dass er, falls es nötig wurde, problemlos über die rückwärtige Terrasse verduften konnte.

Er nahm das Geld aus der Blechdose, die er sofort fand, und dachte: Typisch Lea. Die sechstausend Euro aus ihren Beutezügen nimmt sie mit, dieses Geld vergisst sie aber, obwohl es nicht mehr geplant war, noch einmal hierher zurückzukommen. Ein Grund mehr, sie so schnell wie möglich loszuwerden.

Er setzte sich aufs Bett und dachte darüber nach, wie er das anstellen konnte, und es dauerte gar nicht lange, bis ihm der rettende Gedanke kam. Er würde Lea am Abend betrunken machen, und während sie ihren Rausch ausschlief, hätte er genügend Zeit, spurlos zu verschwinden. Das brachte ihm schon mal eine ganze Menge Vorsprung.

Aber was könnte sie überhaupt gegen ihn unternehmen? Schließlich hatte er sie nie in seine wahren Pläne eingeweiht.

In diesem Augenblick kam Lea aus der Küche zurück und riss ihn, indem sie die Tür mit einem lauten Knall ins Schloss warf, aus seinen Gedanken. Dann legte sie den Rucksack neben Michael aufs Bett.

»Ich mache uns gerade noch was zu essen«, sagte sie und wollte das Zimmer schon wieder verlassen, als ihr Freund fragte: »Hat deine Mutter Wein im Haus?«

»Meistens schon.«

»Bring uns zwei Flaschen mit.«

»Wofür?«

»Wir haben heute Abend etwas zu feiern.«

»Was denn?«

»Unsere Verlobung.«


Der Knall, mit dem die Kinderzimmertür ins Schloss fiel, riss Gudrun Stoltze, die wegen rasender Kopfschmerzen an diesem Tag nicht zur Arbeit gegangen war, aus dem Schlaf. Seit ihr die Kripo am Dienstagnachmittag eröffnet hatte, dass ihre Tochter in einen Raubüberfall verwickelt war, bei dem es einen Toten gegeben hatte, war dieser quälende Schmerz immer stärker geworden. Aber da sie sich nicht gestattete, sich gehen zu lassen, dauerte es bis zum Donnerstag, ehe sie sich krankmeldete.

Obwohl sie sonst, wenn sie Medikamente genommen hatte, schlief wie eine Tote, war dieses Geräusch bis zu ihr durchgedrungen.

Sofort waren die quälenden Gedanken wieder da, die sich allesamt um ihre Tochter Lea drehten. Gudrun Stoltze war schon einige Monate lang klar, dass es nur noch eine Frage der Zeit war, bis ihre Tochter mit dem Gesetz in Konflikt geraten würde. Dennoch wartete sie gegen jede Vernunft darauf, dass Lea zurückkam und sagte: »Mutti, das war alles ein schrecklicher Irrtum.«

Was war denn das?, dachte sie nun, und ihr war augenblicklich klar, dass eine Tür im Erdgeschoss zugeschlagen worden war. Trotz ihrer erbärmlichen Schmerzen erkannte sie gleich, dass jemand im Haus sein musste, denn alle Fenster waren geschlossen, und es gab nirgends Zugluft.

Waren Einbrecher im Haus, oder war es am Ende Lea?

Sollte es wirklich ihre Tochter sein, die da durchs Haus polterte, dann würde sie nicht die Polizei rufen, wie es ihr der freundliche Kommissar, wie hieß er noch gleich, Leistner oder so ähnlich, aufgetragen hatte. Sie konnte doch nicht ihr eigenes Kind den Behörden ausliefern! Selbst wenn die Vorwürfe, die man ihr machte, berechtigt waren. Wirklich glauben konnte Gudrun Stoltze es noch immer nicht.

Sie schlich sich ans Kopfende der Treppe, wo man sie von unten nicht sehen konnte, und lauschte. Nun war wieder alles still.

Sie wollte gerade wieder ins Schlafzimmer zurückgehen, als sie ihre Tochter aus der Küche rufen hörte: »Was willst du trinken, Wasser oder Cola?«

Im nächsten Moment ging die Tür von Leas Zimmer auf, und ein Mann, der bestimmt zwanzig Jahre älter war als ihre Tochter und der mit seinem kahlen Schädel alles andere als vertrauenerweckend aussah, trat heraus. Erst mit einiger Verspätung wurde ihr klar, dass dies der Mann vom Fahndungsfoto war, das ihr die Beamten gezeigt hatten. Dort hatte er allerdings noch volles dunkles Haar gehabt.

»Wasser? Du hast sie wohl nicht alle. Bring mir lieber ein Bier mit.«

Dann verschwand er wieder im Zimmer.

Frau Stoltze wurde von einer unbeschreiblichen Wut gepackt, und gleichzeitig erfasste sie eine tiefe Traurigkeit, als sie erkannte, dass die Vorwürfe der Polizei wohl doch nicht so ganz aus der Luft gegriffen waren. Sie beschloss einen vorsichtigen Blick in die Küche zu werfen, obwohl sie instinktiv große Angst vor diesem Mann hatte und nicht entdeckt werden wollte.

Auf Zehenspitzen schlich sie einige Stufen die Treppe hinunter, beugte sich über das Geländer und erstarrte, denn ihre geliebte Küche glich einem Schlachtfeld. Überall standen die Schränke offen, und allerlei Lebensmittel lagen herum. Mittendrin stand ihre Tochter Lea und hatte ein wüstes Gekleckse veranstaltet, als sie Brote mit Marmelade bestrich. Dann entdeckte sie die Schachtel, in der sie ihr Haushaltsgeld aufbewahrte, offen, leer und auf dem Boden liegend.

»Ich muss dich vor diesem Monster bewahren, bevor er dich mit Haut und Haaren frisst«, murmelte die Frau, »und wenn ich dich dazu ins Gefängnis bringen muss.«

Dann ging sie so weit die Stufen hinunter, dass sie das Telefon greifen konnte, das am Fußende der Treppe auf einem Bänkchen stand. In diesem Moment stürmte ihre Tochter an ihr vorbei in den Keller, ohne auf sie zu achten.

Eric Tischler führte gerade seinen Schäferhund aus und kam mit ihm aus der Leonhardstraße in die Schulstraße. Plötzlich begann der Hund wie wild an der Leine zu zerren und riss den verwitweten Frührentner, der nicht mehr allzu gut zu Fuß war, mit sich fort.

»Was hast du denn heute nur? Merkst du vielleicht auch in den Knochen, dass das Wetter schlechter wird?«, rief der ältere Herr.

Der Hund drehte sich kurz zu ihm um und zog ihn weiter bis zu einem Auto, das am Straßenrand stand. Nun wusste der Rentner, warum das Tier so ungestüm an der Leine zog. Noch vor ihm hatte der Hund den Wagen seines langjährigen Freundes Fritz Unger erkannt, der, immer wenn er zu Besuch kam, den Hund mit Leckerlis überhäufte. Es gab keinen Zweifel, Typ, Farbe und Kennzeichen stimmten haargenau.

»Bist ein kluger Hund, Paule«, lobte Eric Tischler seinen Vierbeiner und dachte: Sonderbar. Normalerweise ruft Fritz immer an, bevor er aus Bad Schwalbach hier rüberkommt. Warum hat er das dieses Mal nicht getan? Es wird doch nichts mit seiner Mutter sein? Fritz Ungers Mutter lag hier im Ort im Pflegeheim. Eric Tischler beschloss, seinen Freund gleich einmal anzurufen, zückte sein Handy und wählte die Nummer seines Freundes.

»Hallo Fritz, du bist in Hattersheim?«

»Nein, wieso?«

»Weil dein Wagen hier steht.«

»Nicht dass ich wüsste. Mein Wagen steht hier vor dem Haus auf dem Parkplatz.« Die Stimme hielt kurz inne. »Warte mal. Ich geh mal schnell rüber ins Schlafzimmer und schau aus dem Fenster.«

Einige Sekunden blieb es still, dann meldete sich Fritz Unger wieder: »Verdammt, du hast recht, er ist weg. Ich rufe sofort die Polizei … Bitte rufe du bei der Wache in Hofheim an, damit das Auto sichergestellt wird. Und … könntest du auch meine Nichte Nina Aichler in Eddersheim anrufen, dass sie das Auto bei der Polizei abholt und mir bringt?«

»Klar, mache ich das.«

»Danke. Ihr könnt dann zusammen nach Bad Schwalbach kommen, denn ich lade euch zum Essen ein.«

»Kriminalpolizei Hofheim, Hauptkommissar Mergentheimer am Apparat«, meldete Claus sich. Er hörte eine Weile zu, dann sagte er: »Frau Stoltze, Sie sind so aufgeregt, beruhigen Sie sich doch erst mal. Könnten Sie vielleicht etwas lauter reden, denn ich verstehe Sie gar nicht. Was ist denn los?«

Kurze Zeit später wusste der Kommissar, was die Frau ihm mitteilen wollte.

»Sind Sie sicher, dass die beiden im Haus sind?«, fragte er, und als sie es bestätigte, sagte er: »Bewahren Sie Ruhe; in zehn Minuten sind wir da.«

Kaum hatte der Kriminalbeamte aufgelegt, klingelte das Telefon erneut.

Etwas unwirsch meldete er sich, hörte Eric Tischler aber dennoch bemüht geduldig zu und sagte zum Abschluss: »Danke für Ihren Anruf; wir werden uns sofort darum kümmern.«

Dann legte er auf.

Während er aufstand, dachte er: Wäre nicht vor zehn Minuten der Anruf der Bad Schwalbacher Kollegen gekommen, wer weiß, ob er Herrn Tischler die nötige Aufmerksamkeit geschenkt hätte. Aber so schien es ihm klar: Ein gesuchter Verbrecher war bei Gudrun Stoltze im Haus. Ein gestohlener Wagen stand keine zweihundert Meter von diesem entfernt am Straßenrand. Es würde Claus nicht wundern, wenn Heidmann mit ihm gekommen wäre.

Er rief seine Kollegen zusammen und schilderte ihnen schnell die Lage. »Zwei Mann fahren nach Hattersheim in die Schulstraße und behalten den Wagen im Auge, falls Heidmann zu fliehen versucht. Franz und Barbara, ihr kommt mit mir. Wir versuchen das saubere Pärchen im Haus von Gudrun Stoltze zu stellen.«

In der Zwischenzeit hatte sich Gudrun Stoltze angezogen, und da sie wusste, dass die Polizei in Kürze da sein würde, wagte sie sich vorsichtig hinunter. In diesem Moment kam Lea die Kellertreppe hinauf.

»Du wagst dich hierher, nach allem, was du dir geleistet hast?«, fragte Gudrun ihre Tochter und stellte sich ihr in den Weg.

»Keine Angst, ich bin gleich wieder weg. Aber warum lungerst du zu Hause herum? Anständige Menschen arbeiten um diese Zeit.«

Normalerweise hielt Gudrun Stoltze rein gar nichts davon, wenn Eltern ihre Kinder schlugen, aber in diesem Augenblick gingen ihre Nerven mit ihr durch, und ihre Hand fand sich in Sekundenbruchteilen auf Leas Backe wieder, wo sie einen kräftigen roten Abdruck hinterließ.

»Wie wagst du es, mit mir zu sprechen? Ich bin deine Mutter.«

»Schlimm genug.«

»Mädchen, was ist aus dir geworden? Warum bist du so bösartig?«, fragte Gudrun Stoltze weiter, aber Lea gab ihr keine Antwort.

»Was hast du eigentlich mit meinem Auto gemacht?«

»Erstens ist es mein Auto, zweitens haben es die Bullen beschlagnahmt.«

»Kind, wo warst du denn in den letzten Tagen?«

Gudrun Stoltze sah ihre Tochter auf einmal mitleidig an und wollte sie trotz allem, was vorgefallen war, in den Arm nehmen, aber Lea wich einen Schritt zurück und sagte scharf: »Das geht dich einen feuchten Dreck an, kümmer dich um deinen eigenen Scheiß.«

Michael Heidmann bekam den lautstarken Disput zwischen Mutter und Tochter schnell mit, eilte zur Tür und öffnete sie vorsichtig einen Spalt breit. Mit einem Blick erfasste er die Situation, und ihm war klar, dass er handeln musste, wenn er nicht zusammen mit seiner Freundin untergehen wollte. Während er sich noch darüber ärgerte, sich auf Leas unausgegorene Idee, hierherzufahren, überhaupt eingelassen zu haben, wog er die Möglichkeiten, die ihm noch blieben, ab. Dass Leas Mutter inzwischen eindeutig der Haustür zustrebte, konnte verschiedene Gründe haben, die aber allesamt nichts Gutes verhießen. Entweder musste er dafür sorgen, dass sie nicht auf die Straße lief und laut um Hilfe rief, oder sich den Weg freischießen, falls bereits Polizei im Anmarsch war, oder aber sein Heil in der Flucht suchen. Er wählte die dritte Variante.

Leise schloss er die Tür zu Leas Zimmer wieder und dachte: Wenn du mich schon in Gefahr bringst, dann halte ich mich wenigstens an dir schadlos. Er setzte Leas Rucksack auf, ihr Geld hatte er bereits eingesteckt, stopfte das bisschen, das Lea in der Haushaltskasse gefunden hatte, in die Hosentasche und schwang sich, nachdem er ihr eine kleine Notiz hinterlassen hatte, aus dem Fenster. Jetzt musste er nur noch das Auto erreichen; dann war er gerettet.

»Was ist, erwartest du Besuch?«, fragte Lea ihre Mutter, als diese zur Haustür ging.

»Ja«, antwortete Gudrun Stoltze nervös, während sie öffnete, wurde aber augenblicklich ruhiger, als sie sah, dass bereits das Gartentor geöffnet wurde.

Dafür wurde Lea blass, denn in einem der »Besucher« erkannte sie einen Kriminalbeamten wieder.

Während sie den Rückzug in ihr Zimmer antrat, zischte sie ihrer Mutter zu: »Das wirst du bereuen, du alte Hexe.«

Als sie den Raum leer vorfand, schrie sie: »Verfluchte Scheiße aber auch!«

Dann sah sie, dass ihr Rucksack weg war, ihr Schmuckkästchen leer und dass das Fenster offen stand.

»Noch so 'n Arschloch«, sagte sie laut und drehte sich zur Tür um. Dabei hätte sie beinahe die Polizisten überrannt, die ihr gefolgt waren.

»Das Vögelchen ist ausgeflogen«, sagte Franz Leitner, während Claus und Barbara Lea in ihre Mitte nahmen, und rannte nach draußen in den Garten. Nach wenigen Sekunden kam er wieder zurück und sagte: »Diese Type ist über alle Berge ...«

Lea, die in diesem Moment erst zu begreifen begann, dass ihr Ganovenleben soeben ein Ende gefunden hatte, vollendete den Satz: »... bei Schneewittchen und de' sieben Zwerge.«

»Lea!«, rief Gudrun Stoltze entsetzt. »Hast du sie noch alle beisammen? So kannst du doch nicht mit den Beamten reden.«

»Wir nehmen Ihre Tochter jetzt mit«, sagte Claus Mergentheimer und wollte sie gerade aus dem Zimmer führen, als er den kleinen Notizzettel auf dem Schreibtisch liegen sah.

Er nahm ihn und las: »Ich hol dich raus«. Dann steckte er ihn ein und hoffte, dass Lea nichts bemerkt hatte.

»Was geschieht jetzt mit meiner Tochter?«, wollte Gudrun Stoltze wissen. »Sie ist nicht böse. Sie stand die ganze Zeit unter dem Einfluss dieses glatzköpfigen Teufels. Müssen Sie Lea nun verhaften?«

»Glatzköpfig?«, rief Claus und fuhr herum.

»Ja, er hatte hat sich wohl den Schädel glattrasiert, damit man ihn nicht erkennt. Er sah auch ganz anders aus als auf dem Foto, das Ihr Kollege mir gezeigt hat. Trotzdem habe ich ihn sofort erkannt.«

»Vielen Dank für diesen wichtigen Hinweis, damit haben Sie uns sehr geholfen«, sagte Franz Leitner und wandte sich dann an Lea: »Wollen Sie Ihrer Mutter selbst erzählen, was Sie so alles auf dem Kerbholz haben, oder muss sie das erst im Prozess erfahren?«

»Ach, fickt euch doch ins Knie! Los, gehen wir, dann hab ich's endlich hinter mir.«

»So kannst du doch nicht mit den Beamten reden«, jammerte Gudrun Stoltze mehr, als sie ihre Tochter zurechtwies. Dann wandte sie sich an die Polizisten: »Können Sie mir mal sagen, was hier gespielt wird? Sie behandeln meine Tochter wie eine Schwerverbrecherin.«

»Ich glaube, Sie haben gar keine Ahnung, was Ihre Tochter im letzten Jahr so getrieben hat, Frau Stoltze«, ergriff Barbara Seeger das Wort. »Sie hat mindestens zwei Raubüberfälle, eine Körperverletzung mit Todesfolge und einen Mordversuch begangen. Von den unzähligen kleineren Delikten, die sie mit der Clique, die sie anführt, begangen hat, will ich gar nicht erst reden.«

»Oh nein!«, schrie Gudrun Stoltze gequält auf. »Lea, was sagst du denn zu diesen Vorwürfen?«

»Wenn die's sagen, wird's schon stimmen. Ich hab nicht mitgezählt. Und außerdem, wann begreift ihr Vollpfosten eigentlich, dass mir das ganze Gelaber hier zehn Meter am Arsch vorbeigeht?«

»Wenn dein Vater das wüsste!«, jammerte Frau Stoltze, und Lea fuhr sie böse an: »Das sagst du jedes Mal, aber das zieht schon lange nicht mehr. Kein Wunder, dass Papa bei deinem dummen Geschwätz mit seiner Geliebten durchgebrannt ist.«

Statt ihr eine passende Antwort zu geben, griff die leidgeprüfte Frau sich mit beiden Händen an den Kopf und sank in sich zusammen.

»Das Theater kannst du dir ruhig sparen, das kenn ich auch schon. Immer wenn dir etwas nicht passt, muss deine Migräne herhalten.«

Claus und Barbara fingen die Frau auf, bevor sie ganz zu Boden ging, und führten sie zur Couch im Wohnzimmer. Claus blieb bei ihr, bis der Krankenwagen da war, während Barbara und Franz Lea zum Revier brachten.

»Bitte lies dir das Protokoll in Ruhe durch, und wenn du Fragen hast, ist jetzt der richtige Zeitpunkt, sie zu stellen«, sagte Barbara Seeger zu Natascha Krug.

Das Mädchen war nach seiner Entlassung aus dem Krankenhaus mit ihren Eltern direkt auf die Polizeiwache in Hofheim gefahren, wie die Beamten es von ihr gefordert hatten.

Die Jugendliche nahm die beiden dicht beschriebenen Blätter und begann zu lesen. Währenddessen verdüsterte sich ihre Miene immer mehr, und als sie am Schluss ankam, hatte sie Tränen in den Augen.

»Was ist denn, Kind?«, fragte Valerie Krug mitfühlend.

»Ich schäme mich so für das, was wir in den letzten Monaten getan haben. Und ich weiß, dass es Miriam genauso geht.«

Claus nickte wohlwollend, und Barbara Seeger sagte: »Ich finde es gut, dass ihr einseht, dass ihr großen Mist gebaut habt. Miriam hat sich tatsächlich in ähnlicher Weise geäußert.«

»Darf man fragen, was sie ausgesagt hat?«, fragte Valerie Krug.

»Sie dürfen schon, aber wir sind zum Schweigen verpflichtet.«

»Schon klar, aber das Protokoll meiner Tochter darf ich doch lesen, oder?«

»Selbstverständlich – Ihre Tochter ist ja noch minderjährig, und Sie sind einer der Erziehungsberechtigten. Deshalb müssen auch Sie es unterschreiben.«

Nachdem Detlef Krug das Schriftstück gelesen hatte, sagte er: »Natascha, wenn alles so gewesen ist, wie es hier steht, dann bringen wir das jetzt zum Abschluss.«

Als sie unterschrieben hatten, fragte Natascha ihre Eltern: »Fahren wir jetzt zu Miriam ins Krankenhaus?«

Noch bevor ihr Vater antworten konnte, schaltete sich Claus ein: »Moment mal, junge Dame, du scheinst dir gar nicht bewusst zu sein, wie ernst deine Lage wirklich ist. Du hast absolutes Glück, dass wir dich nicht an Ort und Stelle festnehmen müssen.«

Augenblicklich flogen die Köpfe von Natascha und ihren Eltern zu Claus herum, und alle drei sahen ihn erschrocken an. Claus atmete tief durch.

»Du hast Glück, dass der zuständige Staatsanwalt Dr. Möglich ist. Er ist für seine Fairness bekannt und hat die Haftbefehle von dir und Miriam bis zum Prozess unter recht strengen Auflagen außer Vollzug gesetzt. Das heißt, er glaubt euch, dass alles so gewesen ist, wie ihr es ausgesagt habt, weil sich eure Aussagen decken, ohne abgesprochen zu wirken. Außerdem wart ihr an den schlimmsten Verbrechen nicht beteiligt und lebt zudem in einem stabilen Familienumfeld. Dafür müsst ihr euch zwei Mal wöchentlich hier auf der Wache melden, und du darfst Miriam bis zum Prozess weder sehen noch mit ihr sprechen. Er weiß, dass ihr im gleichen Haus wohnt und in die gleiche Klasse geht, aber er sagt auch, dass er so viel Mithilfe einfach erwarten muss, wenn ihr auf ein mildes Urteil hofft.«

Claus sah das Mädchen eindringlich an. Natürlich wusste er, dass eine Untersuchungshaft bei Minderjährigen nur in absoluten Ausnahmefällen infrage kam – auch ein anderer Staatsanwalt hätte wahrscheinlich nicht anders entschieden als Dr. Möglich. Aber Claus hatte aus disziplinarischen Gründen absichtlich ein wenig dicker aufgetragen, als es der Lage entsprach.

»Ist schon klar, wir werden das hinbekommen«, sagte Detlef Krug und fragte: »Was ist denn mit den anderen Mädchen aus der Gang?«

»Julia Brandt wurde bereits direkt nach dem Raubüberfall verhaftet«, erklärte Claus, »und Maren Peters und Laura Pohl sind ebenfalls seit dieser Nacht in U-Haft. Lea haben wir erst heute früh im Haus ihrer Mutter gestellt.«

»Und dieser, äh … Heidmann?«

Nachdem Michael Heidmann es tatsächlich geschafft hatte, unbeschadet das Haus von Leas Mutter zu verlassen, und den Polizisten quasi direkt vom Präsentierteller gesprungen war, hatte er sich mit äußerster Vorsicht an den Wagen, den sie in der Schulstraße abgestellt hatten, herangepirscht. Das war seine Rettung gewesen, denn weil er es, statt die Straße entlangzugehen, vorgezogen hatte, den Hof des Altenzentrums zu überqueren, hatte er die Polizei rechtzeitig entdeckt, ohne selbst gesehen zu werden.

Zwei Beamte der Hofheimer Kripo saßen auf der anderen Seite der Schulstraße keine fünfzig Meter von seinem Auto entfernt in ihrem zivilen Wagen und warteten darauf, dass er dort auftauchte. Nur wie um alles in der Welt hatten die erfahren, dass …

Aber es war müßig, lange darüber nachzudenken. Deshalb schob er den Gedanken beiseite und änderte blitzschnell seinen Plan. Ausschließlich über kleine Straßen und Fußgängerwege schlug er sich mit einigen Umwegen bis zur A 66 durch und folgte ihr auf einem Feldweg bis zur Rast- und Tankanlage bei Weilbach.

Hier saß er nun schon seit bestimmt zwei Stunden in einem Gebüsch und wartete auf einen LKW, der so parkte, dass er ungesehen die Ladefläche erklimmen konnte.

Ganz egal, wohin, nur erst einmal weg von hier – das war der Gedanke, der hinter seinen weiteren Planungen steckte. Endlich war es so weit. Ein Lastwagen hielt unmittelbar vor dem Gebüsch. Ohne dass ihn jemand bemerkte, öffnete Heidmann die Plane und verschwand auf der Ladefläche. Dann nahm er eine der Wasserflaschen aus Leas Rucksack, trank und schlief kurz nach der Abfahrt des Wagens vor Erschöpfung ein. Zum Glück hatte er einen leichten Schlaf und merkte recht schnell, dass der Fahrer die Geschwindigkeit reduzierte. Irritiert schob Heidmann die hintere Plane etwas zur Seite und sah mit Entsetzen, dass sie bereits an der Ausfahrt Niedernhausen die Autobahn verlassen hatten.

»So war das eigentlich nicht gedacht«, murmelte er und disponierte erneut schnell um. Rasch schob er den Rucksack mit Lebensmitteln bis ans Ende der Ladefläche an die Bordwand heran und schwang sich an der nächsten Ampel aus dem Wagen auf die Straße, die menschenleer war. Gerade als er den Rucksack aus dem LKW heben wollte, fuhr der Fahrer wieder an, und die ganzen schönen Lebensmittel blieben zurück. Für einen kurzen Moment erwog er, dem LKW zu folgen und sich den Rucksack an der nächsten Ampel zurückzuholen, aber da er noch immer am Stadtrand von Niedernhausen war und ungesehen in den Wald entkommen konnte, verwarf er diesen Gedanken sofort wieder. Doch kaum war er zwischen den ersten Baumreihen verschwunden, durchzuckte ihn ein weitaus schlimmerer Gedanke: Wo war sein Geld? Hatte er es im Rucksack gelassen?

Aber schon im nächsten Augenblick entspannte er sich wieder, denn er erinnerte sich daran, dass er vorhin in Leas Zimmer alles in der verschließbaren Innentasche seiner Jacke verstaut hatte. Zur Sicherheit tastete er die Stelle ab, und als er das Geldbündel spürte, wurde er ruhiger.

»Du darfst jetzt nicht hektisch werden«, sagte er zu sich selbst, während er sich in der hereinbrechenden Dämmerung querfeldein zur Hütte seines Onkels durchschlug und bereits seine nächsten Schritte plante.

Ich werde mich nun einige Stunden aufs Ohr legen und gegen Mitternacht mit meiner starken Taschenlampe durch den Wald zur A 3 begeben. Zum Glück führt ein Waldweg direkt zur Autobahn. Vor dort kann ich als blinder Passagier auf der Ladefläche eines LKW weiterreisen. Zuerst werde ich allerdings zu Fuß ein Stück der Autobahn folgen, bis zu dem kleinen Parkplatz nördlich von Niedernhausen. Wenn ich schon im Morgengrauen dort bin, kann ich sicher sein, dass niemand bemerkt, wie ich in einen Lastwagen klettere.

Mit der Gewissheit, das Beste aus dieser verfahrenen Situation gemacht zu haben, schlief er noch vor achtzehn Uhr ein.

»Was ist das denn?«, wunderte sich Heinz Menzing, der erfahrene Trucker, und kratzte sich an seinem fast völlig kahlen Schädel, während er irritiert auf die Ladefläche starrte.

»Ein Rucksack, so, so. Da hatte ich also schon wieder mal einen blinden Passagier. Na ja, es ist nicht gerade warm; du wirst deine Klamotten schon bald vermissen.«

Er hob den Rucksack hoch, sah neugierig hinein und wunderte sich erneut, denn dass der bis zum Rand mit Lebensmitteln gefüllt war, hatte er nicht erwartet.

Wo wirst du denn zugestiegen sein, fragte er sich, während er den Rucksack ins Büro der Spedition trug, bei der er arbeitete. Da es immer wieder einmal vorkam, dass Landstreicher als blinde Passagiere mitfuhren und etwas auf der Ladefläche vergaßen, hatte sein verständnisvoller Chef sich angewöhnt, die Sachen einige Tage lang aufzubewahren, bevor er sie zum Fundbüro brachte. Nicht selten kamen diese Leute vorbei und holten sich ihr Zeug wieder ab.

»Tag, Heinz, schon zurück?«

»Ja, bin gut durchgekommen. Hatte mal wieder einen blinden Passagier.«

»Ach, daher der Rucksack. Einen Plan, wo du deinen Gast aufgenommen hast?«

»Nein, das ist mir ein Rätsel. Ich hab in Nürnberg geladen, da war der Wagen ganz gewiss leer. Dann hab ich nicht mehr gehalten, bis … Ach nee, ich hab doch ein dringendes Bedürfnis verspürt und an der Tankanlage Weilbach gehalten. Vielleicht für fünf Minuten. Es kann nur da gewesen sein.«

»Dann solltest du fix zur Polizei gehen.«

»Wieso?«

»Im Radio kam schon ein paarmal eine Suchmeldung der Kripo. In der Ecke Hattersheim wollten die ein Gangsterpärchen stellen. Die Frau haben sie, aber er ist entkommen. Wohl 'ne üble Type, es geht um Raub und Mord.«

»Hm. Dazu passt auf jeden Fall, dass der Rucksack voll

mit Fressalien ist. Ich werd wohl gleich zur Kripo nach Idstein fahren, dann wissen die Richtigen Bescheid.«

»Dann grüß den leitenden Kommissar Manfred Schlüter von mir, er ist ein alter Freund.«

Am nächsten Morgen wurde Lea Stoltze auf der Hofheimer Polizeiwache ein weiteres Mal verhört. Genauer gesagt, man versuchte es erneut, nachdem der Versuch am Vortag schon in einem Debakel geendet hatte. Lea hatte so heftig randaliert, wüste Beschimpfungen ausgestoßen und sich gegen das Verhör zur Wehr gesetzt, dass vier Beamte notwendig geworden waren, um sie halbwegs zu bändigen. Danach herrschte zwar wieder Ruhe, aber die junge Frau ging daraufhin zu stummem Protest über und sagte kein einziges Wort mehr.

Dennoch war Hauptkommissar Claus Mergentheimer bald schon einen Schritt weitergekommen. Inzwischen lag das Phantombild, das nach den Angaben von Gudrun Stoltze und den vorhandenen Fotografien von Michael Heidmann angefertigt worden war, vor. Wortlos reichte Claus es ihr hinüber, und obwohl sie sich bemühte, sich nichts anmerken zu lassen, konnte er doch an ihren weit aufgerissenen Augen erkennen, dass die Fotobearbeitungs-Software gute Arbeit geleistet hatte.

»So sieht er inzwischen wohl aus, oder?«, fragte Claus und hoffte, Lea sah nun endlich ein, dass nur noch Kooperation ihre Lage verbessern konnte.

Aber Lea blieb weiterhin stumm.

»Das hat doch überhaupt keinen Zweck«, sagte er nach einer Weile zu Barbara Seeger. Er forderte zwei Vollzugsbeamte an und ließ Lea Stoltze zum Haftrichter überstellen, der die U-Haft anordnen würde.

Kaum war Lea abgeholt worden, schickte Claus eine Mail an die Kölner Kollegen und hängte das Phantombild als Anhang daran.

Nun saß Michael Heidmann schon seit Stunden im Gebüsch neben dem kleinen Parkplatz, und es war wie verhext. Kein LKW hielt hier an, und noch nicht einmal ein Personenwagen ließ sich an diesem Samstagmorgen blicken – geschweige denn stehlen. Es war bereits kurz nach zehn, als endlich ein Kleinwagen auf den Parkplatz gerollt kam.

Einen kurzen Moment beobachtete er die Szene, aber als die junge Frau ausstieg, um sich direkt neben dem Wagen zu dehnen und strecken, kam ihm eine Idee. Unauffällig trat er aus dem Gebüsch und ging zielstrebig auf den Wagen zu. Erst jetzt registrierte er, dass die Frau, die er auf Mitte zwanzig schätzte, außergewöhnlich gutaussehend war.

Wenigstens etwas, dachte Heidmann, grinste kurz und sprach die Frau an: »Entschuldigen Sie, können Sie mich vielleicht ein Stück mitnehmen?«

»Wo wollen Sie denn hin?«

»Erst einmal nach Norden. Wohin fahren Sie denn?«

»Nur bis Köln.«

»Das trifft sich prima. Ich hatte nicht gehofft, heute noch so weit zu kommen. Ich wäre Ihnen wirklich …«

»Steigen Sie schon ein. Wie heißen Sie eigentlich?«

»Mich… Micky. Und Sie?«

»Mara.«

Micky und Mara, das passt doch wunderbar, dachte Michael Heidmann und lachte in sich hinein.

Während er auf dem Beifahrersitz Platz nahm, stand Mara noch in der geöffneten Fahrertür und gab schnell und sicher eine SMS in ihr Handy ein. Er betrachtete unterdessen lüstern ihre Beine und ließ den Blick dann weiter in den Schritt wandern. Ihre ausgesprochen gute Figur ließ ihn zufrieden schmunzeln.

Das läuft wie geschmiert, dachte er, vielleicht kann ich bei ihr einige Tage untertauchen und es läuft mit ihr sogar was, denn diese Frau ist anscheinend noch unbedarfter als Lea.

Zumindest dachte er das.

Heidmanns erster wirklicher Fehler war, dass er nicht auf das Kennzeichen des Wagens geachtet hatte. Denn dann hätte er bereits gewusst, dass die junge Frau nicht auf dem Weg nach Hause war, wie er vermutete. Außerdem ahnte er nicht, dass sie unterwegs zu ihrem Freund, einem Polizeibeamten in Köln, war. Der hatte sie an diesem Wochenende leider nicht in ihrer Heimatstadt Aschaffenburg besuchen können, da er für einen erkrankten Kollegen einspringen musste. Da Mara nicht gern allein fuhr und immer wieder, wenn sie ihn besuchte, Anhalter mitnahm, hatte er eine Art Geheimcode für sie entwickelt, um auf dem Laufenden zu bleiben. Auch wenn er trotzdem nicht gerade begeistert davon war, wen seine Freundin da so alles aufgabelte, war er doch etwas beruhigter.

## 12.

Nach Abschluss des Supermarkt-Auftrags war wieder die Flaute über Stefans und Peters Detektei hereingebrochen, und so saßen die beiden an diesem Samstagmorgen mal wieder ungehalten in ihrem Büro herum. Vermutlich hatte es sich unter ihrer Klientel noch nicht herumgesprochen, dass ihre Räumlichkeiten wieder frisch und einladend wirkten. Zumindest redeten sie sich das ein. Ihre Laune war aber auch deshalb so schlecht, weil sie sich liebend gern an der Jagd auf Heidmann beteiligt hätten. Doch das hatte Claus ihnen mit dem Hinweis, dass das Sache der Polizei sei, strikt verboten.

Normalerweise hätten sie sich von so einem Kommentar nicht aufhalten lassen, aber ein Blick in Claus' ernstes Gesicht hatte ihnen gezeigt, dass es diesmal wirklich besser war, sich zurückzuhalten.

Auch sonst fühlten sie sich vom Pech verfolgt, denn nicht einmal Dr. Pfannmöller rief an und erteilte ihnen einen klitzekleinen Ermittlungsauftrag – oder lobte sie wenigstens, dass es ihnen gelungen war, dem Spuk im Supermarkt ein Ende zu setzen. Ja, noch nicht einmal der versprochene Scheck des Filialleiters traf ein. Wenn das noch einige Wochen so weiterging, würden sie ernsthaft in Schwierigkeiten geraten.

»Jetzt reicht's mir aber«, sagte Peter grimmig, »ich ruf Claus an. Ich will jetzt wissen, was da abgeht.«

»Wenn du dich gern lächerlich machst, bitte schön.«

Keine drei Sekunden später hatte Peter den Hörer in der Hand und wählte Claus' Anschluss bei der Polizei.

»Schon wieder besetzt, mit wem telefoniert der denn andauernd?«

»Ist Ihre Freundin denn von allen guten Geistern verlassen?«, rief Harald Berger, der neue Chef der Kölner Fahndung, seinem Kommissar Christoph Best entgegen, der ihm gerade eine haarsträubende Geschichte erzählt hatte.

»Mir hat das noch nie gefallen, dass sie die seltsamsten Anhalter aufgabelt, und ich kann mir den Mund fusselig reden, aber Mara hat ihren eigenen Kopf. Wenigstens haben wir vor einiger Zeit eine Art Geheimcode vereinbart, mit dem sie mir, wenn sie hierher unterwegs ist, unauffällig Nachrichten zukommen lassen kann. Auch wenn sie immer wieder mault, macht sie es meistens, und ich bin etwas beruhigter, denn so habe ich, falls es einmal brenzlig wird, schon einige Infos über ihre Mitfahrer. Bis jetzt war alles ganz harmlos, aber dieses Mal habe ich ein ganz dummes Gefühl.«

»Wieso?«

»Weil es sich bei dem Kerl, den sie aufgegabelt hat, um diesen Heidmann handeln könnte, nach dem im gesamten Rhein-Main-Gebiet gefahndet wird.«

»Zeigen Sie mir mal die SMS.«

Christoph Best reichte seinem Chef sein privates Handy, und Berger las: »10.nh, g, s, gl, ung. – Versteh ich das richtig? Zehn Uhr, Niedernhausen, groß, schlank, Glatze? Was heißt ung.?«

»Das bedeutet ungepflegt.«

»Sie könnten recht haben. Nach einer Meldung, die wir

aus Idstein bekommen haben, war er gestern Abend zuletzt in Niedernhausen, und das mit der Glatze stimmt ebenso. Ungepflegt passt auch, er ist schon lange genug auf der Flucht.«

»Lassen Sie sich alle Unterlagen von der Kripo in Hofheim schicken«, bat Harald Berger, dessen Beförderung zum Hauptkommissar leider mit einer Versetzung von Düsseldorf nach Köln verbunden worden war. Christoph Best, selbst kein gebürtiger Kölner, war der Einzige, der seinen neuen Chef gebührend respektierte. Denn dass man ausgerechnet einen Düsseldorfer in Köln zum Chef machte, war in den Augen aller anderen Kollegen geradezu ein Unding.

»Schon passiert«, sagte Christoph Best und legte seinem Vorgesetzten ein mehrere Seiten langes Fax vor.

Harald Berger überflog das Dokument, und als er an die Stelle kam, an der zum ersten Mal die Namen Peter Stettner und Stefan Weimershaus erwähnt wurden, musste er schmunzeln. Hatten diese beiden ihre Hände etwa auch im Spiel?

»Über welche Wegstrecke fährt Ihre Freundin normalerweise hierher, und wann rechnen Sie mit ihr?«

»Normalerweise wechselt sie bei Koblenz auf die linke Rheinseite und fährt dann auf die A 61. Am Dreieck Bliesthal wechselt sie auf die A 553 und fährt vom Autobahnende nach Zollstock, wo ich wohne. Wenn wir uns umsonst Sorgen machen, müsste sie in gut einer Stunde hier eintreffen.«

»Machen Sie bitte einen Wagen startklar, ich besorge derweil einen Hubschrauber.«

»Oh Gott, glauben Sie etwa auch, dass dieser Heidmann in ihrem Wagen sitzt?«

»Ich fürchte es. Deshalb dürfen wir kein Risiko eingehen

und ihn aufschrecken. Wenn sich alles als blinder Alarm herausstellen sollte – umso besser.«

»Warum machen Sie es sich und uns denn so schwer?«, fragte Sandra Popp, die erst vor wenigen Tagen aus München zur Kripo nach Hofheim gekommen war, die junge Frau im Verhörzimmer. Hans Heisslitz, der mit ihr zusammen das Verhör durchführte, hatte bereits vollständig die Geduld verloren, denn Lea blieb so stumm wie ein Fisch.

»Das bringt doch alles nichts, Sandra«, sagte er völlig frustriert zu seiner Kollegin.

»Darf ich noch mal mein Glück versuchen?«

»Klar, ich glaube aber nicht, dass das bei dieser Person zu irgendetwas führt. Wenn sie überhaupt was sagt, ist es höchstens eine Frechheit.«

Fast wie auf Kommando fuhr Lea aus ihrer Lethargie hoch und zischte Sandra an: »Ich rede doch nicht mit jedem und schon gar nicht mit dir, du dumme Pute.«

»Dass Sie Ihren Freund nicht verraten wollen, ehrt Sie, und ich kann das verstehen. Es wird Ihnen allerdings nichts nützen. Ihr Freund ist längst über alle Berge.«

»Hast du 'ne Ahnung, Alte. Ich bin doch nicht blöd. Meinst du, ich hätte nicht gesehen, dass euer Oberbulle einen Zettel von meinem Schreibtisch hat verschwinden lassen? Ich weiß sogar, was für'n Zettel das war.«

»So, was stand denn drauf?«, fragte Sandra und warf Hans Heisslitz einen Blick zu.

»Dass Michael mich rausholt«, sagte Lea, und ihre Stimme klang triumphierend. Ihr Blick sagte jedoch, dass sie sich dessen selbst nicht allzu sicher war.

Sandra entging nicht, dass die harte Fassade von Lea Stoltze zu bröckeln begann. Deshalb griff sie, bevor einer der anderen Beamten im Raum etwas sagen konnte, zu einer List und bluffte drauflos: »Wohl kaum, denn Michael Heidmann ist heute Morgen an der niederländischen Grenze verhaftet worden. Seitdem singt er wie ein Vögelchen.«

»Wie … wie meinen Sie das?«

»Er hat die Gunst der Stunde erkannt und sagt umfassend aus. Alles läuft darauf hinaus, dass Sie der wahre Kopf der Bande sind. Sie haben nicht nur Nadine Lorenz ermordet und Miriam Anders niedergeschlagen, auch der Befehl, den Geldboten zu erschießen, kam von Ihnen.«

»Das hat er so gesagt? Nein, das glaube ich nicht.«

»Na ja, wie Sie wollen, aber noch ein guter Tipp zum Schluss: Packen Sie aus, bevor es zu spät ist. Wem der Richter letztendlich glaubt, hängt davon ab, wer die glaubwürdigere Geschichte zu erzählen hat.«

Einige Sekunden lang blieb es still im Raum. Dann sprudelte es aus Lea heraus: »Das mit Nadine war kein Mord, das war ein Unfall. Es sollte ein Denkzettel werden, weil sie aussteigen wollte. Aber irgendwie ist das aus dem Ruder gelaufen. Auch die Sache mit dem Geldboten lasse ich mir nicht anhängen. Das ist allein auf Michaels Mist gewachsen, von der Planung bis hin zum Mord. Auch die Diebstähle meiner Clique haben wir gezielt in seinem Auftrag ausgeführt.«

»Und wie war das mit Miriam Anders?«

»Ist sie auch tot?«

»Nein, sie hat verdammt großes Glück gehabt.«

»Ja, das war ich. Aber ich konnte nicht anders. Ich musste doch irgendwie verhindern, dass meine Clique auseinanderbricht.«

Während in Köln die Vorbereitungen für einen Großeinsatz anliefen, war Mara in Koblenz auf die andere Rheinseite gewechselt und fuhr nun auf der A 61 Köln entgegen. Heidmann war so sehr in Gedanken versunken, dass er erst mit einiger Verspätung bemerkte, dass Mara die Autobahn gewechselt hatte. Das passte zwar nicht so ganz zu seinen Plänen, aber da er flexibel war und sich hier bestens auskannte, hatte er abermals einen neuen Plan gefasst. Es stellte kein nennenswertes Problem für ihn dar. Schließlich war er in Köln-Deutz aufgewachsen, bis er siebzehn Jahre alt war. Dann hatten seine Eltern ein Haus im Bergischen Land gekauft, und er hatte mitgemusst, ob er wollte oder nicht. Vielleicht war er nur deshalb zur Polizei gegangen, um nach Köln zurückkehren zu können. Fast zehn Jahre lang hatte er Dienst in einem Revier nahe dem Messegelände getan, bis sie ihn beinahe der Korruption überführt hätten. Da er aber schlau genug gewesen war, alle Spuren zu verwischen, hatte man alles unter den Teppich gekehrt und ihn an die Ostseeküste versetzt. Dort hatte er leider das Pech gehabt, erwischt zu werden.

Mara, die bislang recht arglos ihren Weg gefahren war, sah verwundert zu ihm hin, als Heidmann plötzlich aus seinen Gedanken auftauchte, seine Haltung ihr gegenüber sich schlagartig änderte und er ziemlich schroff sagte: »An der Raststätte Brohltal hältst du an und tankst.«

»Warum, der Tank ist doch noch fast drei viertel voll?«

»Weil ich das so will, meine Schöne. Reiz mich besser nicht, denn ich kann auch anders«, antwortete er drohend und hatte plötzlich eine Pistole in der Hand.

Mara versuchte, sich ihren eisigen Schrecken nicht anmerken zu lassen. Sie beherrschte ein paar asiatische Selbstverteidigungstechniken, aber gegen eine Pistole war sie machtlos.

»Nehmen Sie doch das blöde Ding weg, oder wollen Sie, dass wir auffallen?«, sagte Mara so ruhig wie möglich, während sie den Blinker setzte und zur Tankstelle hin abbog.

Als sie den Wagen vollgetankt hatte, wollte sie zum Kassenhäuschen gehen, aber Heidmann rief sie zu sich ans Wagenfenster und sagte so leise, dass es sonst niemand hörte: »Wagen Sie bloß nicht die Bullen zu rufen. Ich schrecke nicht davor zurück, hier ein Blutbad anzurichten.«

Mara entnahm der Kälte seiner Stimme, dass er das vollkommen ernst meinte, und überlegte, während sie zur Kasse ging, wie sie ihren Freund erreichen könnte.

Sie reihte sich in der Schlange ein, und noch während sie wartete, wusste sie es.

Kaum war sie an der Reihe, sprach sie den Kassierer an: »Bitte rufen Sie, sobald ich draußen bin, die Fahndungsabteilung der Kriminalpolizei in Köln an, verlangen Christoph Best zu sprechen und nennen ihm meinen Namen, Mara Winter. Er weiß dann Bescheid.«

Der junge Mann an der Kasse riss die Augen weit auf, nickte und ließ sich dann ablösen, während Mara zum Auto zurückging.

»Warum hat das denn so lange gedauert?«, fragte Heidmann ungeduldig, und Mara gab schnippisch zurück: »Der Kassierer wollte unbedingt mit mir flirten.«

Der Gangster grinste verstehend und sagte: »Dann fahr endlich weiter; ich bin schon spät dran.«

Mara versuchte sich weiterhin keine Panik anmerken zu lassen und fädelte sich zügig in den nicht allzu dichten Verkehr auf der Autobahn ein.

Sie waren keine zwanzig Kilometer gefahren – und Heidmann hatte seitdem kein Wort gesprochen –, da richtete er erneut die Pistole auf sie und sagte: »Siehst du die kleine Abbiegespur dort? Da fährst du rein.«

»Das ist doch kein Parkplatz!«, rief Mara, und ihr Herz schlug schneller. Was hatte dieses Ungeheuer mit ihr vor?

Es blieb ihr aber nichts anderes übrig, als erst einmal zu tun, was der Mann verlangte, wenn sie lebend aus der Sache herauswollte. Als sie angehalten hatte und der Mann gerade dabei war, seinen Gurt zu öffnen, nutzte sie den Augenblick, sprang aus dem Wagen und suchte ihr Heil in der Flucht. Heidmann war jedoch schneller und drängte sie mit einigen festen Stößen gegen Schulter und Rücken tief in die hier wachsenden Büsche.

»Lassen Sie mich gehen«, wimmerte Mara.

»Damit du zu den Bullen rennen kannst? Das würde dir so passen. Täusch dich da mal nicht. Ich bin nämlich noch lange nicht fertig mit dir. Aber keine Angst, ich jage dir keine Kugel in den Kopf. Zumindest im Augenblick bist du mir lebend nützlicher.«

Dann drängte sich Heidmann dicht an die vor Angst zitternde Mara, fasste ihr lüstern unter die Bluse und setzte sie vollkommen überraschend mit einem einzigen Handkantenschlag außer Gefecht, sodass sie in sich zusammensackte. Er nahm sie wie einen Sack Zement, viel mehr wog sie nicht, über die Schulter, trug sie zum Wagen und ließ sie fast schon achtlos in den Schrägheck-Kofferraum fallen. Dass sie sich dabei das Handgelenk aufschlug, interessierte ihn nicht. Wichtig war, dass sie überlebte, um im Notfall als Faustpfand herhalten zu können.

Einige Zeit später hatte der Hubschrauber Maras Wagen gut dreißig Kilometer vor Köln geortet. Sie hatten mit einer Spezialkamera Bilder vom Fahrer geschossen und direkt in

Bergers zivilen Polizeiwagen gesandt, wo Christoph Best auf dem Beifahrersitz fast einen Schwächeanfall erlitten hatte. Zum Glück behielt Harald Berger die Übersicht, und da der Wagen auf Maras eingeschlagenem Weg nach Köln zu bleiben schien, konnten sie nun darangehen, am Autobahnende Straßensperren zu errichten.

Was Christoph Best so aus der Bahn geworfen hatte, war nicht so sehr die Tatsache, dass es tatsächlich Heidmann war, der am Steuer von Maras Wagen saß, sondern dass ihr linker Arm leblos aus dem Kofferabteil in den Fahrgastraum ragte.

»Den mache ich einen Kopf kürzer, wenn er meiner Liebsten etwas angetan hat«, wetterte er außer sich vor Zorn. Harald Berger kostete es einige Mühe, seinen um ein paar Jahre jüngeren Kollegen zu beruhigen und gleichzeitig die Vorbereitungen der Vollsperrung zu koordinieren.

Unterdessen bog Michael Heidmann auf die A 553 ab und beobachtete die Tankuhr, die keineswegs »voll« anzeigte. Diese Mara hatte ihn, der sich auf seine Raffinesse so einiges einbildete, ganz schön verkohlt. Sie hatte, ohne dass er misstrauisch geworden war, gerade einmal etwa zwanzig Liter in den fast leeren Tank laufen lassen.

Er war so sehr in seinem Zorn gefangen, dass ihm gar nicht bewusst wurde, dass er auf der Route blieb, die Mara hatte fahren wollen. Eigentlich hatte er vorgehabt, die Autobahn zu verlassen und über kleinere Straßen in die Stadt hineinzufahren, um eventuellen Polizeikontrollen aus dem Weg zu gehen. Je mehr er sich über die Frau im Kofferraum aufregte, umso weniger achtete er auf die Umgebung.

Er wurde immer schneller und raste fast mit Höchstgeschwindigkeit auf das Autobahnende zu, sodass er die sich gerade formierende Straßensperre erst im allerletzten Moment sah. Blitzschnell erfasste er die Situation, sah die noch vorhandene Lücke zwischen den Fahrzeugen und visierte diese an.

Sekunden später knirschte Blech, und es war Heidmann völlig egal, dass er einen der Beamten frontal erwischte und dieser bereits tot war, als er über die Motorhaube geschleudert wurde. Zwei weitere Beamte konnten sich durch Sprünge zur Seite gerade noch in Sicherheit bringen, wurden dabei aber ebenfalls verletzt.

Der flüchtende Verbrecher raste weiter Richtung Ortskern der Stadtrandgemeinde Meschenich, und es war geradezu ein Wunder, dass kein Fußgänger verletzt worden war, als er am anderen Ende den Ort wieder verließ. Eigentlich hatte er vorgehabt, nun endlich im Gewirr der kleinen Landstraßen abzutauchen, aber die Geräusche, die der Motor des kleinen Wagens von sich gab, zwangen ihn zum Umdenken. Er ließ seinen Fuß ganz einfach auf dem Gaspedal stehen und vertraute darauf, dass der Wagen noch einige Kilometer weit durchhalten würde.

Im Blindflug raste er über die nächsten beiden Kreuzungen, und als er an die Einmündung zur Bonner Straße kam, sah er, wie die Ampel zehn Meter vor ihm auf Gelb umsprang. Ohne die Geschwindigkeit zu mindern, fuhr er über die schräge Einmündung auf die Einfallstraße und weiter in Richtung Stadtmitte. Ihm war klar, dass er nur, wenn er das lebhafte Stadtzentrum der Millionenstadt erreichte, eine Chance hatte, in der Menge unterzutauchen, bevor der Fahndungsapparat so richtig auf Touren kam.

Nachdem Heidmann die Straßensperre durchbrochen hatte, starteten alle Wagen, die bei der Kollision nichts abbekommen hatten, um dem Verbrecher zu folgen. Zudem zog Harald Berger über den Polizeifunk alle verfügbaren Wagen in der südlichen Innenstadt zusammen, obwohl er bereits ahnte, dass Heidmann zu raffiniert war, um sich jetzt noch erwischen zu lassen. Und bis der Polizeihubschrauber vor Ort war, hätte Heidmann seinen Wagen bestimmt schon gewechselt.

Er selbst war bis vor wenigen Augenblicken mit seinem zivilen Polizeiwagen den Flüchtenden am dichtesten auf den Fersen gewesen, aber gerade als sie aufzuholen begannen, war vor ihm die Ampel auf Rot gesprungen. Bis er das abnehmbare Blaulicht aufs Dach gesetzt hatte, war die Straße bereits so sehr vom Querverkehr verstopft, dass sie fast eine Minute brauchten, um sich einen Weg auf die andere Seite zu bahnen.

»Oh, verdammter Mist«, fluchte Berger, als er endlich stadteinwärts fahren konnte, denn Heidmann war ihnen entkommen. Über Funk gab er den Streifenwagen die Anweisung, weiter nach dem Flüchtenden zu suchen. Dann fuhr er mit Christoph Best ins Präsidium zurück.

»Was hat dieser Gangster nur mit meiner Freundin gemacht?«, jammerte Christoph Best fortwährend, und Harald Berger versuchte ihn zu beruhigen: »Kopf hoch, inzwischen kreisen zwei Polizeihubschrauber über der Innenstadt, und ich denke, es dauert nicht mehr lange, dann wissen wir mehr.«

Bereits zehn Minuten später, die beiden waren inzwischen wieder in ihrem Büro, kam über Funk die Meldung herein, dass der Fluchtwagen unweit der Stadtbahnstation Poststraße gefunden worden war.

Berger hörte einen Moment lang zu, dann sagte er zu seinem Kollegen: »Christoph, der Wagen mit deiner Freundin darin ist gefunden worden.«

»Wie geht es ihr?«

»Dem ersten Anschein nach nicht gerade blendend, aber auch nicht allzu schlecht. Außer einem gebrochenen Arm und einer großen Platzwunde am Kopf scheint sie nichts abbekommen zu haben. Man bringt sie jetzt zur stationären Behandlung ins Antonius-Krankenhaus.«

»Detektivbüro ST-W, die Taunus-Ermittler, Stefan Weimershaus am Apparat«, meldete sich Stefan, als am frühen Nachmittag das Telefon klingelte.

»Guten Tag, hier spricht Harald Berger. Kann ich Peter Stettner sprechen?«

»Er ist gerade unterwegs, müsste aber gleich zurück sein. Kann ich …?«, begann Stefan, berichtigte sich dann aber und sagte: »Moment mal, da kommt er gerade zur Tür herein.«

Er reichte seinem Kollegen und Freund den Hörer. »Für dich.«

Peter ließ sich schwer auf seinen Bürostuhl fallen und meldete sich.

Als er die Stimme seines Freundes vernahm, rief er erfreut: »Mensch Harald, altes Haus, von dir hab ich seit Ewigkeiten nichts gehört. Wie geht es dir?«

»Nach der Trennung von meiner Frau ging's mir echt mies, aber inzwischen hat sich viel bei mir verändert. Ich wurde befördert und nach Köln versetzt, dort lebe ich jetzt auch.«

»Das sind Neuigkeiten. Für den ersten Teil tut's mir leid, für Teil zwei herzlichen Glückwunsch. Bei welchem Dezernat bist du jetzt?«

»Ich bin jetzt leitender Kommissar bei der Fahndung. Ich will dich schon seit vier Wochen anrufen, aber man kommt zu nichts.«

»Wem sagst du das! Gibt es einen besonderen Grund für deinen Anruf?«

»Auch, aber nicht nur. Ich bräuchte mal einen Beweis dafür, dass du dich in Köln besser auskennst als in deiner Westentasche.«

»Das wird nicht allzu schwer, aber um was geht es? Um diesen Heidmann vielleicht?«

»Woher weißt du denn davon?«

»Mein Partner und ich haben versucht, Heidmann des gewerbsmäßigen Diebstahls zu überführen, und sind dabei durch Zufall auf den geplanten Überfall auf einen Geldboten gestoßen. Außerdem ist Kommissar Mergentheimer von der Hofheimer Kripo ein guter Freund.«

»Dann wird mir so einiges klar. Jetzt zu meinem Problem. Ich wohne erst einige Wochen hier in Köln und kenne gerade mal den Weg von meiner Wohnung zum Präsidium. Von den Kollegen werde ich als Düsseldorfer nicht so richtig ernst genommen, das ist so ähnlich wie bei euch mit Frankfurt und Offenbach. Die sind ganz schön sauer, dass sie ausgerechnet einen Düsseldorfer vor die Nase gesetzt bekommen haben. Ich kann jetzt schlecht hingehen und meine Untergebenen um Hilfe bitten, ohne gleich völlig das Gesicht zu verlieren. Hast du nicht letztes Jahr für diesen Anwalt, wie hieß er noch, gleich längere Zeit hier in Köln recherchiert?«

»Stimmt, mein Partner und ich waren für Dr. Pfannmöller vier Wochen in Köln. Es ging um Industriespionage.«

Dann erzählte Harald davon, wie sie durch Zufall erfahren hatten, dass Heidmann auf dem Weg nach Köln war, und von dem missglückten Versuch, ihn zu stellen.

Zum Abschluss fragte er: »Hast du vielleicht eine Idee, wo sich dieser Gangster verstecken könnte?«

»Ja, hab ich, aber ich habe sogar noch etwas viel Besseres. Kann ich gerade den Lautsprecher einschalten, damit mein Partner am Gespräch teilnehmen kann?«

»Klar doch. Was hast du denn?«

»Kennst du Heidmanns beruflichen Background?«

»Klar, ich weiß, dass er lange Jahre in Köln Polizist war.«

»Und dass er sich etwas zuschulden kommen lassen hat?«

»Ich habe es vermutet, weil er so Knall auf Fall versetzt wurde. Und dann gleich bis an die Ostsee. Leider sind seine Personalakten unter Verschluss, und wenn man danach fragt, blocken alle ab.«

»Kein Wunder. Die müssen damals bei den Ermittlungen ziemlich gepfuscht haben und konnten ihm nichts nachweisen. Damit das nicht rauskommt, haben sie alles unter den Teppich gekehrt.«

»Oh, Scheiße.«

»Aber wir haben auf eigene Faust recherchiert und einiges herausgefunden.«

»Ach, ja?«

»Weißt du, dass man bei Heidmann in der Wohnung Unterlagen über deutsche Auswanderer in Nordafrika gefunden hat?«

»Ja, deshalb liegt es nahe, dass der Mann mit einem Schiff …«

»Das haben wir auch lange gedacht, bis wir sein Umfeld ausgeleuchtet haben. Wir haben uns gefragt, warum nutzt er nicht seine alten Kontakte, um dort hinzukommen?«

»Gute Idee. Aber wie gesagt, ich komme an keinerlei Unterlagen von damals ran. Auf dem offiziellen Dienstweg …«

»… an den wir uns nicht halten müssen, bekommt man nichts, das ist richtig. Wir haben da so unsere Quellen, und wir haben alles durchsucht von Pressearchiven bis hin zu ... das willst du gar nicht wissen. Und sind dabei wiederholt auf einen Namen gestoßen: Wolf Rebert. Er ist Spediteur und auf den Transport von Waren auf dem Landweg nach Marokko spezialisiert. Seine Wagen laufen unter Zollverschluss. Er ist ein guter Spezl von Heidmann, aber als angesehener Geschäftsmann auch mit Größen aus der Lokalpolitik befreundet. Grund genug, seinen Namen aus den Akten herauszuhalten. Was denkst du darüber?«

»Mensch, Peter, Stefan, ihr seid Genies. Das kann gar nicht anders sein. Heidmann will bei ihm im Container mitfahren. Warum habt ihr das noch nicht weitergegeben?«

»Weil das brandaktuelle Erkenntnisse sind. Heute Abend wollte ich meinen Freund Claus Mergentheimer davon unterrichten. Jetzt bist du erst mal am Zug. Lass besser unsere Namen da raus.«

»Weißt du vielleicht auch, wo diese Spedition ist?«

»Ja, in Köln-Mülheim, nicht weit vom Mülheimer Hafen.«

Keine zwei Stunden später hatte Harald Berger den Versuch aufgegeben, seine Vorgesetzten davon zu überzeugen, dass Heidmann in dieser Spedition aufkreuzen würde. Deshalb bat er nur Christoph Best, der seine Mara inzwischen im Krankenhaus besucht und ihr einen Heiratsantrag gemacht hatte, mitzukommen.

Christoph Best war zwar auch nicht restlos davon überzeugt, dass der Ganove wirklich dort auftauchen würde, aber er war Harald so dankbar, dass er am Morgen schnell und unbürokratisch gehandelt hatte, dass er ihm diesen Wunsch nicht abschlagen wollte.

»Wir legen uns dort auf die Lauer, und wenn sich nichts tut, können wir das Ganze immer noch abbrechen«, sagte

Berger. »Falls er aber kommt, beobachten wir nur und rufen Verstärkung. – Wie geht es denn Ihrer Freundin?«

»So weit ganz gut«, sagte Christoph, während er in den Wagen stieg. »Wenn nichts dazwischenkommt, werden wir im Sommer heiraten. Ich würde mich freuen, wenn Sie unser Trauzeuge würden.«

»Klar, gern«, antwortete Berger und fuhr die kurze Strecke zum Mülheimer Hafen.

»Meinen Sie wirklich, der traut sich hierher in die Höhle des Löwen? Das ist doch quasi nur einen Katzensprung vom Präsidium entfernt.«

»Gerade deshalb glaube ich es; weil keiner es ihm zutraut.«

Christoph Best begann sich für die Theorie seines Chefs zu erwärmen, und als sie in Sichtweite der Spedition waren, sagte er sogar: »Das wär schon ein Ding, wenn Sie recht hätten. Dann würden die Kollegen ganz schön blöd aus der Wäsche gucken.«

»Mir würde schon reichen, wenn sie mich als ihren Vorgesetzten akzeptieren würden. Damit wäre uns allen gedient.«

Die beiden Beamten stiegen aus und schlichen sich im Schutz der inzwischen hereingebrochenen Dunkelheit auf das Speditionsgelände. Alles lag still und wie ausgestorben vor ihnen. Verdächtig still. Normalerweise würde man auch am frühen Abend noch eine rege Geschäftstätigkeit erwarten, aber kein Lastwagen fuhr auf den Hof, wurde be- oder entladen, und kein Wagen fuhr davon.

Als sie eine Position gefunden hatten, von der aus sie Hof und Büro einigermaßen gut im Auge hatten, begann das Warten. Es wurde acht, neun, und als die Zeiger seiner Armbanduhr bereits die Zehn-Uhr-Marke passiert hatten, war auch Harald Berger fast schon überzeugt, zu euphorisch gewesen zu sein.

Da endlich, es war schon fast dreiundzwanzig Uhr, tat sich etwas. Plötzlich schlich eine Gestalt im Schatten der alten Gebäude in Richtung Büro und verschwand im Haus. Kurz darauf ging das Licht an, und ein Mann, es musste der Spediteur sein, begrüßte den anderen, der eindeutig Michael Heidmann war. Die beiden Männer diskutierten intensiv miteinander. Dann nahmen sie am Schreibtisch Platz, und während Heidmann ein Geldbündel aus der Tasche zog, ging der andere zum Schrank, um eine Cognacflasche und Gläser zu holen.

»Jetzt begießen sie ihren Deal«, sagte Berger zu seinem Kollegen, »rufen Sie die Verstärkung, ich gehe rein, bevor die wieder weg sind.«

Christoph Best, dem diese Aufgabenverteilung gar nicht gefiel, gehorchte notgedrungen seinem Vorgesetzten und ging zum Wagen. Harald Berger betrat unterdessen das Büro.

»Guten Abend, die Herren«, sagte er nur, da drehte sich Heidmann um und feuerte sofort.

Aber auch Berger hatte seine Waffe bereits in der Hand und erwiderte den Schuss. Nur hatte er besser getroffen als der Gangster, denn dieser ließ augenblicklich die Waffe fallen und fasste sich an den Arm. Dabei sah er Harald Berger entgeistert an.

Unbemerkt von dem Polizisten hatte sich Wolf Rebert, der Spediteur, zu seinem Schreibtisch hingearbeitet und hatte plötzlich ebenfalls eine Pistole in der Hand. Doch noch bevor er sie benutzen konnte, war Christoph Best zur Stelle und entwaffnete ihn.

»Danke, das war gute Teamarbeit«, sagte Harald Berger.

Da kam auch schon die alarmierte Verstärkung zur Tür herein.

Am darauffolgenden Abend war Claus Mergentheimer gerade bei Peter und Stefan zu Besuch, als die Acht-Uhr-Nachrichten liefen und von der spektakulären Festnahme des Schwerverbrechers Michael Heidmann berichtet wurde.

»Die Kölner Kollegen um diesen Harald Berger haben es ganz schön drauf«, sagte Claus, da fiel ihm etwas ein: »Peter, kanntest du nicht einen Harald Berger, und war der nicht irgendwo am Rhein …?«

»Du hast recht. Das ist genau dieser Harald Berger. Nur war er früher in Düsseldorf.«

»Hattest du am Ende schon wieder deine Finger da im Spiel?«

»Nein, nein, wo denkst du hin?«, fragte Peter zurück und hatte alle Mühe, sein Grinsen zu unterdrücken.

Stefan, der das sah, fragte zur Ablenkung: »Claus, was meinst du, wie viel bekommen die Mädchen für ihre Teilnahme an den Raubzügen?«

»Ich bin kein Jurist, aber ich lehne mich wohl nicht zu weit aus dem Fenster, wenn ich sage, dass Natascha und Miriam, die beiden jüngsten, dank ihres Alters und ihrer uneingeschränkten Kooperation recht glimpflich davonkommen werden. Zumal sie sich von jeder Art von Gewalt distanziert haben.«

»Und die anderen?«, fragte Peter.

»Bei Maren und Julia kommt auf jeden Fall Jugendstrafrecht zur Anwendung, das wird schlimmer als bei Natascha und Miriam, aber sie waren eben auch bis zu ihrer Festnahme an dem Raubüberfall beteiligt. Laura ist schon achtzehn; da kommt es auf den Richter an, ob er trotzdem noch Jugendstrafrecht gelten lässt. Bei Lea kommt das ganz gewiss nicht mehr zur Anwendung. Ich bin ehrlich gesagt auch froh darüber, dass diese äußerst brutale junge Frau für lange Jahre weggesperrt wird. Schließlich gehen auf ihr Konto mindestens eine Körperverletzung mit Todesfolge an Nadine, der versuchte Mord an Miriam und der brutale Raubüberfall auf die Radlerin in Hattersheim. Sie kann von Glück reden, wenn sie nicht lebenslänglich bekommt.«

»Wie siehst du das bei Heidmann und seinen Komplizen?«

»Bei seinen Komplizen im Supermarkt müssen die weiteren Ermittlungen zeigen, was sie so alles auf dem Kerbholz haben. Aber Heidmann bekommt ganz bestimmt lebenslänglich.«

»Ich hoffe, dass bei ihm nach allem, was er sich geleistet hat, die besondere Schwere der Schuld festgestellt wird. Dieser Brutalo soll erst wieder auf die Menschheit losgelassen werden, wenn er so alt und tattrig ist, dass er keine Waffe mehr halten kann«, sagte Stefan.

»Ich hätte nie gedacht, dass ich mal so etwas sage, aber selbst das halte ich noch für zu früh«, setzte Peter bitter nach.

ENDE